Klarant Verlag

Bärbel Muschiol wurde 1986 in Weilheim, Oberbayern, geboren. Glücklich verheiratet lebt und arbeitet sie mit ihrem Mann und ihren zwei Kindern heute noch immer im tiefsten Bayern. Im Genre Erotik und in der Belletristik hat sich die Autorin mittlerweile einen festen Platz in den Bestsellerlisten geschaffen.

Bärbel Muschiol

Die zuckersüße Braut des Rockers

Klarant Verlag

Klarant Verlag, www.klarant.de
ISBN: 978-3-96586-455-9
1. Auflage, 2021
Umschlagabbildung: Klarant Verlag unter Verwendung von shutterstock-Bildern.

Printed in the EU.

Besuchen Sie uns im Internet: www.klarant.de

1. Kapitel

Die unfreiwillige Braut

Ich stehe mit laufendem Motor am Straßenrand, starre auf das ‚Willkommen in Clyde Hill'-Schild und spüre, wie sich die feinen Härchen in meinem Nacken aufstellen.

Clyde Hill ist eine mittelgroße Stadt im King County, Washington. Sie ist Teil der Eastside-Region, die sich östlich von Seattle befindet und gehört somit immer noch zum Gebiet der *Golden Skulls*. Zwar nur zum Randgebiet, aber das macht es nicht sicherer.

Damals, als ich vor etwas mehr als sechs Jahren von hier fortgegangen bin, habe ich mir geschworen, nie wieder zurückzukommen.

Es war ein tränenreicher Abschied, denn im Grunde genommen habe ich nie aufgehört, den Mann zu lieben, wegen dem ich meine Heimat verlassen habe: Walker James, meine erste und wahre Liebe.

Dank des Altersunterschieds von neun Jahren habe ich mich bei ihm immer sicher und gut aufgehoben gefühlt. Seine Selbstsicherheit und die Art, wie er durchs Leben marschiert, hat mich damals einfach gefangen genommen.

Im Gegensatz zu ihm war ich früher schüchtern und ängstlich, habe mich immer aus jedem Ärger rausgehalten und hatte nie mit irgendjemandem Probleme.

Wir sind uns auf einer Party begegnet. Er, der große Bad Boy, und ich, das unsichere Mauerblümchen. Keine Ahnung warum, aber er hat mich gesehen und er wollte mich. Sofort. Ab der ersten Sekunde, in der sich unsere Blicke begegnet sind, hat er nichts unversucht gelassen, um mich rumzukriegen, und er hat gewonnen. Damals wie heute gehört mein Herz ihm. Wir waren lange zusammen und wir waren glücklich miteinander. Zumindest waren wir das bis zu dem Tag, an dem er Prospect des gefürchtetsten Motorcycle Clubs des Landes geworden ist.

Klar, ich kann den *Golden Skulls* nicht für alles die Schuld geben, aber ich denke dennoch, dass es nie so weit mit Walker gekommen wäre, wenn er das Leder nicht angelegt hätte.

Damit mache ich mir wahrscheinlich etwas vor. Ich meine, wir sind, wer wir sind. Und Walker ist eben Walker. Er hat diese natürliche Arroganz, diese Dominanz, die ihn zum geborenen Anführer macht. Andere Menschen haben schon immer zu ihm aufgesehen und getan, was er befohlen hat. Er ist ein Alpha in einer Welt voller Betas.

Als ich erfahren habe, dass er zum Präsidenten gewählt wurde, hat mich das nicht gewundert. Schon an dem Tag, an dem er das Anwärterjahr hinter sich gebracht hatte und sein Back Patch verliehen bekam, wusste ich, dass es so kommen wird.

Walker ist zum Leader bestimmt.

Ach Scheiße!

Der Motor läuft, mein Fuß schwebt über dem Gaspedal und meine Hände ruhen auf dem Lenkrad. Ich könnte einfach den Blinker setzen und erneut abhauen.

Zurückzukommen ist garantiert keine so gute Idee.

Leider ist es aber so, dass es auf dieser großen Erde keinen Platz gibt, an dem ich mich vor dem Mann, vor dem ich gerade auf der Flucht bin, verstecken kann.

Was für eine Ironie, dass ich ausgerechnet an den Ort zurückkomme, von dem ich wegen Walker geflohen bin, um mich vor einem anderen Ex zu verstecken.

Es ist ganz offensichtlich mein Schicksal, dass ich mir immer die falschen Kerle aussuche. Ich würde ja gerne behaupten, dass ich nicht ahnen konnte, dass Liam nicht gut für mich ist. Aber das wäre gelogen. Walker war mein Erster, er hat mich geprägt, er hat mich geformt und zu der Frau gemacht, zu der ich geworden bin. Durch ihn habe ich meine Vorliebe für gefährliche Männer entwickelt, und die lässt sich leider nicht so einfach abstreifen.

Liam ist nicht Walker, er hat mich meine Jugendliebe genauso wenig vergessen lassen, wie die anderen Kerle, denen ich in den letzten Jahren begegnet bin. Niemand kann es mit Walker aufnehmen, und niemand ist auch nur annähernd mit ihm vergleichbar.

Aber Liam hat es geschafft, dass ich endlich wieder schlafen konnte. Er hat mich in der Dunkelheit festgehalten und mir das Gefühl von Sicherheit geschenkt, das ich brauche, um mich wohlzufühlen. Dieses Gefühl, an das ich mich dank Walker gewöhnt hatte, und ohne das ich nicht mehr klargekommen bin, nachdem ich ihn mitten in der Nacht verlassen hatte.

Das Problem an der Sache ist nur, dass Liam sich als der Teufel höchstpersönlich entpuppt hat. Hätte ich ihn nicht verlassen, wäre ich jetzt wahrscheinlich tot.

Ich denke, es ist normal, dass wir Menschen, wenn wir uns fürchten, an den Ort zurückkehren, an dem wir uns am sichersten gefühlt haben. Und so geht es auch mir, hier in Clyde Hill beziehungsweise bei Walker habe ich mich so sicher und beschützt gefühlt, wie niemals davor und erst recht nicht danach.

Natürlich stehe ich nicht mehr unter Walkers Schutz, aber dennoch bin ich hier nicht allein. Mein großer Bruder Bo ist in Clyde Hill geblieben und wohnt noch immer in unserem Elternhaus. Nach dem Tod von Mum und Dad haben wir beide es geerbt, also gehört mir die Hälfte. Das war die ganze Zeit über mein Notfallplan, hierher zurückzukehren, und jetzt tritt er in Kraft.

Besorgt werfe ich einen Blick in den Rückspiegel und frage mich, ob die noch unsichtbare Gefahr, die hinter mir auf mich lauert, schlimmer ist, als die, die vor mir liegt?

Also, was tun?

Die Tatsache, dass ich pleite bin, macht mir die Entscheidung leicht.

Ich kann nicht einfach zum Flughafen fahren und mir ein Ticket ans Ende der Welt kaufen. Und selbst wenn, würde mich das auch nicht retten. Liam würde mich aufspüren, er würde seine Männer auf mich ansetzen und mich finden. Wahrscheinlich wäre ich binnen einer Woche zurück in seinem Bett und unter seiner Kontrolle.

Für Männer wie Liam oder Walker ist dieser Planet nichts weiter als ein Spielball, den sie nach ihren Bedürfnissen formen und kontrollieren.

Seattle, beziehungsweise das Territorium der *Golden Skulls*, ist der einzige Ort, in dem ich einigermaßen sicher bin.

Und davon abgesehen, wenn ich mich still verhalte und die alten Kontakte meide, wird Walker vielleicht gar nicht mitbekommen, dass ich zurück bin. Und wenn doch?

Wer sagt, dass er mich nicht längst vergessen hat?

Wer sagt, dass ich ihn noch interessiere, so wie er mich interessiert?

Nur weil ich ihn nie vergessen habe, bedeutet das noch lange nicht, dass es ihm genauso geht. Ich kenne den Club, ich war lange genug ein Teil von ihm, um zu wissen, wie schnelllebig er ist. Die Toten von heute sind schon vergessen, bevor ihre Körper ausgekühlt sind, und die Sorgen vor Morgen werden ganz schnell zu den Problemen von gestern.

Es ist also durchaus möglich, dass ich für den Präsidenten längst zu einer unwichtigen Person aus seiner Vergangenheit geworden bin, die ihn nicht im mindesten interessiert. Vielleicht hat er bereits eine Frau und ich bin für ihn nur eine verblasste Erinnerung. Diese Möglichkeit schmerzt mehr, als sie es tun sollte, gerade weil sie mir viele Vorteile bieten würde.

Ganz egal, wie es ist, ganz egal, was kommt – sobald ich den Mut gefunden habe, die Stadtgrenze zu passieren, werde ich es unter Garantie herausfinden.

Ich zwinge mich, den Blinker zu setzen, mich wieder in den Verkehr einzufädeln und meinen Weg fortzusetzen. Clyde Hill ist der Ort meiner Vergangenheit und vielleicht der einzige, an dem ich eine einigermaßen glückliche Zukunft haben kann. Bo weiß nicht, dass ich komme. Zuerst hat mir die Zeit gefehlt, ihn anzurufen und es ihm mitzuteilen, und dann hielt ich es für eine gute Idee, ihn zu überraschen.

Alles Bullshit!

In Wirklichkeit wollte ich mich nur nicht festlegen und mir alle Möglichkeiten offenhalten. Davon abgesehen war ich nicht bereit, mich seinen Fragen zu stellen, denn die Antworten, die ich ihm geben müsste, würden ihm ganz sicher nicht gefallen.

Bo hat schon immer versucht, den großen Beschützer zu markieren, und ist dabei stets gescheitert, was daran liegt, dass er der gleiche Taugenichts ist wie unser Vater.

Gott. Ich habe meinen Vater geliebt, aber er war eben nicht wie Walker, er war kein Anführer, er war ein Schaf in einer Welt, die von Wölfen regiert wird.

Bo ist genauso. Er gibt keine Befehle, sondern führt sie aus.

Damals hatte er tatsächlich versucht, Walker von mir fernzuhalten, und ist daraufhin mit einer gebrochenen Nase im Dreck gelandet.

Damals fand ich das schon ziemlich heftig, mittlerweile weiß ich jedoch, dass Bo Glück hatte, dass Walker ihn nicht an Ort und Stelle umgebracht hat.

Walker ist ein Killer, er ist ein gnadenloser Outlaw, der die Interessen seines geliebten Motorcycle Clubs bis zum letzten Atemzug vertritt. Wer sich ihm in den Weg stellt, stirbt. Wer sich mit dem Club anlegt, stirbt, und wer es wagt, seine Autorität anzuzweifeln, verschwindet spurlos. Nicht dass es viele gibt, die so lebensmüde sind, es zu versuchen, doch es gab einen und der wurde nie wieder gesehen.

Dass es sich dabei um den ehemaligen Polizeipräsidenten handelt, macht allen klar, dass Walker vor nichts und niemandem zurückschreckt.

Diese Entschlossenheit, zu beschützen, was ihm gehört, hat mich damals schon erschreckt, aber da ich in diesem Schutz mit eingeschlossen war, hat es verdammt lange gedauert, bis ich kapiert habe, dass ich mit einem Mörder im Bett liege, der sich gerade erst das Blut seiner Opfer von den Händen gewaschen hat, bevor er mit mir Sex hatte.

Dass ich damals gegangen bin, hatte nichts damit zu tun, dass ich ihn nicht mehr geliebt habe, denn das habe ich und das tue ich noch heute. Es war mein Verstand, der mein Herz überredet hat, zu gehen.

Nicht zum ersten Mal kommt mir der Gedanke, dass es vielleicht ein Fehler war.

Denn ganz egal, was ich in den letzten Jahren getan habe, es hat sich immer so angefühlt, als wäre ich aus dem Plan, den das Schicksal für mich vorgesehen hat, ausgebrochen und würde nun sinn- und ziellos durch die Gegend stolpern.

Auch jetzt fühle ich mich aus der Bahn geworfen und habe keine Ahnung, wie ich wieder zurückfinden soll.

Vielleicht kommt das jetzt, wo ich zurück bin, ganz von allein?

Vielleicht bleibe ich auch immer ein Geisterfahrer auf der Straße meines Lebens, der es einfach nicht mehr zurück in die richtige Richtung schafft?

Wie auch immer.

Entschlossen, genau das herauszufinden, setze ich meinen Weg fort und bin zehn Minuten später in der Straße, in der mein Elternhaus steht. Ich parke in der Einfahrt und komme mir vor wie in einem Déjà-vu.

In all der Zeit, in der ich weg war, hat sich nichts, aber auch absolut gar nichts verändert. Die knorrigen Äste der alten Eiche spenden dem Garten Schatten, in dem die gleichen Blumen blühen, die es schon in meiner Kindheit dort gab. Der Rasen ist nicht gemäht und die Fenster sind schmutzig, aber ansonsten ist alles wie damals.

Irgendwie rechne ich damit, dass gleich meine Mutter aus dem Haus kommt, um mich zu begrüßen. Ein fieser Stich zuckt durch meinen Brustkorb und erinnert mich daran, dass das niemals passieren wird.

Meine Mum hat mir nie verziehen, dass ich mich auf einen Mann wie Walker eingelassen habe. Sie hatte mich vor die Wahl gestellt – er oder die Familie, und ich habe mich für ihn entschieden. Danach bin ich ausgezogen und habe nie wieder einen Fuß über die Schwelle dieses Hauses gesetzt.

Heute wird sich das ändern.

Wie Bo wohl reagieren wird, wenn ich ihm nach der langen Zeit das erste Mal gegenüberstehen werde? Ob er mich überhaupt erkennt?

Äußerlich sehe ich meinem früheren Ich noch immer sehr ähnlich, aber innerlich bin ich eine ganz andere Frau geworden.

Furcht klopft durch meine Venen und meine Hände werden schwitzig.

Ich drehe den Schlüssel im Zündschloss, ziehe ihn raus und steige aus.

Ich schließe ab, stecke ihn in meine Tasche und wische meine Handflächen an dem rauen Denim meiner Jeansshorts ab.

Du packst das, Marie!

Du packst das!

Du hast schon viel Schlimmeres überstanden, als nach Hause zurückzukehren.

Ich spreche mir selber Mut zu, mein Finger schwebt über dem Klingelknopf. Aus irgendwelchen sentimentalen Gründen kann ich ihn nicht betätigen, vielleicht fürchte ich mich davor, dass der mir noch immer wohl vertrauen Klang unerwünschte Erinnerungen aus längst vergangenen Zeiten hervorruft.

Glückliche Erinnerungen, an die zu denken, ich mich einst verboten hatte, und die jetzt unkontrolliert in mein Bewusstsein einbrechen.

Tief Luft holend fülle ich meine Lungenflügel mit dem Sauerstoff meines Kindheitsortes und lasse meine Fingerknöchel mehrmals gegen das verwitterte Holz knallen.

Klopf – klopf – klopf.

Während ich darauf warte, dass Bo mir aufmacht, betrachte ich die Risse im Mauerwerk, die dringend nach einem Handwerker rufen. Aus der Nähe betrachtet wird mir klar, dass das Haus mehr Zuwendung braucht als nur etwas Farbe.

Hinter der Türe werden Schritte laut, kurz darauf stehe ich meinem Bruder gegenüber.

Er sieht genauso aus wie in meiner Erinnerung, fast zumindest. Er hat zugenommen, seine Mimik wirkt gehetzt und in seiner rechten Hand hält er Dads alten Revolver. Der Anblick der Waffe verrät mir, dass mein Bruder in der Scheiße steckt.

Es hat sich also tatsächlich nichts geändert. Alles ist genau wie früher.

Wir starren uns an, er stößt ein „Fuck!“ aus, mehr sagt er nicht.

Ich wispere ein leises „Hallo.“ In meinen Augen schwimmen heiße Tränen.

Mein Bruder reagiert sofort, er steckt den Revolver hinten in seinen Hosenbund, stürmt auf mich zu und zieht mich in eine bärenhafte Umarmung.

Genau das habe ich jetzt gebraucht.

Sein raues „Oh, Marie!“ entlockt mir ein Schluchzen.

So stehen wir für eine kleine Ewigkeit da, halten uns fest und lassen längst vergessene Gefühle erneut zum Leben erwachen.

Zu meiner Überraschung fühlt es sich verdammt gut an, Bo endlich mal wieder zu sehen. Und das trotz der Waffe, die allein durch ihre reine Anwesenheit für ein nervöses Kribbeln in meinem Magen sorgt. Ich spüre, dass es die richtige Entscheidung war, zurück nach Clyde Hill zu kommen. Zurück in die Stadt, in der das ganze Drama vor so vielen Jahren begonnen hat.

Es fühlt sich wirklich seltsam an, wieder in meinem alten Kinderzimmer zu stehen, die Poster meiner damaligen Lieblingsbands zu betrachten und mit den Fingern über meine alte Nachttischlampe zu streichen. Obwohl meine Eltern nie wieder etwas von mir gehört haben und, soweit ich weiß, auch nie versucht haben mich zu finden, hatten sie jedoch ganz offensichtlich die Hoffnung, dass ich eines Tages wieder zurückkomme, nie aufgegeben. Anders kann ich mir nicht erklären, warum sie mein Zimmer ganz genau so gelassen habe, wie ich es vor so vielen Jahren verlassen habe. Irgendwie rechne ich damit, dass gleich meine Türe aufgeht und Mum reinkommt, um mir zu sagen, dass das Essen fertig ist, oder um mir meine frisch gewaschene Wäsche aufs Bett zu legen.

Das alles so zu sehen, schmerzt und tut mir zugleich unglaublich gut. Denn es zeigt, dass ich in all den Jahren immer einen Rückzugsort gehabt hätte.

Was tröstend ist, obwohl ich nichts davon wusste.

Die nächsten Tage vergehen und ich komme mir vor wie in einem Traum.

Wieder hier zu sein fühlt sich surreal ein. Bo hat mich gefragt, was passiert ist, und ich habe ihm die nette, kurze Version meiner Geschichte erzählt. Nämlich die, dass ich mit meinem Freund Schluss gemacht habe, dass die Trennung nicht leicht gewesen ist, und dass ich Heimweh hatte. Dass Liam aber ein verdammter Auftragskiller ist, der für mächtige Kartelle und knallharte Mafia-Bosse arbeitet, habe ich wohlweislich verschwiegen. Ebenso die Tatsache, dass er sich wahrscheinlich längst auf die Suche nach mir gemacht hat, und dass er mich niemals freigeben wird.

Sicher ist sicher. Bo muss nicht wissen, wie schlecht es um mich steht.

Und so scheint er das anscheinend auch zu sehen, denn er fragt nicht weiter nach, sondern versichert mir nur, dass er es toll findet, dass ich wieder hier bin.

Als ich mich dann nach dem Revolver und seinen Problemen erkundigt habe, hat er den gleichen Trick wie ich angewandt und mir eine nette kleine Geschichte erzählt, die garantiert nur den harmlosen Teil der Wahrheit enthalten hat.

Das stört mich, aber ich kann mich nicht beschweren.

Immerhin habe ich es ganz genauso gemacht wie er.

Etwas stimmt nicht. Stimmt ganz und gar nicht. Denn Bo sieht genauso oft und genauso nervös aus dem Fenster wie ich, der Revolver liegt immer griffbereit in seiner Nähe und sein Haschischkonsum ist mehr als nur besorgniserregend.

Gekifft hat er schon früher, aber bei weitem nicht so viel wie jetzt. Das ist ein schlechtes Zeichen. Ein ganz verflucht schlechtes Zeichen.

Ich bin aufmerksam, gehe nicht aus dem Haus und überlasse Bo das Einkaufen. Zum einen, weil ich mich davor fürchte, mich Clyde Hill zu stellen, denn meine Anwesenheit wird Fragen aufwerfen, die ich nicht beantworten möchte, und zum anderen, weil ich nicht will, dass Walker von meiner Rückkehr erfährt.

Je länger der Präsident der *Golden Skulls* davon nichts weiß, umso besser für mich. Außerdem denke ich, dass es das Beste ist, sich versteckt zu halten, wenn man von einem Killer verfolgt wird.

Klar, Liam will mich nicht töten, aber er will mich einkassieren, und das ist beinahe genauso schlimm. Wenn nicht noch schlimmer ...

Die kleine Zeitblase, die sich um mich gebildet hat, fühlt sich gut an, von mir aus könnte sie gerne noch eine Weile halten. Doch dann, am Abend des fünften Tages, platzt sie mit einem lauten Knall in genau der Sekunde, in der ich das unverkennbare und nur allzu vertraute Geräusch von mehreren Motorrädern in der Auffahrt dröhnen höre.

Die Motorengeräusche verstummen, dunkle Männerstimmen ertönen, jemand flucht, dann knallt ein Schuss.

Ich zucke entsetzt zusammen, renne in die Küche und schnappe mir das lange Brotmesser aus der Schublade. Um ehrlich zu sein, habe ich nicht damit gerechnet, dass Walker wegen mir hier auftaucht. Das mit uns ist schon lange vorbei. Klar, irgendwie habe ich es gehofft, aber ich habe mich auch davor gefürchtet, ihn nach so langer Zeit wiederzusehen. Aber dass ihn meine Rückkehr so wütend macht, dass er gleich schießt, lässt mich fast in Panik ausbrechen.

Was, wenn er mich nicht hierhaben will?

Der Präsident ist mächtig genug, mich aus seinem Revier zu vertreiben, und dann stehe ich mit nichts da.

Tief durchatmend, zwinge ich mich dazu ruhig zu bleiben, und werfe einen kurzen Blick aus dem Fenster. Und da steht er: groß, mächtig und von seinen Brüdern umringt vor seiner Harley. Seine braunen Haare trägt er heute länger, sie gehen ihm bis zur Schulter, winzige Falten haben sich an seinen Augenwinkeln gebildet, die Jahre sind auch an ihm nicht spurlos vorbeigegangen, aber sonst hat es die Zeit gut mit ihm gemeint.

Walker ist so attraktiv und sexy wie nie zuvor. Eine Dunkelheit umgibt ihn, die natürliche Autorität, die ihm aus jeder Pore dringt, hat an Intensität gewonnen. Niemand, der diesen Rocker sieht, zweifelt an seiner Macht – niemand, der auch nur ein bisschen Verstand besitzt. Er steht breitbeinig da, eine Zigarette im Mundwinkel, die Daumen im Hosenbund eingehängt, schwere Boots an den Füßen.

Das Leder seiner Kutte, zeigt auf seinem breiten Rücken den großen goldenen Totenkopf, der das Emblem des Clubs ist. Das schwarze, ausgewaschene Shirt, das sich um seinen massiven Brustkorb spannt, ist einfach und ohne Kragen. Genau diese Einfachheit unterstreicht die raue Sexyness des Mannes, den ich nie aufgehört habe zu lieben. Mein Herz macht einen Satz, gerät aus dem Takt und zieht sich qualvoll zusammen. Das Atmen fällt mir schwer und meine Knie werden weich. Die Anziehung, die er auf mich ausübt, hat in all den Jahren nicht an Kraft verloren. Im Gegenteil. Trotz der Furcht, die durch meine Venen rauscht, will ich nichts sehnlicher, als mich in seine Arme zu werfen, um dort wieder die Sicherheit zu spüren, die mich, als ich noch sein Mädchen gewesen bin, wie ein schützender Kokon eingehüllt hat.

Bo eilt auf mich zu, zischt, dass ich mich gefälligst verstecken soll, dann geht er mit dem Revolver, den er hinter seinem Rücken versteckt hat, zur Türe.

Im Gegensatz zu mir wirkt er zwar ebenfalls verängstigt, aber nicht im mindesten überrascht. Es scheint fast so, als ob er mit dem Auftauchen der Rocker gerechnet hätte. Aber wie kann das sein?

Was zum Teufel läuft hier?

Hat mich mein Bruder etwa verraten? Nein, das kann nicht sein, oder etwa doch?

Ich tue wie befohlen, verstecke mich in der Küche und halte die Luft an, als ich beobachte, wie mein Bruder die Türe öffnet.

In der einen Sekunde steht er noch auf seinen Füßen, in der nächsten trifft ihn ein Baseballschläger so hart am Kopf, dass er auf den Boden fällt.

Der Schlag kam von einem Rocker, den ich noch nie gesehen habe. Er ist jung und hat einen silbernen Ring in der Nase, so einen, wie man ihn Stieren verpasst, um sie besser kontrollieren zu können. Sein Leder ist bis auf das *Prospect-Patch* leer, damit ist klar, warum ich ihn nicht kennen kann. Er ist neu, doch mit seiner offensichtlichen Gewaltbereitschaft passt er perfekt zu den *Golden Skulls*.

Der Prospect packt meinen Bruder am Kragen und zieht ihn tiefer ins Haus. Bo will schießen, doch der junge Kerl nimmt ihm mühelos die Waffe ab und lacht dabei schadenfroh.

Walker und zwei weitere Member folgen.

Ich kenne beide. Es sind Porter und Damon. Ein eiskalter Schauer lässt mich erbeben, ich lese ihre Patches und erkenne, dass Porter nun der Vize der Skulls ist, und dass es Damon zum Enforcer geschafft hat. Der Posten passt zu ihm. Damon hatte schon immer einen Hang zur totalen Eskalation.

Die Haustüre knallt zu, ich kann den Blick nicht von Walker abwenden, und das nicht, weil er gerade den Dolch aus der Scheide an seinem Oberschenkel zieht und damit meinen Bruder bedroht, sondern weil mir in ausgerechnet diesem Moment klar wird, wie sehr ich diesen Mann noch immer liebe.

Heilige Scheiße!

Walker streift in einer dramatischen Geste, die ich sonst nur aus Filmen kenne, mit der Daumenkuppe über die scharfe Klinge, so als würde er testen wollen, ob sie scharf genug für das ist, was er mit meinem Bruder vorhat.

Mir wird schlecht. Eine unangenehme Gänsehaut überzieht meine Arme, ich halte mich weiter versteckt.

„Wie konntest du nur so dumm sein, Bo?“ Walkers dunkle, unverkennbare Stimme geht mir durch Mark und Bein. „Hast du wirklich gedacht wir würden nicht rausfinden, dass du mit den Reapers im Bett liegst?“

Was? Waaaaassss?

Die *Reapers* sind ein anderer MC, ein MC, mit dem die *Golden Skulls* schon seit einer Ewigkeit verfeindet sind.

Jeder in Seattle, jeder hier in Clyde Hill – alle Menschen, die im Revier der *Skulls* leben, wissen, dass auf so einen Verrat die Todesstrafe steht. Walker muss sich täuschen, da muss ein Missverständnis vorliegen, Bo wäre niemals so blöd, sich mit den Reapers einzulassen. Nie.

Warum sollte er das tun? Was hätte er davon?

Mein Hirn sucht fieberhaft nach einer Antwort, findet jedoch keine.

Bo versucht, sich aufzurichten, was ihm dank der Art, wie ihn der Baseballschläger auf den Boden befördert hat, nur schwer gelingt.

Mir wird klar, dass Walker nicht wegen mir hier ist, er weiß anscheinend gar nicht, dass ich zurück bin. Diese Erkenntnis bringt mir allerdings nur für den Bruchteil einer Sekunde so etwas wie Erleichterung.

Der Prospect positioniert sich direkt hinter Bo, es wirkt so, als würde er nur auf den Befehl seines Präsidenten warten, den Befehl, meinen Bruder mit dem hölzernen Ding den Schädel zu zertrümmern.

Bittere Galle steigt in meiner Kehle auf.

Das hier ist nicht einfach nur ein Besuch, das hier sieht auch nicht nach einer Warnung, sondern nach einer verdammten Hinrichtung aus.

Wenn mir nicht gleich etwas einfällt, muss ich dabei zusehen, wie meine erste und einzige Liebe meinen Bruder umbringt. In meinen Ohren breitet sich ein lautes Rauschen aus, ich kann nicht verstehen, was geredet wird, vor meinen Augen beginnt es sich zu drehen.

Was tun? Denk nach, Marie! Was soll ich jetzt nur tun?

„... du hast den *Reapers* geholfen, Waffen in unserem Revier zu verticken. Wegen dir hat der Club eine halbe Million Verlust gemacht."

Walker geht vor Bo in die Hocke – ich weiß genau, was jetzt passiert. Mein Bruder stirbt, wenn mir nicht gleich eine Lösung einfällt.

Das Problem? Ich habe keine halbe Million und selbst wenn ich sie hätte, würden die *Skulls* höchstwahrscheinlich keine Gnade walten lassen. Das ‚Expect no Mercy', das in geraden Lettern auf ihren Kutten geschrieben steht, beweist, dass ich recht habe.

Für einen Moment kneife ich die Augen zusammen, zähle stumm bis drei und trete dann aus meinem Versteck.

Walker bemerkt mich nicht gleich, er ist so auf Bo fixiert und darauf, ihm mit der Spitze seines Dolches ein großes ‚V' für Verräter in die Stirn zu ritzen, dass er mich erst kommen sieht, als ich nur noch einen Meter von ihm entfernt bin.

Aber dann, als sein Blick dem meinen begegnet, erkenne ich nichts als Verblüffung in seinen vertrauten, silbergrauen Augen.

Wir starren uns an, die Zeit steht genau wie mein Herz still.

Ich vergesse zu atmen und kann nicht mehr denken. Aber ich mache mir keine Sorgen über das, was nun mit mir passieren wird. Das Einzige, worauf es ankommt, ist, Bo zu retten. Was mit mir geschieht, ist unwichtig.

Porter stößt ein gezischtes „Na, sieh mal einer an!“ aus, reibt sich über die Stirn und mustert mich interessiert, was Walker sofort ein wütendes Brummen entlockt, worauf Porter sofort zu lachen anfängt.

Des Vizes „Es hat sich also nichts verändert“ lässt einen Funken Hoffnung in mir aufwallen. Walker hat es schon früher gehasst, wenn mich andere Männer angesehen haben, von Berührungen mal ganz zu schweigen ...

Walker steht auf, kneift die Augen zusammen und flucht. Dann gleitet sein Blick an meinem Körper nach unten und ich komme mir sofort nackt vor. Ich trage eine kurze Shorts und ein bauchfreies, enganliegendes Yoga-Top. Draußen hat es 30 Grad und die Klimaanlage ist kaputt, mir war heiß und ich hatte natürlich nicht mit Besuch gerechnet.

Jetzt hingegen ist mir eiskalt und ich wünsche mir noch tausend Stoffschichten auf meine mit kaltem Schweiß überzogene Haut.

„Marie.“

Der Präsident spricht meinen Namen aus, macht jedoch keine Anstalten, mich zu berühren. Mein Bruder schluchzt neben uns und wischt sich das Blut aus dem Gesicht.

„Walker.“

Fassungslosigkeit und Zorn dominieren seine Mimik.

Mein Blick huscht instinktiv zu dem blutigen Dolch in seiner Hand, ich weiche ängstlich einen Schritt zurück.

Er bemerkt es, Trauer verdunkelt seine Züge.

Es ist dem Präsidenten deutlich anzusehen, dass es ihm nicht gefällt, dass ich vor ihm zurückweiche.

„Was machst du hier?“

Seine Worte sind mehr geknurrt als gesprochen.

Ich antworte ihm nicht. Erstens, weil es in diesem Augenblick keine Rolle spielt, warum ich hier bin, und zweitens, weil es Walker bestimmt wütend machen würde, wenn ich ihm erzähle, dass ich vor einem anderen Mann geflüchtet bin. Genau wie damals vor ihm.

„Bitte. Bitte lass meinen Bruder am Leben.“

Porter lacht und der Prospect schüttelt den Kopf.

Ich weiß, wie unrealistisch meine Bitte ist. Wenn Walker einmal einen Entschluss gefasst hat, dann hält er an ihm fest. Koste es, was es wolle!

„Er hat sich mit dem Feind verbündet, was ihn nun ebenfalls zu unserem Feind macht.“

Das muss er mir nicht erklären, ich kenne die Regeln.

„Bo ist nicht euer Feind. Er wird es nie wieder tun. Versprochen.“

Walkers Augen bohren sich in die meinen, erneut weiche ich einen Schritt nach hinten, was ihn laut fluchen lässt. Walker macht einen Schritt nach vorne, packt mich grob am Arm und schubst mich an die Wand hinter mir. Ein fieser Schmerz zuckt durch meinen Rücken, ich verbiete es mir jedoch, auch nur einen Ton über die Lippen zu bringen.

Seine Oberschenkel streichen über die meinen, der herbe, mir nur allzu gut in Erinnerung gebliebene Geruch von Mann, Leder, Motoröl und Schießpulver steigt mir in die Nase und benebelt meine Sinne.

„Bullshit, Marie! Du bist abgehauen! Du hast mich verlassen und jetzt nach all den Jahren kommst du zurück und bittest mich darum, deinen Bruder zu verschonen? Bo ist eine Ratte, und Ratten müssen brennen!"

Nein. Nein. Nein.

„Das, was zwischen uns gewesen ist, hat nichts mit Bo zu tun. Das weißt du, Walker."

Ernst schüttelt er den Kopf.

„Ach nein? Was redest du da, Marie? Was zur Hölle ..." Er führt den letzten Satz nicht zu Ende, schließt kurz die Augen und beugt sich dann kaum merklich vor, um meinen Geruch zu inhalieren.

Im Raum ist es totenstill. Niemand regt sich, niemand sagt etwas. Sogar Bo hat kapiert, dass ihm sein Schluchzen nichts bringen wird.

Reue ist sinnlos, wenn man es mit den *Golden Skulls* zu tun hat.

Walker kommt mir noch näher, eine tiefe, schmerzliche Sehnsucht breitet sich in mir aus. Ich will ihn berühren, ihn küssen und ihn anflehen, meinen Bruder am Leben zu lassen. Wenn ich damals nicht gegangen wäre, wenn ich geblieben wäre, dann wäre ich jetzt seine Old Lady und er würde mir den Gefallen tun und Bo verschonen.

Aber das sind verflucht viele *wäre* und na ja, ich bin gegangen. Ich habe also kein Recht, den Präsidenten um irgendetwas zu bitten. Ganz egal, was einst zwischen uns gewesen ist, es ist vorbei. Für immer.

Walker hebt die Hand mit dem Dolch, setzt diesen an meiner Kehle an und sieht mir tief in die Augen.

„Du hast keine Ahnung, was du mir angetan hast, Marie."

Ich traue mich nicht zu atmen, die scharfe Klinge ritzt sich in meine Haut. Nur ein Ruck, nur eine kleine Bewegung, und mein Leben ist beendet.

„Was soll das, Präs?"

Porter startet einen Versuch, Walker zu beruhigen, was ihn nur noch wütender macht.

Ohne die Klinge von meiner Kehle zu nehmen, ohne sich zu seinen Männern umzudrehen oder den Blick von mir abzuwenden, brüllt er ihnen zu, dass sie verschwinden sollen. Sie zögern. Walker wiederholt seinen Befehl, der Prospect gehorcht zuerst, Porter und Damon folgen dem Typen mit dem Baseballschläger nach draußen.

Mein Bruder bleibt als Einziger zurück. Doch er ist mir keine Hilfe, schließlich liegt er verletzt auf dem Boden und kann sich kaum bewegen. Der Hieb mit dem Schläger scheint ihn schwer verletzt zu haben.

„Augen zu mir, Marie.“

Ich zittere und meine Knie fühlen sich an, als würden sie jede Sekunde nachgeben.

„Seit wann bist du zurück in Clyde Hill?“

„Erst ein paar Tage.“

„Warum?“

Dazu sage ich nichts. Walker nickt, so als könnte er sich die Antwort denken.

„Willst du, dass dein Bruder lebt?“

Blöde Frage.

„Natürlich.“

In seinen grauen Augen blitzt es kalt. Die Klinge schneidet mir tiefer in die Haut.

Hilfe. Oh Gott, Hilfe!

„Was bist du bereit zu tun, um die Ratte zu retten?“

„Alles!“

Das Wort kommt mir instinktiv über die Lippen. Es spielt keine Rolle, dass Bo und ich die letzten Jahre keinen Kontakt hatten. Er ist mein Bruder und die einzige Familie, die ich noch habe. Ich kann ihn nicht einfach sterben lassen, nicht mal dann, wenn er seinen Tod quasi selbst heraufbeschworen hat.

„Alles? Bist du dir da sicher?“

Der Klang, den Walkers Stimme angenommen hat, macht mir beinahe noch mehr Angst als das Messer, das sich drohend gegen meine Hauptschlagader drückt.

Etwas Warmes rinnt an meiner Kehle nach unten – erste Blutstropfen.

„Absolut sicher.“

Das bedrohliche Geräusch, das sich nun aus seinem Brustkorb löst, lässt mich vor Furcht die Zähne zusammenbeißen.

Es fehlt nicht mehr viel und ich fange an, ihn um Gnade anzubetteln, obwohl ich genau weiß, das mir das nichts bringen wird.

Walker scheint über etwas nachzudenken, dann reibt er sich mit der linken Hand über die Stirn, fast so, als könnte er selber nicht glauben, was ihm gerade durch den Kopf gezuckt ist.

„Du kannst deinen Bruder nur retten, indem du meine Braut wirst."

Braut? Wie bitte?

Entsetzt sehe ich ihn an.

„Du willst, dass ich dich heirate?"

Das kann nicht sein. Das ist zu verrückt.

„Du kommst mit mir in den Club, du wirst mein Eigentum und ich werde dich ficken. Wieder und wieder. So lange, bis all meine Wut auf dich verraucht ist. Wenn das klappt, gut. Dann schicke ich dich, wenn ich genug von dir habe, zum Teufel. Wenn nicht, wenn mein Hunger auf dich bleibt, behalte ich dich und du wirst tun, was immer ich von dir verlange. Verstanden?"

Das ist zu heftig.

Mein Hirn versucht zu verstehen, was das alles zu bedeuten hat, doch es scheitert.

Bo stöhnt: „Tu's nicht, Marie."

Ich ignoriere ihn und konzentriere mich voll und ganz auf den Outlaw, der sagt, dass er mich zur Braut will und mir dabei ein Messer an den Hals hält.

„Du redest von einem *für immer*?"

Meine Frage ist nicht lauter als ein Flüstern.

„Nur wenn ich dich nicht aus meinem verdammten Schädel vögeln kann."

„Aber Bo passiert nichts? Egal, ob du mich aus deinem Schädel bekommst oder nicht. Richtig?"

Walker nickt. Vor meinen Augen tanzen schwarze Punkte.

„Zumindest solange du meine Befehle befolgst."

Das, was er mir da anbietet, ist genau das, was Liam von mir wollte, und wovor ich geflohen bin. Ein Leben als Sklavin, ein Leben als Leibeigene.

„Befehle befolgen war noch nie meine Stärke."

Ein flüchtiges Lächeln huscht über des Präsidenten Gesicht.

„Aye, daran erinnere ich mich nur zu gut."

Der Dolch verschwindet von meiner Kehle, endlich traue ich mich wieder tief einzuatmen. Die schwarzen Flecken, die mein Sichtfeld immer dunkler haben werden lassen, lösen sich nach und nach auf.

Stille. Wir schweigen. Ich höre die Stimmen seiner Brüder, die vor dem Haus stehen. Die Tränen, die sich in meinen Augenwinkeln gesammelt haben, laufen über.

Walker bemerkt sie, lehnt sich vor und leckt sie ab.

„Du hast vierundzwanzig Stunden Zeit, um dir die Sache zu überlegen. Wenn du nicht nach Ablauf der Frist mit fertig gepackten Sachen vor dieser verdammten Türe stehst, töte ich deinen Bruder, fackle das Haus ab und verjage dich ein für alle Mal aus meinem Revier."

Mit dieser Drohung wendet er sich von mir ab, geht zu Bo und verpasst ihm einen kraftvollen Tritt in den Magen. Dann wirft er einen letzten Blick auf mich und verschwindet nach draußen.

Ich bleibe wie erstarrt stehen. Reglos und verwirrt höre ich, wie er seine Brüder über den Deal informiert und ihnen befiehlt, alleine zurück zum Club zu fahren. Die Motoren springen an und der Präsident der *Golden Skulls* fährt in die entgegengesetzte Richtung wie seine Männer davon. Selbst als die Rocker schon einige Minuten weg sind, stehe ich immer noch an der Stelle, an der Walker mich an die Wand gepinnt hat, und versuche zu verstehen, was da gerade geschehen ist.

Meine Vergangenheit hat mich eingeholt.

Und trotz der Gewalt, der Furcht und dem Blut weiß ich jetzt schon, wie meine Entscheidung ausfallen wird.

Ich muss Bo retten, ich muss dafür sorgen, dass mein Bruder am Leben bleibt.

Das ist alles, was zählt.

Der einstige Walker, mit dem ich vor langer Zeit zusammen war, den gibt es nicht mehr. Er ist zu einem harten, brutalen und gnadenlosen Mann geworden, der sich nimmt, was er will, und in diesem Fall bin das ich. Für Bo mag es so wirken, als ob alles verloren wäre, aber das stimmt nicht. Nicht ganz. Ich kenne Walker. Er macht keine Ausnahmen. Niemals. Und dennoch hat er es gerade getan. Bo lebt, obwohl er eigentlich längst tot sein sollte ...

2. Kapitel

Der Rockerpräsident

Ohne die beiden Prospects, die das Tor zu unserem Gelände bewachen, auch nur eines Blickes zu würdigen, parke ich direkt vor dem Eingang des Clubhauses und steige vom Bike.

In verrosteten Ölfässern lodern rötliche Flammen, aus den Boxen dröhnt laute Rockmusik, zu der sich nackte Huren im flackernden Schein des Feuers rekeln.

Direkt neben der Eingangstüre steht Kane, der Sergeant at Arms der *Golden Skulls*, dem Outlaw Motorcycle Club, den ich seit mittlerweile sechs Jahren anführe.

Vor ihm kniet eine blonde Bitch, seine Hand liegt besitzergreifend auf ihrem Hinterkopf. Er presst ihren Mund fester gegen seinen Schwanz. Folgsam und in einem schnellen Tempo nach vorne und hinten wippend, bläst sie ihm einen und stößt dabei willige Geräusche aus. *Fuck!* Vielleicht ist das die Lösung.

Vielleicht sollte ich mir ebenfalls eine der Huren schnappen und meinen Schwanz bis zum Anschlag in ihren Rachen schieben ...

Im Inneren des würfelförmigen Clubhauses geht es noch wilder zu als auf dem Hof.

Auf der abgewetzten Theke der Bar liegt eine nackte Frau, deren stark geschminktes Gesicht mir fremd vorkommt. Sie könnte schön sein, wäre da nicht die Hoffnungslosigkeit in ihrem Blick. Mag sein, dass sie neu bei uns ist, aber die Welt aus Schatten und Blut, in der ich existiere, scheint nichts Neues für sie zu sein.

Zwischen ihren weit gespreizten Schenkeln steht eine halb volle Jack-Daniels-Flasche, während sie auf ihrem gesamten Körper unzählige Shots, die mit einer klaren Flüssigkeit gefüllt sind, ausbalanciert.

„Walker!“

Jemand brüllt meinen Namen, ich ignoriere ihn, schnappe mir, ohne zu zögern, die Flasche, packe die Bitch an den Haaren und ziehe sie in eine sitzende Position. Die Shots fliegen durch die Luft, landen auf dem Boden, spitze Scherben verteilen sich neben meinen Stiefeln. Meine Brüder grölen, die Nutte sieht mich angsterfüllt an.

Hinter meinen Schläfen pocht es dumpf, mein Puls klopft deutlich spürbar durch meine Adern – was ein beschissener Tag.

„Verdammt, Walker!“

Wieder ertönt mein Name, wieder blende ich denjenigen einfach aus.

Bullshit!

Der Tag war lang, ich habe genug für heute.

Die zitternde Frau, die mich aus weit aufgerissenen Augen ansieht, ist süß und sie ist Frischfleisch. Mit ein bisschen Glück gelingt es ihr, mich den Mist der vergangenen Stunde wenigstens für ein paar Minuten vergessen zu lassen.

Mein Schädel ist zu voll, es fühlt sich an, als würde er jeden Augenblick platzen. Vor mehr als einem Jahrzehnt habe ich mich den *Golden Skulls* angeschlossen, seitdem ist viel passiert. So viel, dass ich mich manchmal frage, wie ich all die Jahre überlebt habe.

Die Antwort auf diese Frage ist eigentlich ganz einfach: Ich bin erbarmungslos genug, alles und jeden zu töten, der sich mir in den Weg stellt. Ich mache Pläne und die ziehe ich ohne Wenn und Aber durch. Kein Mitleid, kein Erbarmen.

Der MC ist alles, was zählt, und der Rest der Welt ist unbedeutend. Die vielen Leichen, die ich in den letzten Jahren am Straßenrand zurückgelassen habe, sind unbedeutend. Sie sind nichts weiter als Kollateralschäden auf dem Weg, den ich beschreite.

Ich spreche keine Warnungen aus, Drohungen sind ebenfalls nicht mein Ding, und ich wiederhole mich nur sehr ungern. Um ehrlich zu sein, tue ich es gar nicht.

Meine Befehle werden ausgeführt. Immer. Nur die Wenigsten wagen es, mir zu widersprechen, und die, die es tun, bereuen es meist sofort.

Ich werde respektiert und landesweit gefürchtet.

Seattle, ach Fuck! Der gesamte Puget Sound ist unser Revier. Hier machen wir die Gesetze. Das Wort des Clubs zählt.

Das alles gilt. Immer. Mit einer verdammten Ausnahme, und die ist heute passiert.

Und das irritiert mich, denn, verdammt noch mal! Normalerweise mache ich keine Ausnahmen. Niemals. Schon gar nicht bei meinen Feinden und noch weniger bei deren Töchtern und Schwestern. Ich reibe mir über die Stirn und stoße einen lauten Fluch aus.

Das Pochen hinter meinen Schläfen wird stärker. Ich muss Druck abbauen. Sofort.

Marie ist verdammt schön und auf eine unschuldige Art und Weise unfassbar sexy und sie wird mir gehören. Wenn sie auf meine Forderungen eingeht!

Bo ist ein Freund des Clubs, auf jeden Fall war er das, bis mir vor einem Monat zu Ohren gekommen ist, dass er den *Reapers*, einem verfeindeten Motorradclub, dessen Revier an der Grenze zu unserem endet, dabei hilft, ihre Waren in unser Territorium zu schmuggeln und dort zu verkaufen. Das war dumm von ihm. Ein wirklich blöder Fehler, für den er mit seinem Leben bezahlen wird, wenn er es nicht schafft, den für uns dadurch entstandenen Schaden im Wert von einer halben Million Dollar auszugleichen. Ich will Cash sehen, doch das wird er nicht schaffen. Nie. Also wird seine Schwester dafür geradestehen!

Bo ist ein notorischer Spieler, ein Kiffer und immer pleite. Würde er nicht so viel rauchen und saufen, wäre er wahrscheinlich ein Genie. In Sachen Computer macht ihm so schnell keiner etwas vor. Aber da er ununterbrochen an der Flasche hängt, ist er nie nüchtern genug, um sein Leben in den Griff zu kriegen.

Mir egal. Sein fucking Problem. Der ursprüngliche Plan war, zu ihm rauszufahren –, ihm das Genick zu brechen und die Macht des MCs zu demonstrieren. Damit kein verdammter Wichser jemals wieder auf die Idee kommt, die *Golden Skulls* zu betrügen.

Der Plan stand. Er war wie in Stein gemeißelt, bis zu dem Moment, in dem ich plötzlich diesem unfassbar fucking schönen Mädchen gegenüberstand. Einem Mädchen, das ich einst geliebt habe, und das vor so langer Zeit, dass es sich so anfühlt, als wäre es in einem anderen Leben gewesen, mir gehört hat.

Marie. Ich muss nur an sie denken, ihr Name muss nur durch meinen Schädel hallen, und schon ballen sich meine Hände zu Fäusten.

Holy Fuck! Marie war mein Mädchen, als ich dem Club beigetreten bin, sie war an meiner Seite, als ich das Leder angelegt habe, und hat mich dann, kurz bevor ich Präsident wurde, verlassen.

An dem Tag, an dem ich die Führung des Clubs übernahm, hat sie schon der Vergangenheit angehört. Offiziell zumindest. Inoffiziell war sie immer die meine. Egal, wie viele Nutten ich seitdem auch gefickt habe, im Grunde genommen wollte ich immer nur sie. Doch das war unmöglich. Zum einen, weil ich es mit einer Frau an meiner Seite nie so weit geschafft hätte, und zum anderen, weil sie mich nicht mehr wollte.

Ihr hat nicht gefallen, zu wem ich dank des Leders geworden bin. Der Killer in mir hat sie verängstigt, und das Blut meiner Feinde, das mehr als ein Mal an meinen Händen klebte, hat sie abgeschreckt. Vier Jahre lang hat sie es dennoch ausgehalten, doch dann musste ich sie frei geben, auch wenn es mir fast das Herz gebrochen hat.

Seit dem Tag habe ich Marie nicht mehr gesehen. Sie ist weggegangen, weg aus Seattle, weg vom Club und weg von mir.

Doch ganz offensichtlich ist sie jetzt aus irgendeinem Grund zurückgekommen. Zu einem äußerst günstigen Zeitpunkt. Denn Bo hat Probleme, die er alleine nicht lösen kann.

Und ich? *Fuck!* Ich will nichts so sehr wie ihren Arsch in meinem Bett.

Die Gründe, die mich vor all den Jahren dazu gebracht haben, sie ziehen zu lassen, haben sich erledigt. Ich habe erreicht, was ich wollte, das *Präsidenten-Patch* prangt auf meiner Kutte und der Club gehört mir.

Es spricht also nichts dagegen, Marie erneut zu der meinen zu machen und mir dieses Mal zu nehmen, was ich schon immer wollte. Ihr Leben. Aber nicht, um es zu beenden, sondern um es für immer mit dem meinen zu verknüpfen.

Bo ist so gut wie tot. Die Einzige, die ihn noch retten kann, ist seine Schwester. Aber nur, wenn sie bereit dazu ist, meine Braut zu werden und sich mir bis zu ihrem letzten Atemzug anzuvertrauen.

Hölle!

Allein die Vorstellung, dass Marie schon bald wieder mir gehören könnte, lässt meinen Schwanz unerträglich hart werden.

Es wäre so leicht, auf mein Bike zu steigen, den Weg zurückzufahren, erneut in Bos Bungalow einzubrechen und mir seine Schwester zu packen. Marie ist klein, sie könnte sich kaum gegen mich zur Wehr setzen. Aber ich will sie nicht gegen ihren Willen nehmen. Ich will, dass sie sich mir schenkt. Ich will, dass sie diejenige ist, die sich freiwillig in mein Bett legt und dort auf mich wartet ...

Aus welchen Gründen auch immer.

Ich erwarte keine Liebe, ich erwarte Ergebenheit.

Fuck!

Wenn es um Marie geht, breitet sich die Finsternis, die schon immer in mir gelauert hat, aus. Die Dunkelheit übernimmt die Kontrolle und das Monster in mir, das nur dann zum Vorschein kommt, wenn es darum geht zu töten, reißt an seinen Ketten.

Ich rede mir ein, dass der sicherste Platz für sie an meiner Seite sein wird, aber das ist nicht wahr. Denn auch wenn ich vor Gott schwöre, dass ich sie beschützen werde, bin ich die größte Gefahr für sie.

Heute Nacht könnte ich mich nicht kontrollieren, nicht nach dem, was in den letzten Stunden geschehen ist.

Meine Seele blutet, sie schreit Maries Namen und fordert ihren Untergang. Das Monster in mir will die Frau, die ich seit einer Ewigkeit liebe, bluten sehen, es will ihr Schmerz zufügen und ihre samtene Haut zeichnen.

Das. Kann. Ich. Nicht. Zulassen. Niemals.

Und darum bleibe ich hier im Club, halte mich von der Frau, die ich mehr will als alles auf der Welt, fern, und nehme mir stattdessen die Bitch vor, deren Namen ich nicht kenne und deren Schicksal mir völlig gleichgültig ist.

Die *Golden Skulls* besitzen mehrere Strip-Clubs und eine Handvoll Bordelle. Wenn ich Marie nicht so dringend für mich wollen würde, wäre es für sie kein Problem, die halbe Million, die uns ihr Bruder schuldet, innerhalb kürzester Zeit als Hure zu verdienen. Sie müsste sich nur auf den Rücken legen und die Beine spreizen – ihr Körper ist eine verdammte Goldgrube.

Zum Teufel!

Damals war ich ihr Erster, vor mir war sie mit keinem anderen Mann zusammen gewesen. Ich kann mich noch immer daran erinnern, wie sich ihr jungfräuliches Blut an meinem Schwanz angefühlt hat. Perfekt. Zu perfekt.

So perfekt, dass ich diese Nacht nie wieder vergessen werde.

Ich weiß nicht, mit wie vielen Kerlen sie seitdem zusammen war. Aber jetzt, wo sie zurück ist, jetzt, wo sie erneut die Grenze zu unserem Revier überschritten hat, werde ich verhindern, dass sie jemals wieder von einem anderen Typen angefasst wird.

Marie gehört mir, das hat sie schon immer!

Allein ein Blick in ihre waldgrünen Augen hat ausgereicht, um mich zurück in die Vergangenheit zu katapultieren. *Wämm!* Plötzlich kam es mir so vor, als hätte es die letzten Jahre, die ich ohne sie verbracht habe, nie gegeben.

Doch da ist mehr als nur dieses primitive Verlangen. Ich will sie halten, beschützen und für mich beanspruchen. Ich will sie zu der meinen machen.

Endgültig und unwiderruflich.

Die Welt, in der ich lebe, ist gefährlich, sie ist brutal und rau und eigentlich kein Ort für ein Mädchen wie sie. Für uns *Skulls* gelten die normalen Gesetze nicht, wir schaffen uns unsere eigenen und sorgen für deren Einhaltung. Bei uns gibt es keine normalen Ehefrauen, bei uns gibt es Old Ladys. Wenn ein *Skull* sich für eine Frau entscheidet, dann ist diese Entscheidung unwiderruflich. Er macht sie zu seinem Eigentum, er kleidet sie mit seinem Leder, das mit den Worten ‚*Property of*' versehen ist, und das allen Menschen klarmacht, dass diese Frau vergeben ist.

Von Ehefrauen kann man geschieden werden – von Old Ladys nicht. Und dennoch will ich Marie auch vor Gott zu der meinen machen.

Die vielen Clubhuren sind uns nichts wert, sie sind nichts als weiches Fleisch, das uns in einsamen Nächten Erleichterung schenkt, aber unsere Ladys sind uns heilig! Jeder, der es wagt, sie zu berühren, zu bedrohen oder gar zu verletzen, legt sich automatisch mit dem kompletten *Golden Skulls Motorcycle Club* an. Und das endet erfahrungsgemäß immer tödlich. Immer, außer heute Nacht, wo ich Bo einen Ausweg aus seiner Misere geboten habe.

Ich kenne ihn, er wird seine Schwester nicht zwingen. Aber ich kenne auch Marie. Ich weiß, wie loyal sie zu den Menschen steht, die sie liebt, denn einst habe ich ihre Loyalität ebenfalls am eigenen Leib zu spüren bekommen. Sie würde nie zulassen, dass ich ihren Bruder töte. Sie wird sich opfern, um ihn zu retten.

Bis jetzt kam nie eine andere Frau als Marie als meine Lady in Frage. Wenn ich vor dem Club schwöre, eine Frau mit meinem Leben zu beschützen, dann nur die eine, die ich wahrhaftig und ohne den geringsten Zweifel besitzen will!

Nach der langen Zeit war nur ein Blick in ihr wunderschönes Gesicht nötig, um mich all die Gefühle spüren zu lassen, die ich in den letzten Jahren tief in meinem Inneren vergraben hatte.

Zur Hölle mit der Liebe!

Vielleicht sollte ich Marie doch in eines unserer Bordelle bringen lassen. So würden die 500000 Dollar direkt in die Clubkasse gelangen und ich würde nicht das Risiko eingehen, mich für immer an ein Mädchen zu binden, das mich höchstwahrscheinlich hasst.

Mit den Zähnen knirschend zerre ich die Bitch, die ich gerade vom Tresen gepickt habe, hinter mir her. Als sie meinen zornigen Fluch hört, zuckt sie panisch zusammen.

Tja. Pech gehabt.

Es ist mir völlig egal, ob sie verängstigt oder willig ist. Jede Nutte, die sich in unserem Club aufhält, muss bereit sein an unseren Schwänzen zu nuckeln, und wenn sie das verflucht noch mal nicht ist, ist sie hier vollkommen fehl am Platz!

Das hier ist ein OMC und kein verfickter Ponyhof.

Nachdem ich die Bitch in mein Büro befördert habe, kicke ich die Türe hinter uns zu und führe sie zu dem Sofa, das sich an der hinteren Wand befindet. Ich weiß nichts über diese Tussi, nichts, doch das wird mich nicht davon abhalten, mir zu nehmen, was ich brauche. Ich werde mich jetzt gleich so tief in ihrem Rachen vergraben, dass sie gegen ihren Würgereiz ankämpfen muss und sich wünschen wird, niemals zu den *Golden Skulls* gekommen zu sein. Aber dafür ist es längst zu spät.

Sie ist hier, und das kann sie nicht rückgängig machen.

Egal ob Präsident oder Bitch: Jede unserer Entscheidungen trägt Konsequenzen nach sich.

Das wird auch Marie zu spüren bekommen. Sie ist zurück in mein Revier gekommen und jetzt wird sie meiner Gnade ausgeliefert sein. Wie dumm, dass ich keine Gnade kenne. Niemals.

Fest entschlossen, Bos Schwester aus meinem Schädel zu bekommen, umfasse ich die linke Titte der Nutte, schütte etwas Whisky über das weiche Fleisch und lecke den Alkohol von ihrem Nippel. Die Kombination von Frau und Jack Daniels schmeckt köstlich.

Sie biegt den Rücken durch und sieht mich überrascht an. Ihre Augen sind braun und ihre Haare rot gefärbt. Alles an dieser Schlampe wirkt künstlich und unecht. Bei Marie hingegen ... *Fuck!* Schluss damit!

Mit schnellen Bewegungen öffne ich meine Jeans, hole meinen harten Penis raus und drücke die Tussi vor mir zu Boden.

Bullshit! Das könnte gut werden.

„Mach den Mund auf!"

Nach kurzem Zögern kommt sie meinem Befehl nach. Ich reagiere sofort, presse meine geschwollene Eichel in ihren feuchten Mund und bade in ihrer Hitze.

Unsicher beginnt sie damit meinen Schwanz mit ihrer Zunge zu bearbeiten. Unsere Blicke treffen sich und ich stoße mich tiefer in ihren Rachen. Würgend legt sie ihre Handflächen auf meinen Oberschenkel und versucht, sich abzudrücken.

Nicht bereit, langsamer zu machen, lege ich meine Hand in ihren Nacken, schließe meine Finger um ihren zarten Hals und halte sie so in Position.

„Verdammt. Hör auf zu zicken!"

Eine vereinzelte Träne rinnt ihr über die Wange und färbt sich dank des verschmierten Mascaras dunkelgrau. Das Monster in mir faucht zufrieden.

Oh yeah ... Shit!

Tief Luft holend, ziehe ich mich aus ihr heraus, nur um mich einen Moment später wieder in ihren Mund zu schieben. Nass und eng umschließen ihre Lippen meinen Schaft. Etwas Speichel tropft ihr über das Kinn, sie sieht echt fertig aus.

Erst jetzt scheint die Bitch zu verstehen, dass es definitiv Folgen hat, wenn man sich nackt und mit weit gespreizten Beinen auf die Bar eines Motorcycle Clubs legt. Sie hat sich mir angeboten und ich habe zugeschlagen.

That's life!

Ich falle in einen schnellen, verflucht guten Rhythmus. Die kleine Nutte unterwirft sich mir und hört auf, sich gegen mich zu wehren.

„So ist es brav."

Ich lasse ihren Hals los und wische mit der Daumenkuppe die Träne ab.

Geschickt saugt sie mein Glied noch etwas tiefer in ihren Mund, umspielt mit ihrer rauen Zunge die empfindliche Unterseite meiner Erektion und wippt mit ihrem Kopf immer schneller vor und zurück.

Yeah! Fuck! Yeah!

Mein langgezogenes Stöhnen hallt von den Wänden wider. Ich lasse meinen Kopf in den Nacken fallen, schließe die Augen und genieße den Moment. Das Pochen hinter meinen Schläfen wird besser und lässt langsam nach.

Zum Glück.

Mit jeder weiteren Sekunde, mit jedem leichten Saugen und jedem Zentimeter, den sie mich tiefer in ihren Hals gleiten lässt, fällt mehr und mehr der Anspannung von mir ab.

Etwas geschieht. Ich sehe zu ihr herab und plötzlich sind es nicht mehr ihre braunen Augen, die zu mir aufschauen, sondern es sind Maries. Mein Hirn hat einen echt makabren Humor.

In der Fantasie gefangen, sind es ihre blonden Haare, die ich mir um die Faust wickle und es ist ihr leises Wimmern, das durch meine Hoden schallt, als ich meinen Saft in die zuckende Kehle spritze, die von meinem Schwanz bis zum letzten Millimeter ausgefüllt wird.

Langsam löse ich meine verkrampften Finger aus den Haaren der Nutte, wende den Blick von ihr ab und spüre den Zorn, der in mir aufsteigt und der sich gegen niemand Geringeren als mich selbst richtet, weil ich es verdammt noch mal nicht geschafft habe, Bos Schwester aus meinen Gedanken zu verbannen.

Fuck! Fuucckkkk!

Es ist wie früher. Marie ist meine Sucht!

Wenn es einen Weg gäbe, sie zu vergessen ... Wenn es ein Mittel gäbe, das ich schlucken könnte, um von ihr loszukommen, ich würde es nehmen. Sofort. Selbst bei den tödlichsten Nebenwirkungen.

Aber das gibt es nicht und so bin ich gefickt.

Wie weit muss ich gehen?

Was muss ich tun, um sie aus meinem Herzen zu schneiden?

Vielleicht wäre es wirklich das Beste, wenn ich mir einen Dolch nehmen und es versuchen würde.

Im Augenblick bin ich sogar bereit, einen Pakt mit dem Teufel einzugehen – ich würde alles tun, nur um meine Sucht nach Marie zu besiegen.

Wütend auf mich und die gottverdammte Welt schiebe ich mein erschlaffendes Glied zurück in die Hose, ziehe den Reißverschluss hoch, gehe zur Türe und öffne sie.

Dann sehe ich zu der noch immer auf dem Boden kauernden Hure.

„Verschwinde!"

Verwirrt sieht sie mich an.

„Du lässt mich gehen?"

Was sonst?

„Hast du gedacht ich steck dir jetzt einen Ring an den Finger und heirate dich?"

Sie schüttelt den Kopf.

„Nein. Aber ..."

Kein *aber*.

„Raus!"

Mein lautes Brüllen sorgt dafür, dass sie aufspringt und nackt davonrennt, was mich zum Lachen bringt.

Noch bevor ich mich allein im Büro einsperren kann, taucht Porter neben mir auf.

„Die Welt wird immer verrückter, was, Präs?"

„Das kannst du laut sagen."

Ich zünde mir eine Kippe an und halte ihm die halb volle Schachtel entgegen. Er schnappt sich eine Marlboro und macht es mir nach. Wir rauchen eine, für einen Moment herrscht einvernehmliches Schweigen.

Dann lehnt er sich an die Wand und stößt ein gepresstes Seufzen aus.

„Willst du mir sagen, was da heute bei Bo abging?"

Fuck! Nein.

„Der Plan hat sich geändert."

Sein „Mhmmm ..." macht mich wütend.

„Du änderst nie deine Pläne."

Das weiß ich selbst.

„Ausnahmen bestätigen die Regel."

Das wissende Grinsen, das sich auf sein Gesicht legt, lässt mich die linke Hand zur Faust ballen.

Porter ist der einzige meiner Brüder, der mich durchschaut hat. Er weiß, warum ich Marie diesen Deal vorgeschlagen habe.

In manchen Situationen ist es von Vorteil, dass mich mein VP so gut kennt, jetzt gerade aber ... *Bullshit!* Jetzt gerade ist es von Nachteil. In der Vergangenheit haben wir uns schon einige Male gegenseitig den

Rücken gedeckt. Ohne ihn läge ich längst zwei Meter tief unter der Erde. Es gibt keinen Menschen, dem ich mehr vertraue als ihm.

Trotzdem!

„Ich will nicht über Marie reden! Kapiert?“

„Hör zu, wenn du das Mädchen immer noch so dringend besitzen willst, fahr raus und schnapp es dir!“

Unter normalen Umständen würde ich genau das tun.

Doch zwischen Marie und mir ist nichts normal.

Aye. Ich will sie zurück und ich will sie für mich. Daran gibt es keine Zweifel. Das wollte ich schon immer. Aber ich will, dass mich ihre grünen Augen vertrauensvoll ansehen, ich will, dass sie sich mir aus eigener Entscheidung hingibt, dass sie sich meinem Willen freiwillig unterwirft! *Bei allen Skulls!*

Ich will diese faszinierende Frau nicht einfach nur bumsen, sondern besitzen. Voll und ganz besitzen.

„Was ich mit Marie mache, geht dich nichts an.“

Porters Augenbrauen ziehen sich drohend zusammen.

„Fick dich, Walker!“

Lachend schüttle ich den Kopf.

„Wenn ich ficke, ficke ich Marie.“

„Was du mit Bo gemacht hast, diese Entscheidung, die du heute einfach so getroffen hast, wäre eine Clubangelegenheit gewesen. Darüber hätte abgestimmt werden müssen!“

Mein Vize hat prinzipiell recht. Aber Marie ist keine Clubangelegenheit, sondern meine Privatsache. Es stimmt. Ich nutze Bos Probleme mit den *Skulls,* um zu bekommen, was ich für mich will. Aber so läuft das im Leben nun mal.

„Die Grenzen sind flexibel.“

Das sieht Porter ganz klar anders.

„Sind sie nicht. Hier geht es um eine halbe Mille. Vergiss das nicht!“

„Der Club wird seine Kohle bekommen.“

Zweifel stehen in seinem Blick.

„Ach, und woher? Von dem Mädchen vielleicht?“

„Komm schon Porter, wir wissen beide, dass Marie kein Geld hat.“

Er nickt zustimmend.

„Eben, Präs. Das ist das Problem. Denn wir wissen auch, dass Bo die Schuld nicht begleichen kann.“

Ich stoße ein genervtes Brummen aus.

„Das nenne ich eine schwierige Situation.“

Er sieht mich wütend an.

„Das nenne ich Scheiße!“

Ich lasse den Rauch aus meiner Lunge entweichen.
„Der Club geht leer aus. Ganz egal, was wir mit Bo anstellen. Aber das bedeutet noch lange nicht, dass ich mir nicht seine Schwester zurückholen kann.“
Das sieht mein Stellvertreter anders.
„Die Schwester kann sich der Club holen, damit sie die Summe in einem unserer Bordelle reinarbeitet. Aber das Mädchen gehört nicht dir. Verrat muss mit Blut bezahlt werden. Vergiss das nicht, Walker!“
Wie sollte ich das vergessen?
Dieses verdammte Gesetz habe ich aufgestellt. Ich habe es niedergeschrieben und somit für alle *Golden Skulls* von hier bis nach fucking Mexiko, wo wir ebenfalls ein Chapter eröffnet haben, geltend gemacht.
Mexiko ist für uns ein wichtiger Handelsknotenpunkt. Drogen, Waffen – das ganze Programm. In Tijuana ist alles möglich. Selbst Menschenhandel ist dort kein Problem.
Anstatt meiner wachsenden Wut freien Lauf zu lassen, zwinge ich mich zu einer neutralen Miene, fülle meine Lungenflügel erneut mit einer Ladung Nikotin und sehe Porter direkt an.
„Marie gehört mir. Solltest du jemals wieder etwas anderes behaupten, töte ich dich.“
Unter anderen Umständen könnte er das vielleicht für einen Witz halten. Aber mein Vize ist schlau genug, um zu wissen, dass ich, wenn es um diese Frau geht, keine Witze mache.
Bruderschaft hin oder her, mein Mädchen ist zurückgekommen und hat damit ihr Schicksal besiegelt. Sie hätte wissen müssen, was passiert, wenn sie sich erneut in meinem Revier blicken lässt. Marie ist eine intelligente Frau. Sie kannte das Risiko und hat es trotzdem in Kauf genommen. Ich frage mich warum?
Was ist da, wo auch immer sie war, vorgefallen?
Es muss krass gewesen sein, denn sonst wäre sie nie so wagemutig gewesen, erneut einen Fuß in den Machtbereich des Clubs zu setzen.
Ich werde rausfinden, was es ist, und mich der Sache annehmen. Aber bis dahin werde ich einfach dafür sorgen, dass Porter kapiert, wie ernst mir die Angelegenheit ist.
Scheiß auf Bo! Scheiß auf alle!
Egal, was ihr Bruder getan hat, selbst wenn er nicht mit unserem Feind ins Bett gestiegen wäre, hätte ich mir Marie, sobald ich erfahren hätte, dass sie wieder da ist, geschnappt.
Das mit ihr und mir war noch lange nicht vorbei.
Es wird nie vorbei sein.

Porter raucht die Zigarette fertig und presst zum Schluss die Lippen wütend aufeinander.
„Du drohst mir wegen einer Pussy?“
Falsch. Ich drohe ihm wegen Marie. Das ist ein gewaltiger Unterschied!
„Es ist, wie es ist. Bo ist ab jetzt meine Angelegenheit und Marie ist für den Club tabu. Sorg dafür, dass es alle wissen, ich will keine Missverständnisse bei dieser Sache.“
Mit einem Zischen stößt er sich von der Wand ab, schüttelt fassungslos den Kopf und macht sich daran, meinen Befehl auszuführen.
Die Hure, die noch vor wenigen Minuten meinen Schwanz gelutscht hat, liegt inzwischen bäuchlings auf einem der Tische und Kane, unser Sergeant at Arms, fickt sie mit harten Stößen. Ihre Schreie vermischen sich mit den anderen Geräuschen des Clubs. Die Musik hämmert aus den Boxen. Niemand interessiert sich dafür, was Kane mit der Bitch anstellt.
Ein ganz normaler Abend bei den *Skulls*. Alles ist, wie es sein sollte. Fast zumindest. Denn das Wissen, dass sich Marie in meiner Nähe aufhält, verändert einfach alles.
Im Gegensatz zu Porters üblicher Vorgehensweise, werde ich Marie nicht einfach entführen, ich lasse ihr die Wahl. Entweder ist sie bereit, die Schulden ihres Bruders für den Rest ihres Lebens in meinem Bett auf dem Rücken liegend abzuarbeiten, oder ich werde Bo töten und das Haus, in dem sie beide wohnen, in Flammen aufgehen lassen.
Ein faires Angebot, wie ich finde ...
Wobei Marie auch nach Bos Tod nicht vor mir sicher sein wird. Das wird sie nie. Dafür war das, was wir vor Jahren hatten, einfach zu gut.
Ich werde erst zufrieden sein, wenn diese Frau wieder mir gehört, wenn sie meine Kutte, meinen Nachnamen und meinen Ring am Finger trägt.
Fuck!
Das schwöre ich auf mein Leder, das schwöre ich auf mein Bike – das schwöre ich auf alles, was mir verdammt noch mal heilig ist.

3. Kapitel

Die unfreiwillige Braut

Die von Walker veranschlagten vierundzwanzig Stunden gleiten mir viel zu schnell durch die Finger.

Nachdem die Rocker abgezogen sind, habe ich Bo sofort ins Overlake Hospital geschleppt. Dank dem Tête-à-Tête mit dem Baseballschläger hat er eine Gehirnerschütterung, durch Walkers Tritt mehrere gebrochene Rippen und jede Menge Prellungen. Aber keine lebensgefährlichen Verletzungen und darüber bin ich sehr erleichtert.

Der Arzt in der Notaufnahme hatte uns zwar deutlich darauf hingewiesen, dass es besser für Bo wäre, wenn er die restliche Nacht in der Klinik bleiben würde. Aber diesen Luxus können wir uns nicht leisten. Also ist es an mir hängengeblieben, ihn zu beobachten und zu hoffen, dass sich sein Zustand nicht verschlechtert. Mit Gehirnerschütterungen ist nicht zu spaßen.

Gott sei Dank hat sich sein Zustand jedoch nicht verschlechtert und schon am nächsten Morgen ging es ihm deutlich besser.

Der Schnitt an meinem Hals ist nicht tief, ich habe ihn nur desinfiziert. Walker wollte mich nicht verletzen, sondern warnen. Das ist ihm gelungen. Nachdrücklich.

Die *Skulls* haben ihren Standpunkt klargemacht, doch sie haben meinen Bruder nicht getötet. Wofür ich dankbar sein muss. Ehrlich!

Was Bo getan hat, war verdammt dumm. Jeder weiß, was geschieht, wenn man den Club hintergeht. Warum Bo es dennoch getan hat, kann ich nicht verstehen und darum stelle ich ihm jetzt genau diese Frage und hoffe auf eine Antwort.

Ich will einfach wissen, aus welchem Grund ich mich dem Präsidenten ausliefern muss, und ich hoffe wirklich, dass es ein guter Grund ist, und dass das alles nicht geschehen ist, weil mein dämlicher Bruder Geld für Hasch gebraucht hat.

„Warum hast du dich mit den *Skulls* angelegt? Verdammt, du kennst Walker. Du weißt, was für Strafen darauf stehen, wenn man sich mit den *Reapers* abgibt.“

Bo senkt verlegen den Kopf und ich spüre instinktiv, dass diese Scheiße irgendetwas mit mir zu tun hat.

„Dass du damals abgehauen bist, hat Mum und Dad hart getroffen. Es hat auch mich hart getroffen. Unser Leben war nie wieder das gleiche.“

Ja, das weiß ich. *Gott, Scheiße!* Ich kann die Zeit nicht zurückdrehen.

„Was soll das? Willst du mir ein schlechtes Gewissen machen? Keine Sorge, das habe ich längst. Also bleib beim Thema."

Zorn blitzt in seinen Augen auf.

„Wir sind beim Thema, Marie. Dass du abgehauen bist, geht auf Walkers Konto. Ich habe den Reapers geholfen, um ihm zu schaden."

Verflucht!

Ist mein Bruder wirklich so dumm, ist das sein Ernst?

Er zündet sich einen Joint an, den ich ihm am liebsten sofort aus dem Mund schlagen würde, dann spricht er weiter.

„Als Rache, verstehst du?"

Sprachlos starre ich ihn an und habe keine Ahnung, was ich dazu sagen soll. Ehrlich, das ist einfach so bescheuert, dass mir nichts mehr einfällt.

„Das, was damals zwischen Walker und mir war, ist kompliziert. Es war nicht allein seine Schuld, dass ich aus Clyde Hill fortgegangen bin. Zwischen uns ist viel passiert. Aber es war *meine* Entscheidung, ihn und euch zu verlassen."

Bo sieht mich verwirrt an.

„Fuck, Schwesterchen. Du liebst diesen Rocker immer noch, was?"

Mein Bruder ist nicht gerade für sein Einfühlungsvermögen bekannt. Also, wenn sogar er das merkt, muss ich meine Gefühle besser in Schach halten.

„Nein, tue ich nicht."

„Du warst noch nie eine besonders gute Lügnerin."

Stimmt, leider. Lügen mögen scheiße sein, aber sie können einem im Notfall das Leben ziemlich erleichtern.

Wir schweigen. Er raucht seinen Joint und ich zünde mir eine Lucky Strike an.

Mein Blick gleitet automatisch zur Uhr, die an der Wohnzimmerwand hängt. Ich rechne aus, wie viel Zeit mir noch bleibt. Dann lasse ich meine Umgebung ganz bewusst auf mich einwirken und schließe die Augen. Der Bungalow ist nicht groß oder besonders luxuriös, aber er ist gemütlich und ich verbinde viele Erinnerungen mit ihm. Wenn Walker ihn anzündet, würde mein Herz bluten.

„Du musst das nicht tun, weißt du?"

Bos traurige Stimme reißt mich aus meinen Gedanken.

„Doch, muss ich. Oder glaubst du etwa, ich lasse zu, dass er dich tötet?"

„Ich wollte dich rächen und nicht dafür sorgen, dass du erneut in seinen Armen landest."

Ja, das weiß ich, und das rechne ich ihm hoch an.

„Die Idee mit den *Reapers* war Mist. Das ist dir hoffentlich klar?!“

Vorsichtig, um seine gebrochenen Rippen zu schonen, hievt er sich aus dem Stuhl und verschwindet in der kleinen Küche. Dann kommt er mit Mums alter Keksdose zurück.

Ich sehe dabei zu, wie er den Deckel aufschraubt, ein Bündel Dollars herausholt und mir entgegenstreckt.

„Woher hast du das?“

„Ich arbeite schon lange mit den *Reapers* zusammen. Sehr lange. Sie bezahlen gut. Nimm das Geld, Marie. Wenn du es nicht mehr bei Walker aushältst, kannst du damit abhauen.“

Ach du heilige Scheiße!

„Wenn ich abhaue, bringt er dich um.“

Bo zuckt mit den Schultern.

„Es ist, wie es ist ... Lass das meine Sorge sein.“

Mit diesen mehr oder weniger philosophischen Worten verschwindet er in seinem Schlafzimmer und lässt mich mit dem ganzen Bullshit, den er angerichtet hat, dem vielen Geld und meinen Sorgen allein.

Das ist mal wieder so typisch für ihn.

Diese Leck-Mich-Am-Arsch-Einstellung, um die ich ihn früher, als wir noch zur Schule gegangen sind, beneidet habe, wird ihn irgendwann ins Grab bringen.

Ich rauche die Zigarette fertig, stehe auf und mache mich daran, meine Sachen zu packen.

Die Zeit kennt kein Erbarmen, genauso wenig wie der Präsident des *Golden Skulls Motorcycle Clubs*.

4. Kapitel

Der Rockerpräsident

„Dir ist schon klar, dass das eigentlich mein Job wäre, oder Präs?"

Damon steht neben mir, dreht nicht nur sprichwörtlich Däumchen und sieht mir dabei zu, wie ich dem Wichser vor uns, der anscheinend ebenfalls den *Reapers* dabei geholfen hat, ihre Waffen in unserem Revier zu verkaufen, die Finger abhacke. Einen nach dem anderen, so lange, bis keiner mehr übrig ist. Blut spritzt, die Schreie werden lauter, der Verräter pisst sich in die Hose.

Ich betrachte meine Arbeit, wische die verschmierte Klinge an dem Hosenbein des Typen ab und drehe mich zu meinem Enforcer um.

„Stell dir einfach vor, du hättest heute frei."

Er zieht die Mundwinkel nach unten und nickt.

„Wenn ich frei habe, warum bin ich dann hier und nicht irgendwo, wo es weniger nach Pisse stinkt?"

Berechtigte Frage.

„Vielleicht, weil du meine Gesellschaft so schätzt?"

Das bringt ihm zum Lachen.

„Ja genau, weil du auch seit der Sache mit Bo so ein fröhliches Gemüt hast."

„Ich bin bester Laune, siehst du das denn nicht?"

Um ihm zu beweisen, dass es so ist, zwinge ich mich zu einem breiten Grinsen, das sich absolut und verdammt falsch anfühlt.

„Was, wenn Marie nicht bereit ist, sich für ihren Bruder zu opfern. Was dann?"

Über diese Frage will ich gar nicht erst nachdenken.

Fuck!

Allein, wenn ich die Möglichkeit in Betracht ziehe, dass ich sie heute Nacht nicht nach dieser langen Zeit endlich wieder unter mir spüren werde, drehe ich beinahe durch. Seit ich Marie wiedergesehen, sie gekostet und ihre Tränen abgeleckt habe, kann ich an nichts anderes mehr denken als daran, sie endlich wieder zu besitzen.

Doppel Fuck!

Ich brauche diese Frau wie die Luft zum Atmen.

„Das wird nicht passieren."

Damon zieht skeptisch eine Augenbraue in die Höhe.

„Ach nein? Woher willst du das wissen? Du kennst dieses Mädchen nicht mehr. Ihr habt euch eine kleine Ewigkeit nicht mehr gesehen.

Marie ist dir fremd, du hast keine Ahnung, wie sie sich entscheiden wird."

Das will ich nicht hören.

„Damit liegst du falsch. Ich kenne sie so gut wie sonst keiner."

„Wenn du dir das einreden willst, bitte. Aber sag im Nachhinein nicht, dass ich dich nicht gewarnt hätte."

Um die Wut, die sich wegen der Zweifel, die Damon in mir auslöst, zusammenbraut, in Grenzen zu halten, ramme ich den Dolch dem fingerlosen Typen in den Oberschenkel.

Er brüllt und ist kurz davor das Bewusstsein zu verlieren, ich hole ihn mit einem harten Schlag ins Gesicht zurück in die Realität. Er blinzelt ein paarmal, ein Speichel-Blut-Gemisch rinnt ihm aus dem Mundwinkel.

„Marie gehört mir. Egal, zu welcher Frau sie mittlerweile geworden ist, und ganz egal, ob sie sich für ihren Bruder opfert oder eben nicht."

Damon nickt.

„Dachte ich mir schon, dass du ihr in Wirklichkeit keine Wahl lassen wirst. Wenn du sie hast, was hast du dann mit ihr vor?"

Verdammt bescheuerte Frage ...

„Das kannst du dir ja wohl denken."

„Stimmt, kann ich."

Für mich ist das Gespräch beendet, also widme ich mich wieder dem Verräter, der vor mir sitzt und nur darauf wartet, dass ich seiner jämmerlichen Existenz endlich ein Ende setze.

Der Tag kam mir vor wie eine Ewigkeit. Ich meine, Scheiße! Seit wann können 24 Stunden so beschissen lang sein?

Doch jetzt ist die Frist beinahe abgelaufen, was bedeutet, dass ich hier fertig werden muss, wenn ich pünktlich in fucking Clyde Hill sein will.

Die Klinge an des Wichsers Kehle haltend, zögere ich kurz und erinnere mich, wie ich das Gleiche bei Marie getan habe. Das Monster in mir fletscht die Zähne, es erinnert sich an die Farbe ihres Blutes, mein Schwanz wird hart.

Mit einem Ruck schlitze ich dem Verräter die Kehle auf und springe einen Schritt zurück, um einigermaßen sauber zu bleiben. Und während ich dem Röcheln des Sterbenden lausche, lege ich mir gedanklich einen Plan zurecht.

„Sag dem Prospect, er soll die Benzinkanister auffüllen und sich auf den Weg machen. Wir treffen uns vor Ort. Ich muss noch was erledigen."

Damon sieht mich irritiert an.

„Was hast du vor, Präs?“
„Tu es einfach. Ich muss noch was besorgen.“
Im Augenwinkel sehe ich, wie er sein Handy aus der Tasche zieht, dann verlasse ich mit großen Schritten die alte Lagerhalle, gehe zu meinem Bike und starte mit einem Tritt den Motor.
Ich brauche einen Ring, er muss aus Gold sein, und Handschellen.
Marie muss endlich kapieren, dass die Spielchen vorbei sind, und dass ich dieses Mal nicht zulassen werde, dass sie mich erneut verlässt.
Bloody Hell! Bei allen Skulls ...
Ein weiteres Mal ertrage ich es nicht, sie zu verlieren.

5. Kapitel

Die unfreiwillige Braut

Oh Gott! Oh Gott! Oh Gott!

Die Zeit ist abgelaufen, die veranschlagten 24 Stunden sind vorbei, und von Walker fehlt jede Spur. Dafür steht jedoch der Prospect von letzter Nacht vor dem Haus, neben ihm befinden sich zwei große rote Benzinkanister und hinter ihm, an einem schwarzen Van, lehnt eine große Maschinenpistole. *Heilige Scheiße!*

Die *Golden Skulls* waren früher schon skrupellos und brutal, aber in den Jahren, in denen ich weg war, scheinen sie noch gnadenloser geworden zu sein.

Walkers Abwesenheit kann vieles bedeuten, vor allem jedoch, dass er es sich anders überlegt hat, und dass er mich doch nicht gegen das Leben meines Bruders eintauschen will. Wenn das so ist, dann ist Bo verloren. Dann kann ihn niemand mehr retten.

Nervös sehe ich zu der kleinen Reisetasche, in der sich alles befindet, was ich für die nächsten Tage brauche.

Den Rest kann ich, falls es nötig ist, sicher später noch holen. Wobei es im Moment so aussieht, als würde ich die Tasche gar nicht brauchen.

Tief durchatmend stoße ich die Türe auf, gehe mit hoch erhobenem Kopf auf den Prospect zu und drücke die Schultern durch.

Diese Outlaws sind wie scharfe Hunde, sie können Furcht wittern, und darum bin ich fest entschlossen, dass ich mir die meine nicht anmerken lassen werde.

Doch das ist gar nicht so leicht, wie man meinen könnte. Angst ist etwas Fürchterliches, sie lähmt einen und sorgt dafür, dass man mit den verrücktesten Gedanken spielt.

Der Anwärter, der meinen Bruder gestern mit dem Baseballschläger bearbeitet hat, sieht mir direkt in die Augen, mustert mich dann eingehend, und ist doch tatsächlich frech genug, mir auf die Brüste zu starren.

Arschloch!

Wenn sein Präsident hier wäre, würde er sich das nicht trauen, wetten?

„Wo ist Walker?“

Anstatt mir sofort zu antworten, sieht er langsam zu den Kanistern neben sich, fischt dann eine zerknautschte Schachtel Kippen aus seiner Hosentasche und zündet sich eine an. *Idiot.*

„Bist du einfach nur dumm oder auch selbstmordgefährdet?"

Meine Frage überrascht ihn.

Sehr gut. Es kann nicht schaden, wenn er gleich kapiert, dass ich keine der nutzlosen Bitches bin, die zu dutzenden im Club rumhängen und das Maul nur dann aufmachen, wenn sie an einem Schwanz lutschen sollen. Vor all den Jahren war ich ein echtes Bikergirl, an Walkers Seite war ich sicher und die Member haben mich respektiert.

Wenn ich wieder in den Club komme, egal ob freiwillig oder im Austausch für Bos Leben, dann werde ich meinen alten Platz einnehmen. Es kann also nicht schaden, wenn dieser Möchtegern-Kuttenträger gleich mal lernt, dass er mir nichts zu sagen hat, und dass er mir besser keine Angst einjagen sollte.

Ansonsten – na ja. Ansonsten könnte es sein, dass es zum Schluss *seine* Leiche ist, die im Wald verscharrt wird, und nicht die meines Bruders.

„Willst du sterben, Mädchen?"

Witzig, sehr witzig. Als ob er das entscheiden könnte.

„Willst du mir drohen, Anwärter?"

Ich gebe mich mutig, in Wirklichkeit jedoch schlägt mir das Herz bis zum Hals.

Diese ersten Minuten sind wichtig, sie entscheiden darüber, welchen Platz ich bei den Skulls einnehme. Walkers Old Lady hin oder her – von einem Prospect wie ihm lasse ich mich nicht blöd anmachen.

Er baut sich vor mir auf, kommt noch einen Schritt auf mich zu und ist mir somit so nah, dass seine weißen Turnschuhe die meinen berühren.

Wir liefern uns ein heftiges Blickduell, doch noch bevor feststeht, wer es gewinnt, höre ich, wie sich die Türe öffnet und Bo zu uns rauskommt.

„Gibt es Probleme, Marie?"

Ja, gibt es, wegen dir!

Ich spreche nicht aus, was mir auf der Zunge liegt, sondern grinse den Prospect gespielt selbstsicher an und ziehe eine Augenbraue in die Höhe.

„Hast du heute deinen Baseballschläger vergessen?"

Wut zeichnet sich auf seinen Gesichtszügen ab. In seinen braunen Augen steht purer Hass. Wenn er könnte, wenn er dürfte, würde er nicht zögern und mich mit einem Schlag auf den Boden befördern. Aber das wäre sein Todesurteil und das wissen wir beide.

Mag sein, dass ein hauchdünner Schnitt meine Kehle ziert, aber für alle anderen außer dem Präsidenten bin ich unantastbar.

„Treib es besser nicht zu weit, Marie."
Ach nein?
„Und wieso nicht?"
Mir wird heiß und kalt. Von Walker fehlt noch immer jede Spur.
„Zündest du mich dann an?"
In seinem Blick kann ich ablesen, dass das genau das ist, was er gerne möchte, und mir wird klar, dass ich verdammt vorsichtig sein muss. Dieser Prospect hasst mich. Warum? *Verdammte Scheiße!* Ich habe keine Ahnung. Aber sobald er eine Gelegenheit dazu bekommt, wird er mich bluten lassen. Das ist sicher.
„Marie? Was ist hier los?"
Das Schicksal hat ein perfektes Timing. Dunkle Motorengeräusche hallen über die Straße und erfüllen die heiße Abendluft. Obwohl es weit nach zehn ist und sich der Himmel wie schwarzer Samt über unseren Köpfen erstreckt, haben wir locker noch zwanzig Grad.
Die Sterne funkeln wie frisch geschliffene Diamanten und der runde Vollmond taucht alles in sein silbriges Licht.
Dem Prospect ist genau wie mir klar, wer sich uns nähert, und so tritt er rasch einen Schritt zurück Richtung Benzinkanister. Was ich echt witzig finde. Denn es zeigt, dass er nichts weiter als ein aufgeblasener Trottel ist, der gerne seine Kompetenzen überschreitet.
Walker rast die Straße entlang, der Motor seiner Harley bollert und übertönt das Rauschen in meinen Ohren.
„Es ist alles okay, geh zurück ins Haus."
Meine Furcht verwandelt sich in Nervosität, während ich dem Anwärter zuckersüß zulächle und mich dann zu Walker umdrehe.
Der Präsident hat nichts von der Auseinandersetzung zwischen seinem Prospect und mir mitbekommen, und dennoch hat er mich mit seiner bloßen Anwesenheit beschützt. So war es auch früher. Jeder Gangster, jeder Kriminelle und jeder potentielle Vergewaltiger hat gewusst, wessen Mädchen ich bin, und einen großen Bogen um mich gemacht. Ich war wahrscheinlich die einzige Frau auf diesem Planeten, die mitten in der Nacht allein durch die Stadt laufen und sich dabei absolut sicher fühlen konnte.
Eine warme Blase steigt in meinem Bauch nach oben.
Walker und ich hatten schon eine verdammt gute Zeit. Trotzdem musste ich gehen. Ich habe die Veränderung an ihm bemerkt und wusste, dass seine inneren Dämonen dabei waren, die Kontrolle zu übernehmen. Das viele Blut, das irgendwie immer an ihm geklebt hat, die Art, wie er gesprochen und wie er mich behandelt hat. Das alles ist immer finsterer, dunkler und bedrohlicher geworden. Ich hatte Angst

davor, dass mich die gefährliche Welt des *Golden Skulls Motorcycle Clubs* verschluckt, und dass ich die Dunkelheit, die Walker damals immer stärker umgeben hat, auf Dauer nicht ertragen könnte.

Und jetzt stehe ich hier, bin seiner Gnade erneut ausgeliefert und hoffe inbrünstig, dass ich es schaffe, so das Leben meines Bruders zu retten.

Walker bleibt kurz auf seiner Maschine sitzen, nimmt den Helm ab und klemmt ihn sich unter den Arm. Dann fährt er sich mit den Fingern der linken Hand durch seine langendunkelbraunen Haare und sieht mich direkt an.

Sofort schlägt mein Puls schneller und der feine Schnitt an meiner Kehle beginnt zu brennen. Dieser Mann mag mich beschützen, aber ist zugleich auch verdammt gefährlich für mich. Das sollte ich, ganz egal, was die nächsten Tage und Wochen passiert, besser nie vergessen.

6. Kapitel

Der Rockerpräsident

Etwas stimmt nicht.

Marie hat Angst. Aber nicht vor mir, zumindest nicht nur, sondern vor Rocco. Was natürlich daran liegen könnte, dass er gestern ihren Bruder mit seinem geliebten Baseballschläger bearbeitet hat. Furcht wäre da nur eine natürliche Reaktion. Doch mein Instinkt sagt mir, dass da mehr ist, und das gefällt mir nicht.

Rocco ist einer der besten Prospects, die wir seit langem hatten. Er ist schnell, zuverlässig, loyal und hat eine ausgeprägte Gewaltbereitschaft. Er passt perfekt und ihm steht eine steile Karriere bevor, wenn er sein Problem mit Autoritäten überwindet.

Rocco ist wie ein verdammter Blindgänger, eine Granate, bei der schon vor langer Zeit der Splint gezogen wurde und von der keiner genau weiß, wann sie hochgeht. Porter zweifelt an Roccos Fähigkeiten, doch ich habe von Anfang an Vertrauen in diesen Burschen gesetzt. Er erinnert mich ein bisschen an mich selbst, als ich in seinem Alter war. Darum ist mir auch mehr als bewusst, dass ich ihn im Auge behalten muss.

Marie ist eine verdammt schöne Frau, jeder normale Mann, der auch nur annähernd bei Verstand ist, stellt sich, sobald er sie sieht, vor, wie es wohl wäre, mit ihr zu ficken.

Das stört mich, das ist eben so, das kann ich nicht verhindern. Nicht bei ihren vollen Lippen, ihrem runden Arsch und den festen Titten, die sich deutlich unter ihrem Shirt abzeichnen.

Dennoch sollte es sich keiner meiner Männer anmerken lassen, wenn er nicht in den Lauf meiner Knarre sehen will.

Marie kommt auf mich zu, ich entdecke die bestellten Benzinkanister und unterdrücke ein zufriedenes Grinsen. Wie es scheint, läuft alles nach Plan.

Meine Marie, die Marie von früher, hatte ein höllisches Temperament. Die Kanister dienen zur Abschreckung und sollen ihr klarmachen, dass ich jedes verfickte Wort ernst gemeint habe. Wenn sie sich nicht meinem Willen beugt, wird ihr Bruder sterben und ihr Elternhaus brennen.

Ich steige ab, zünde mir eine Zigarette an und fülle meine Lunge mit dem Geschmack von frisch verbranntem Tabak. Ich tue das nur, damit ich etwas in der Hand habe, damit ich mich an etwas festhalten und so dem Drang, Marie sofort zu packen, widerstehen kann. Bevor ich sie auf mein Bike setze und mitnehme, müssen wir erst noch ein paar Dinge klären. Wichtige Dinge, Dinge, die ausgesprochen werden müssen, damit die Fronten klar sind.

„Komm her, Marie."

Sie folgt meinem Befehl. Sobald sie in meiner Reichweite ist, schnappe ich sie am Arm und ziehe sie zu der alten Eiche, unter der ich ihr vor einer Ewigkeit den ersten Kuss gestohlen habe. Bei der Erinnerung jagt ein heftiger Stich durch meinen Brustkorb. Damals hätte ich nie für möglich gehalten, dass ich jemals zu ihr sagen werde, was ich gleich ausspreche ...

Mein Mädchen sieht mich verwirrt an, der goldene Ring, der sich in der Innentasche meiner Kutte befindet, wird heiß, so als würde er brennen. Was natürlich totaler Bullshit ist. Aber so fühlt es sich nun mal an.

„Was ist los?"

Langsam beuge ich mich zu ihr runter, streiche mit meiner Nase über ihren Scheitel und inhaliere ihren unverkennbaren Duft von reifem Pfirsich und Frau.

„Bis du bereit, mit mir zu kommen?"

Sie nickt. Erleichterung flutet meine Adern.

„Sehr gut. Ich hätte Bo nur ungern vor deinen Augen getötet."

Sie erschaudert, das Monster in mir fletscht die Zähne. Es will mehr von ihrem Blut – mehr von ihren Tränen – es will einfach alles von ihr.

„Bevor ich dich in den Club bringe, gibt es zwei Punkte, die wir besprechen müssen."

Ihre rosane Zungenspitze schnellt vor, sie leckt sich über die Unterlippe, meine Hoden ziehen sich pochend zusammen. *Fuck!*

„Was für welche?"

„Punkt eins: Du bist nicht meine Gefangene. Ich werde dich nicht einsperren und ich werde dir keine Ketten anlegen. Du kommst mit mir, weil du deinen Bruder retten willst. Du kannst gehen. Immer. Aber du musst dir der Konsequenzen bewusst sein. Solltest du mich verlassen, ist Bo wenige Stunden später tot."

Ein leises Keuchen entweicht ihrem leicht geöffneten Mund.

Sie nickt tapfer.

„Und weiter?"

Wie sie da vor mir steht, so klein und verängstigt, will ich sie am liebsten in meine Arme ziehen und unter meinem Leder verstecken. So wie ich es früher getan hätte. Doch die damaligen Zeiten sind vorbei. Das muss Marie verstehen.

„Punkt zwei: Ich vögle dich, wann ich will, wie ich will und so oft ich will. Du kannst nein sagen und ich werde mir das nein überlegen. Aber entscheiden werde ich. Keine Tabus, keine Grenzen. Verstanden?“

Sie zögert kurz, ein dunkles Rot überzieht ihre Wangen.

„Ja, verstanden.“

Ich erinnere mich, wie gut es damals zwischen uns war.

Marie war jung und unerfahren, dennoch hat sie mir ihren Körper vertrauensvoll überlassen, sodass ich mir nehmen konnte, was ich gebraucht habe. Ich will, dass es wieder so zwischen uns ist. Für immer.

„Dann lass uns aufbrechen.“

Mein Blick fällt auf den Schnitt an ihrer Kehle, ich vergrabe meine Faust in ihren langen blonden Strähnen und reiße ihren Kopf grob nach hinten. Durch die Bewegung öffnet sich die Wunde wieder leicht, ich betrachte den roten Strich, lecke mit der Zunge darüber und koste den kupfernen Geschmack ihres Blutes. *Holy Shit!*

Das ist fast zu viel für mich.

Mein Schwanz wird hart und zuckt, er will in diese Frau. Sofort.

Natürlich könnte ich sie kurzerhand gegen den Baum pressen, ihr die ausgefranste Jeansshorts nach unten reißen und sie hier und jetzt nehmen. Niemand würde mich abhalten, niemand könnte mich stoppen.

Doch ich will Marie für mich. Ganz. Allein. Für. Mich. Der Gedanke, dass sie jemand in ihrer Lust beobachtet und die Schreie hört, die ich ihr entlocken werde, stört mich.

Also atme ich mehrmals tief ein, führe sie zu meinem Bike und befehle Rocco, die Kanister wieder in den Van zu packen und sich um Maries Tasche zu kümmern, die unweit von ihm entfernt auf dem Boden steht.

Endlich – *fuck!* – endlich ist der Moment gekommen, an dem ich meine Hände auf ihrer schmalen Taille platziere, sie hochhebe und auf meine Maschine setze.

Elektrische Funken zerplatzen an meinen Fingerspitzen, die Luft um uns herum ist aufgeladen und knistert. Marie schein es ebenfalls zu spüren, unsere Blicke begegnen sich, sie schnappt nach Luft, mein Schwanz wird noch etwas härter.

Verdammt! Diese Frau wird mein Untergang sein!

Für die Dauer von ein paar Herzschlägen halte ich sie noch fest, dann reiße ich mich zusammen, lasse sie los und stülpe ihr meinen Helm über den Kopf. Routiniert stelle ich die Riemen ein und lasse den Verschluss einrasten.

Prompt fühle ich mich zehn Jahre in die Vergangenheit zurückkatapultiert, in eine Zeit, als Marie mir gehört hat und mein Leben scheinbar perfekt war.

Bullshit! Damals hat noch kein *Präsidenten-Patch* meine Kutte geziert, ich hatte noch keine Bankschließfächer voller Geld und nicht annähernd so viel Macht und Einfluss wie jetzt, und dennoch war ich verflucht glücklich. Und das lag an ihr, an dem Mädchen, das mir das Herz aus der Brust gerissen, es in den Dreck geschleudert und mich anschließend verlassen hat.

Allein daran zu denken schmerzt, also konzentriere ich mich nicht auf das Vergangene, sondern auf das Zukünftige, steige vor ihr auf die Harley und klappe den Ständer ein. Dann starte ich mit einem kraftvollen Fußkick den Motor und drehe am Gas.

Marie versteht sofort, rutscht nah an mich heran und schlingt ihre Arme um meine Mitte.

Fuck! Bloody holy Fuck!

So sollte es sein. So hätte es immer sein sollen. Damals, die letzten Jahre und heute.

Ihre Schenkel schmiegen sich an die meinen, ihr Geruch füllt meine Lunge und ihre weichen Titten pressen sich spürbar an meinen Rücken.

Das Monster in mir knurrt laut ‚meins!', ich nicke zustimmend.

Ich werde nicht zulassen, dass mir jemals wieder jemand dieses Mädchen wegnimmt. Nicht mal der Tod hat so viel Macht, selbst Gott muss sich hinten anstellen. Ich bestimme, wie es mit Marie weitergeht und niemand sonst.

Soll mich der Teufel holen, eher sterbe ich, als dass ich diese Frau kampflos aufgebe. Genau wie damals, in unseren guten Zeiten, werfe ich einen Blick über meine Schulter zu ihr nach hinten.

„Bereit?"

Ein schüchternes Lächeln umspielt ihre Mundwinkel

„Wenn du es bist."

Das war damals unser Spiel, nur ein kleines, eines von vielen, aber verdammt ... Es hat mir so gefehlt, dass ich es nicht mit Worten beschreiben kann.

Ich drehe am Gas, wir rasen davon und lassen Bo, Rocco, die Benzinkanister und die alte Eiche hinter uns. Wir fliegen über die Straßen, Marie lehnt sich an mich. Ich entscheide mich dazu, einen Umweg zum Club zu fahren, nur um die Zufriedenheit, die sich in mir ausbreitet, einen Moment länger genießen zu können.

7. Kapitel

Die unfreiwillige Braut

Es ist falsch und richtig zugleich ...

Es wäre so leicht, das Geschehene zu vergessen, die letzten Jahre auszublenden und mir einfach vorzustellen, dass ich wieder einundzwanzig bin. Jung und dumm genug, die Welt zu genießen, den Club spannend zu finden und mit ganzem Herzen zu lieben.

Aber ich bin nicht mehr einundzwanzig und die damaligen Zeiten sind vorbei ...

Ich bin gegangen, ich habe Walker verlassen und seitdem so einige Fehler begangen.

Das zwischen dem Präsidenten der *Golden Skulls* und mir ist kein zuckersüßes Märchen, sondern eine dunkle Geschichte, vollgepackt mit Gewalt, Blut und Drohungen. Es geht hier nicht um romantische Gefühle, sondern um Leben und Tod. Wenn ich mich geweigert hätte, Walker zu gehören, dann wäre mein Bruder jetzt tot. Das kann ich nicht vergessen und das darf ich auch nicht ausblenden.

Was auch immer Walker und mich einst verbunden hat, es ist nicht mehr real, sondern nur eine schöne Erinnerung. Das Hier und Jetzt hat nichts mit dem zu tun, was einmal war. Wenn ich ihm jetzt auf den Bauch klopfen würde, würde Walker sofort anhalten. Dann könnte ich zwar absteigen und ihm Lebewohl sagen, aber dann würde der Rockerpräsident sofort umdrehen, zurück zu dem Bungalow fahren, Bo das Genick brechen und das einzige Zuhause, das ich jemals hatte, den Flammen übergeben.

Das darf nicht passieren. Niemals. Aber ich darf mich auch nicht von meinen Erinnerungen täuschen lassen. Das hier ist ein Geschäft. Ein gnadenloses, brutales und abartiges Geschäft, das über meine Zukunft und die meines Bruders bestimmt. Ich bin nicht so naiv, zu glauben, dass jetzt alles gut wird. Denn das ist Bullshit. Aber ich bin intelligent genug, um zu erkennen, dass diese Sache nicht nur schlecht ist, sondern auch einen Vorteil hat: In Walkers Nähe bin ich vor Liam sicher.

Liam mag stark, schnell und entschlossen sein, aber gegen Walker hat er nicht die geringste Chance. Hoffe ich zumindest ...

Es ist durchaus möglich, dass Liam längst herausgefunden hat, wo ich bin. Im Nachhinein betrachtet war es vielleicht nicht die schlaueste Idee, mich ausgerechnet an dem Ort meiner Kindheit zu verstecken.

Aber in meiner Verzweiflung, hielt ich das noch für einen super Plan. Besonders, da ich Liam nie von Clyde Hill erzählt habe.

Aber meine Herkunft und gewisse Informationen über mich zu beschaffen sollte für einen Auftragsmörder wie ihn keine große Sache sein.

Es ist also vielleicht ganz gut, wenn ich für eine gewisse Zeit bei den *Golden Skulls* untertauche. So schlage ich zwei Fliegen mit einer Klappe, und ich rette nicht nur Bo, sondern auch meinen eigenen Arsch.

Ich bin so in meine Gedanken versunken, dass ich erst spät bemerke, dass Walker nicht auf direktem Weg zum Club fährt, sondern eine etwas längere Strecke nimmt. Wir legen uns tief in die Kurven, ich genieße den Fahrtwind und schließe die Augen.

Walker fährt, wie er lebt: aggressiv, schnell und rücksichtslos. Die Verkehrsregeln interessieren ihn nicht, genauso wenig wie rote Ampeln und Geschwindigkeitsbegrenzungen.

Als wir nach einer schönen Ewigkeit endlich vor den Toren des Clubs ankommen, verfliegt die temporäre Leichtigkeit, in meinem Magen breitet sich ein schmerzhaftes Ziehen aus und ein Schauder lässt mich erbeben.

Oh verdammt! Jetzt wird es ernst!

Die mit Maschinenpistolen ausgestatteten Wachen gewähren uns Zutritt, Walker dreht am Gas und wir passieren die Grenze. *Hilfe!*

Ja, ich weiß, Walker hat gesagt, dass ich jederzeit gehen kann und dass ich nicht seine Gefangene bin. Aber das beruhigt mich nur wenig. Er ist der Präsident, wenn er es sich anders überlegt, kann ich nichts dagegen tun.

Auf dem Hof fährt er einen Halbkreis und lenkt das Bike mit dem Hinterreifen zur Hauswand. So parkt er, macht den Motor aus und wartet darauf, dass ich absteige.

Ich tue es nicht, nicht sofort, sondern nehme mir noch einen Augenblick Zeit, um mich umzusehen.

Gott! Es ist alles genau wie damals, in den letzten Jahren scheint die Zeit im *Golden Skulls Motorcycle Club* stillgestanden zu haben.

In verrosteten, abgeschnittenen alten Ölfässern lodern orange Feuer, die tanzende Schatten an die Hauswand werfen. Wummernde Beats dröhnen aus den Boxen, dutzende Biker und einige Nutten sind auf dem Hof. Die Skulls sitzen am Feuer und nippen an hochprozentigem Alkohol, während die Bitches alles in ihrer Macht Stehende tun, um deren Aufmerksamkeit auf sich zu lenken. Sie tanzen, wackeln mit den

Ärschen, lachen zu laut und wirken alles in allem mehr verzweifelt als sexy.

Aber gut. Das ist dann wohl Geschmackssache.

Zwei von den Tussis hatten Glück, sie haben bereits einen Schwanz gefunden, an dem sie lutschen dürfen. Ob sie das jedoch der Erfüllung ihrer Wünsche näherbringt, ist fraglich. Ich kenne keine billige Clubhure, aus der irgendwann eine respektierte Old Lady geworden ist. So etwas passiert eben einfach nicht. Die Realität ist anders, sie hat nicht viel mit den schnulzigen Biker-Romanzen gemein, die gerade so im Kommen sind und die Bestsellerlisten stürmen.

Woher ich das weiß? Ganz einfach, ich habe ein paar davon gelesen und war lang genug selbst ein Teil dieses Clubs, um zu wissen, wie diese Scheiße in den meisten Fällen ausgeht. Die Nutten sterben und keinen interessiert es ...

„Alles okay?"

Walkers Frage holt mich zurück ins Hier und Jetzt.

„Ähm ja. Klar."

Ich sehe ihn an, löse meine Arme von ihm und steige schnell ab. Er runzelt die Stirn, sagt aber nichts.

„Es hat sich nicht viel verändert, seit ich weggegangen bin, oder?"

Walker sitzt noch immer auf seiner Maschine. Groß und stark und ganz der geborene Outlaw, der er nun mal ist. Das Leder spannt sich über seinen breiten Schultern, sein Shirt, das schwarz wie die Kutte ist, betont seinen muskulösen Körper.

Mein Rocker ist härter geworden, irgendwie massiver. Er wirkt unzerstörbar, fast so, als hätte er sich in den Teufel höchstpersönlich verwandelt.

Mein Inneres zieht sich sehnsüchtig zusammen, während mein Verstand fieberhaft nach einer Lösung sucht. Nach einer Lösung, die meinen Bruder rettet, die mich vor Liam beschützt und die mich möglichst schnell und weit von hier wegbringt.

„Es hat sich alles verändert, Marie."

Mit diesen Worten steigt er ab, kommt auf mich zu und packt mich grob am Genick. Seine Finger bohren sich schmerzhaft in meinen Nacken, sein Blick fängt den meinen ein und mein Puls schnellt unkontrolliert in die Höhe.

„Auf die Knie!"

Entsetzt starre ich ihn an.

„Wieso?"

„Tu, was ich von dir verlange, oder willst du schon den ersten Befehl, den ich dir gebe, verweigern?"

Etwas Unheilvolles schwingt in seiner Stimme mit. Etwas, das mich dazu bringt, zu tun, was er von mir verlangt.

Langsam lasse ich zu, dass er mich vor sich auf den Boden drückt und blicke weiter zu ihm nach oben.

Er lässt meinen Hals los. Ich bleibe, wo ich bin, und sehe zu, wie seine Hand unter der Kutte verschwindet.

Ich habe keine Ahnung, was er vorhat und staune nicht schlecht, als er anstatt einer Waffe ein kleines, samtenes Schmuckkästchen in der Hand hält.

Nicht sicher, was nun passiert, beobachte ich, wie er silberne Handschellen aus seiner Hosentasche zieht. Furcht und Neugierde ballen sich in meinem Bauch zu einem Knoten zusammen.

Walker öffnet das Kästchen, ein wunderschöner goldener Ring, auf dem ein funkelnder Diamant thront, kommt zum Vorschein.

„Du hast die Wahl, Marie. Du kannst meine Sklavin oder meine Braut sein, es liegt an dir. Doch ganz egal, wie du dich auch entscheidest, überlege es dir gut, denn deine Entscheidung ist endgültig!“

In meinem Hirn überschlägt sich alles, ich bin mir nicht sicher, ob ich meinen Ohren trauen kann.

Noch bevor ich auch nur ein Wort gesagt habe, steckt er mir den Ring an den Finger und lässt an dem Gelenk die Handschellen einrasten. Die Kombination ist verstörend, sehr verstörend. Ich weiß nicht, was ich sagen soll, Ich weiß nicht, was ich tun soll – ich weiß überhaupt nichts mehr.

Walker packt mich an den Haaren und zieht mich nach oben, seine Augen schweben direkt vor den meinen, ich betrachte seine dicken schwarzen Bartstoppeln und dann seine streng zusammengepressten Lippen.

Zu meinem Erstaunen will ich in diesem Moment nichts sehnlicher, als ihn küssen. Ich will seinen Geschmack kosten, seine Kraft und seine Wärme spüren und mich daran erinnern, wie es war, sein Mädchen zu sein.

Walker scheint meine Gedanken zu lesen. Mit einem Ruck zieht er mich noch fester zu sich heran und legt seine prankenartigen Hände auf meinen Po.

Ich stoße ein Zischen aus, spüre die Anziehung und gebe nach ...

Mit einem gewisperten „Ach, Scheiß drauf!“ presse ich meinen Mund auf den seinen, teile mit meiner Zunge seine fest zusammengepressten Lippen und fordere ihn so auf, mich zurückzuküssen. Walker brummt, löst sich von mir und flucht derb.

Für den Bruchteil einer Sekunde bin ich mir sicher, dass er mich abweisen wird, doch dann knallt er seinen Mund so fest auf den meinen, dass es mir den Atem verschlägt.

Der Ring an meinem Finger scheint eine Tonne zu wiegen und der kalte Stahl der Handschellen brennt sich in meine Haut.

In diesem Moment bin ich beides, ich bin seine Braut und seine Gefangene, und zu meinem Erstaunen fühlt sich die Kombination erschreckend gut an.

8. Kapitel

Der Rockerpräsident

Marie ist hier, bei mir und in meinem Club.

Ihre samtenen Lippen bedecken die meinen, während sie meinen Ring am Finger trägt. Sie ist meine Braut – meine noch unfreiwillige Braut – aber das wird sich mit der Zeit ändern. Eines Tages wird sie einsehen, dass sie nur für mich geschaffen wurde und sie wird mich wieder lieben lernen. Bis dahin verspüre ich nicht die geringsten Hemmungen, sie mit Zwang an mich zu binden.

Von dem Hunger der letzten Jahre getrieben, nehme ich mir mehr und mehr ihres Mundes, fülle ihn mit meiner Zunge und trinke ihren köstlichen Geschmack. Das leise Wimmern, das sie von sich gibt, berauscht mich wie eine Flasche guter alter Whisky. Das Blut in meinen Adern fühlt sich explosiv an, wie flüssiger Sprengstoff. Es flutet mein Herz und bringt es beinahe zum Detonieren.

Tief einatmend löse ich mich von meinem Mädchen, hebe es dann kurzerhand hoch und trage es in das Innere des Clubs. Porter, Kane und Damon beobachten mich interessiert, jeder von ihnen ist jedoch schlau genug, sein Maul zu halten.

Damon nickt Marie, die kopfüber über meiner Schulter baumelt, grüßend zu. Ich bin mir sicher, dass sich die beiden zu einem anderen Zeitpunkt einiges zu erzählen haben werden. Ihre unfreiwillige Rückkehr wird viel Gesprächsstoff bieten. Nicht jeder meiner Brüder wird mit meiner Entscheidung, Bo am Leben zu lassen, wenn sich Marie mir dafür unterwirft, einverstanden sein.

Fuck! Das ist mir egal, wer ein Problem mit meiner Entscheidung hat, kann sich jederzeit zu Wort melden. Ich habe keine Hemmungen, ihm vor versammelter Mannschaft die Zunge rauszuschneiden.

Die laute Musik hämmert durch meinen Schädel, während ich Marie mit großen Schritten in den hinteren Bereich des Clubhauses trage, in dem meine Wohnung liegt. Erst im großen Wohnbereich, der Küche und Wohnzimmer in einem ist, stelle ich sie wieder auf ihre Füße. Sofort fällt mein Blick auf den Ring und die Handschellen. Die Kombination gefällt mir. Sie gefällt mir verdammt gut.

Marie sieht sich neugierig um, kein Wunder. Sie ist damals abgehauen, bevor ich zum Präsidenten gewählt wurde, und hat diese Wohnung noch nie gesehen.

„Ach Walker, das wolltest du schon immer."

„Aye, wollte ich." *Mit dir an meiner Seite.*

Die zweite Hälfte des Satzes spreche ich nicht laut aus. Marie muss nicht wissen, wie sehr sie mich damals verletzt hat.

Vorsichtig, fast so, als würde hinter jeder Ecke eine bissige Schlange lauern, wandert sie durch den großen Raum.

Meine Augen folgen ihr bei jedem Schritt. Ich fasse mir in die Jeans, richte meine Erektion anders aus und zünde mir eine Kippe an. Rauch und Nikotin füllen meine Lunge und helfen mir dabei, einigermaßen ruhig zu bleiben.

„Wieso bist du nach Clyde Hill zurückgekommen?"

Auch wenn sie es zu verbergen versucht, sehe ich, wie sie bei der Frage kaum merklich zusammenzuckt. Interessant. Mein Instinkt verrät mir, dass sie in der Scheiße steckt. In großer Scheiße!

„Das musst du nicht wissen, Walker."

Fuck! Ach nein?

Schnell überwinde ich die Distanz zwischen uns, packe Marie und nagle sie mit meinem Körper an die Wand.

Erschrocken reißt sie die Augen auf und atmet hektisch. Ich klemme mir die Zigarette in den Mundwinkel und nehme mir einen Moment Zeit, um über die weiche Haut ihrer Arme zu streichen. Dann nehme ich die Zigarette wieder zwischen die Finger.

„Ich muss alles, was mit dir zu tun hat, wissen. Einfach alles!"

„Nein! Das musst du nicht."

Ihre Weigerung, mir zu erzählen, wovor sie davonrennt, macht mir klar, dass es heftig sein muss. Was oder wer auch immer sie verfolgt, muss ihr eine höllische Angst einjagen. Wenn es nicht so wäre, wäre sie nicht so verzweifelt gewesen, in mein Revier zurückzukehren und sich ihrer Vergangenheit zu stellen. Sich mir zu stellen.

Mit den Fingerspitzen über ihren Kiefer streichelnd genieße ich die unzähligen Grünnuancen, in denen ihre Iriden funkeln.

„Du wirst es lernen. Irgendwann!"

Ich streife mit dem Daumen über die Stelle an ihrer Kehle, an der sich ihr Puls regelrecht überschlägt, und schließe kurz die Augen.

Dann lasse ich meine Hand sinken, gehe ohne einen Blick zurück ins Badezimmer und drehe die Dusche auf eiskalt.

Das Verhör am Nachmittag hat seine Spuren auf mir hinterlassen. Es ist beinahe unmöglich, einem Typen den Hals aufzuschlitzen und dabei sauber zu bleiben. Wenn ich Marie nach all den Jahren endlich wieder spüre, berühre und ficke, dann ohne das Blut meiner Opfer am Körper. Dann gibt es nur sie und mich – zeitlos. Die Vergangenheit, die Gegenwart und die Zukunft dürfen dabei keine Rolle spielen.

Ich drücke die Kippe im Aschenbecher aus, trete mir die Stiefel von den Füßen, lege meine Waffe und den Dolch ab und hänge meine Kutte über das Waschbecken. Den Rest meiner Sachen lasse ich einfach auf den Boden fallen, steige unter das eisige Wasser, das sich wie Nadelstiche auf meiner Haut anfühlt und stemme die geballten Fäuste an der gefliesten Wand ab.

Pause. Kurze Pause.

Entschlossen verdränge ich jeglichen Gedanken aus meinem Schädel und koste das süße Gefühl des Sieges aus, das durch meine Adern pumpt.

Marie ist zurück. Sie ist wieder hier bei mir. In meinem Club. Mit. Meinem. Verdammten. Ring. An. Dem. Finger. Besser geht es nicht.

Erst als die Kälte ihren Dienst getan und meine Nerven betäubt hat, schnappe ich mir die Seife, wasche mir den Dreck des vergangenen Tages vom Körper und stelle die Dusche wieder aus.

Ich lausche in die Stille, von Marie ist nichts zu hören.

Für einen kurzen Moment befürchte ich, dass sie es sich anders überlegt und mal wieder die Flucht ergriffen hat. Diese Frau hat die nervige Angewohnheit, vor jedem Problem davonzurennen.

Mit einem Handtuch um die Hüften suche ich die Wohnung nach meinem Mädchen ab und finde es in der Küche vor der offen stehenden Terrassentüre am Boden sitzend vor. Beinahe hätte ich Marie und die Whiskyflasche, die sie in der Hand hält, übersehen.

Ich betrachte sie einen Augenblick lang. Obwohl sie mich kommen gehört haben muss, dreht sie sich nicht zu mir um.

„Das ist neu."

„Was?"

Noch immer sieht sie mich nicht an, sondern beobachtet die goldenen Blitze, die warnend über den pechschwarzen Nachthimmel zucken.

„Dass du harten Alkohol trinkst, früher war das Stärkste, was du angerührt hast, Weinschorle."

Stille. Es donnert.

„Früher ist längst vorbei."

Nun wendet sie sich mir doch zu, in ihren Augen erkenne ich einen undefinierbaren Schmerz.

„Ich bin nicht mehr die Marie, die du vor so langer Zeit geliebt hast."

Die Bitterkeit, die in ihrer Stimme mitschwingt, macht mich wütend. Die vergangenen Jahre müssen hart für sie gewesen sein.

Langsam gehe ich auf sie zu, bleibe direkt neben ihr stehen und spiele mit einer ihrer Haarsträhnen.

„Das passt gut. Ich bin ebenfalls nicht mehr der Mann, den du damals verlassen hast.“

Erneut tritt Stille ein. Sie ist nicht drückend oder unangenehm, sondern einvernehmlich. So war es schon immer zwischen uns. Es gab keine sinnlosen Worte. Alles hatte immer eine tiefere Bedeutung – wir haben immer perfekt gepasst. Meiner Meinung nach zumindest.

„Warum bist du damals gegangen?“

Marie trinkt einen großen Schluck.

„Das weißt du.“

„Ach, tue ich das?“

Sie nickt, ein weiterer Blitz zerbricht den Himmel, erhellt für den Bruchteil einer Sekunde die bedrohlich aussehenden Wolken.

Ich nehme ihr den Whisky ab, kippe die bernsteinfarbene Flüssigkeit in mich hinein und lehne mich neben Marie an die Wand. Jetzt, wo sie sich nicht mehr an der Flasche festhalten kann, betrachtet sie den Ring an ihrem Finger, streicht über den Diamanten, der mich ein verdammtes Vermögen gekostet hat, und seufzt leise.

„Da war so viel Blut. Du warst immer voller Blut. Ich wusste, dass die *Golden Skulls* gefährlich sind, und dass diese Welt dich verändern würde, aber die Realität hat mich dennoch geschockt.“

Sie macht eine Pause. Ich brauche mehr Whisky.

„Ich habe versucht, bei dir zu bleiben, Walker. Viele Jahre lang. Das weißt du.“

Ich nicke, denn das tue ich.

„Aber es ging nicht mehr. Die Nutten, der Alkohol, die Waffen und die vielen Toten. Das war zu viel für mich.“

Dieses Mal ist die Stille unangenehm, also fülle ich sie.

„Du hättest mich bitten können, mit dir zu gehen.“

Das freudlose Lachen, das Marie von sich gibt, lässt mich mit den Zähnen knirschen.

„Du und den MC verlassen?“

Sie schüttelt den Kopf und steht auf.

„Niemals. Eher friert die Hölle zu. Du bist der MC, Walker. Du warst vielleicht nicht von Anfang an der Präsident, aber es war dennoch klar, dass du für diese Position geboren wurdest. Wie hätte ich dir das nehmen können?“

Marie sieht mich an, eine einzelne Träne rinnt ihr aus dem Augenwinkel, sie zieht eine Grimasse und wischt sie ab. Dann stellt sie sich direkt vor die offene Türe, der Wind spielt mit ihren Haaren und mein Inneres zieht sich gepeinigt zusammen.

„Egal, was du denkst, ich wollte dich immer glücklich machen.“

Dazu sagt sie nichts, sondern zieht es vor zu schweigen. In ihrer Tasche, die Rocco, während ich geduscht habe, gebracht haben muss, beginnt es zu klingeln, Marie zuckt erschrocken zusammen, macht aber nicht die geringsten Anstalten, sich das Telefon zu holen. Es kann natürlich sein, dass sie den Anruf ignoriert, weil sie unser Gespräch nicht unterbrechen möchte. Aber es wirkt anders auf mich. Es wirkt auf mich, als wüsste sie genau, wer dran ist, und als würde sie dieser Person aus dem Weg gehen wollen.

„Willst du nicht rangehen?"

„Das Handy ist neu, ich habe die Nummer niemandem gegeben."

„Bist du dir da sicher?"

„Bin ich."

Interessant.

„Und dennoch scheint sie jemand zu haben."

„Das ist nicht überraschend."

Irritiert ziehe ich eine Augenbraue in die Höhe.

„Ach nein?"

Marie schüttelt den Kopf.

„Nein. Er wird mich immer finden ..."

Er? Er! Sofort spannen sich all meine Muskeln an, das Monster in mir reißt an seinen Ketten und mein Puls schnellt in die Höhe.

„Wer ist er?"

Ohne es bewusst zu entscheiden, stürme ich auf Marie zu, packe sie an den Schultern und schüttle sie leicht. Sie fängt an zu weinen, ein lautes Schluchzen löst sich aus ihrem Mund.

„Das wirst du noch früh genug herausfinden, Walker."

Fuck! Yeah, hoffentlich. *Verdammt!* Ganz egal, wer Er ist oder warum der Wichser meint, Anspruch auf meine Frau erheben zu können – sobald er hier auftaucht, bringe ich ihn einfach um.

„Rede endlich mit mir, Marie."

Sie hebt den Arm, die Handschelle baumelt in der Luft.

„Nimm mir das Ding endlich ab."

Und da ist sie wieder, diese Sturheit, die mich schon damals in den Wahnsinn getrieben hat.

„Keine Chance. Die Handschellen sollen dich daran erinnern, dass ich dich jederzeit an mich ketten könnte. Für dich gibt es kein Entkommen mehr, Marie."

Sie schnaubt und wedelt nun mit dem Ringfinger vor meiner Nase herum.

„Und woran soll mich dieser Klunker erinnern?"

„Daran, dass du mir gehörst. Für immer!"

Das Monster in mir knurrt zustimmend.

„Willst du mich etwa in eine Kirche schleppen und mit Waffengewalt dazu zwingen, dich zu heiraten?“

Der Gedanke gefällt mir. Er gefällt mir verflucht gut.

„Wenn es nötig sein sollte?“ Ich nicke. „Fuck, ja! Dann schrecke ich vor nichts zurück, um dich zu der meinen zu machen.“

Unglauben steht Marie in ihr wunderschönes Gesicht geschrieben.

„Du bist wahnsinnig, Walker.“

Falsch.

„Nur fest entschlossen!“

„Wenn du es schaffst, mich vor den Altar zu schleppen, dann werde ich deine unfreiwillige Braut sein. Stört dich das denn nicht?“

Ich denke kurz über ihre Frage nach.

Klar wäre es mir lieber, wenn sie aus freien Stücken zu meiner Frau werden würde. Aber verdammt! Ich nehme Marie so, wie ich sie kriegen kann. Freiwillig oder eben unfreiwillig. Schlussendlich kommt es nur darauf an, dass sie meinen Nachnamen trägt und dass sie für Gott und den Teufel als mein Eigentum gilt.

Der Rest ist bedeutungslos.

„Du wirst mir gehören. Alles andere ist nebensächlich.“

Die brutale Ehrlichkeit, mit der ich ihr begegne, scheint sie zu verunsichern.

Nervös saugt sie ihre Unterlippe zwischen die Zähne und beginnt darauf herumzukauen.

„Reicht es denn nicht, dass ich schon wegen des Lebens meines Bruders an dich gebunden bin?“

Fuck! Nein.

„Das reicht nicht.“

Bo ist ein Idiot. Früher oder später wird ihn seine eigene Dummheit ins Grab bringen und dann ist mein Druckmittel hinfällig.

Ganz davon abgesehen ist es durchaus möglich, dass er jetzt, wo er sicher nicht mehr so verrückt ist, mit meinen Feinden gemeinsame Sache zu machen, denn immerhin habe ich seine Schwester in meiner Gewalt, von den *Reapers* umgebracht wird.

„Du bist eiskalt. Oder, Walker?“

„Ich habe einst den Fehler gemacht, mir deiner zu sicher zu sein. Dann hast du mich verlassen, das hat mich beinahe zerstört. Glaube mir, Mädchen, daraus habe ich gelernt.“

Erneut zuckt ein greller Blitz zur Erde und schlägt irgendwo ganz in unserer Nähe ein, denn das *Wumm!* des Donners erfolgt fast zeitgleich, ist ohrenbetäubend und bringt den Boden unter unseren Füßen zum Beben.

Marie erschrickt und sucht ganz instinktiv bei mir Schutz. Ich zögere nicht, schlinge meine Arme um ihre schmalen Schultern und ziehe sie besitzergreifend an mich. Ihr winziger Körper fühlt sich gut an dem meinen an. So gut, dass ich mich nicht mehr zurückhalten kann. Mühelos hebe ich sie hoch, platziere ihren Arsch auf der Küchenplatte, umfasse ihren Kiefer und tackere meinen Mund grob auf den ihren.

Sie seufzt und öffnet sich mir zögerlich, meine Zunge dringt tief in sie ein und meine Muskeln spannen sich an.

Holy Shit!

Dafür würde ich töten.

Dafür würde ich sterben.

Dafür bin ich bereit, meine Seele zu verkaufen, einen Priester zu entführen und den Teufel anzubeten.

Dafür – für diese Frau – bin ich zu allem bereit.

Ungeduldig erkunde ich ihren Körper, mache mich wieder mit ihm vertraut und lasse meine Hand in ihren Slip gleiten. Marie keucht und will mir ausweichen, doch das lasse ich nicht zu. Feucht, heiß und eng umschließen ihre Schamlippen meine Finger.

Ich muss an den Anruf denken und daran, dass Marie mit anderen Männern zusammen war. Das lässt mich rotsehen.

Diese Pussy hat einst mir gehört. Nur mir. Und das wird sie wieder.

„Du gehörst mir! Verstanden?“

Sie zögert. Ich muss mich zusammenreißen, um nicht auszuflippen.

„Marie!“

„Ja, ich habe verstanden.“

„Gut. Ich würde nur ungern einen Mann töten müssen, nur weil du die Tragweite deiner Situation nicht verstehst.“

Ich spüre, wie sie bei meinen Worten zusammenzuckt.

Marie stößt mich von sich. Springt von der Küchenplatte, geht einen Schritt zur Seite und sieht mich wütend an.

Schweigend erwidere ich ihren Blick, ich kann ihre Angst regelrecht wittern.

„Wie wäre es, wenn du mir die Regeln erklärst, die du dir scheinbar schon für mich zurechtgelegt hast?“

Wirklich? In der einen Sekunde liegt sie willig und anschmiegsam in meinen Armen und in der nächsten will sie reden?

Fuck!

Ich bin hart, meine Eier zucken ungeduldig und die Stimmen in meinem Schädel wollen diese störrische Frau mit dem Rücken auf den Boden schleudern, ihr die Klamotten vom Leib reißen und ihr ein für alle Mal zeigen, wer hier das Sagen hat.

Alleine bei dem Gedanken, mich gnadenlos in ihr zu versenken, drehe ich beinahe durch. Einen Fluch brüllend, wende ich mich von ihr ab und atme einige Male tief durch.

Dass ich Marie noch diese Nacht besitzen werde, steht fest. Es kann also tatsächlich nicht schaden, wenn ich ihr vorher erkläre, was ich von ihr erwarte, wo ihr Platz ist, und was geschieht, wenn sie Dummheiten macht.

Das Telefon bimmelt erneut, reizt meine eh schon blank liegenden Nerven. Dieser Typ bettelt regelrecht um seine eigene Hinrichtung.

Mein Mädchen wirkt fast schon panisch. Nicht gut. Ganz und gar nicht gut.

Es ist ambivalent. Einerseits will ich Marie packen und so unerbittlich ficken, dass sie zerbricht. Andererseits, will ich sie in meine Arme nehmen, sie zärtlich küssen und ihr schwören, dass ich sie für immer beschützen werde ...

Erneut schnappe ich mir den Whisky und trinke einen großen Schluck. Dann wende ich mich wieder meiner zukünftigen Frau zu.

Sie steht vor dem Küchentisch. Ich deute auf einen der Stühle: „Setz dich!“

Sie führt meinen Befehl umgehend aus, was mich verwundert.

Ich reiche ihr den Jack Daniels.

„Trink den, der beruhigt deine Nerven.“

Wenn Blicke töten könnten ...

„Willst du mich abfüllen?“

Witzig.

„Das ist nicht nötig!“

„Ach nein? Pass mal lieber auf, dass du dich nicht selbst überschätzt, Präsident.“

Ihre gezischten Worte machen mich rasend. Noch bevor sie weiß, wie ihr geschieht, beuge ich mich zu ihr runter, packe sie energisch an den Oberarmen und ziehe sie wieder vom Stuhl. Noch ehe sie reagieren und schreien kann, habe ich sie bereits über die Tischplatte gebeugt. Mit einer Hand umfasse ich ihre Handgelenke und presse sie brutal auf das harte Holz.

Die Flasche kippt um und fällt vom Tisch, sie zerbricht auf den Fliesen, Scherben surren durch die Luft.

Grob schiebe ich meine noch freie Hand unter ihr Top, lasse sie zu ihrem flachen Bauch gleiten und umfasse dann ihre weiche Brust. Alles andere als zärtlich klemme ich ihren Nippel zwischen meine Fingern und kneife zu. Ihre vorlaute Klappe hat meine Selbstbeherrschung zerplatzen lassen. *Bullshit!*

So verängstigt ist sie die perfekte Beute für mich. Unmissverständlich reibe ich meinen harten Schwanz an ihrem Hintern und lasse sie spüren, wie dringend ich sie brauche.

Fauchend lehne ich mich über sie und presse sie noch etwas fester auf den Tisch.

„Reiz mich nicht, Mädchen! Oder du wirst es bereuen."

Ihr Wimmern lässt mich noch härter werden. Scheiß auf alles! Wenn ich sie jetzt nicht ficke, verliere ich den Verstand.

Ungeduldig schiebe ich erneut meine Hand in ihre Shorts, umfasse das weiche Fleisch ihrer Pussy und kreise mit den Fingerspitzen über ihren Kitzler. In einem langsamen Rhythmus erobere ich ihren Körper.

Noch wehrt sie sich gegen mich und ist widerspenstig, doch sie hat nicht die geringste Chance.

Verdammt!

Ich werde erst zufrieden sein, wenn Marie weich und nachgiebig unter mir liegt und mich anfleht, sie endlich zu nehmen.

„Es mag sein, dass du mich mit deiner Kraft dominieren kannst, aber das macht mich noch lange nicht zu deiner Frau oder gar zu deiner Geliebten."

Ihre geflüsterten Worte lassen mich rotsehen ...

Marie wird mir gehören, ich werde sie besitzen und sie wird sich mir aus freien Stücken unterwerfen, alles andere ist vollkommen inakzeptabel!

9. Kapitel

Die unfreiwillige Braut

Hilfe!

Eben sitze ich noch auf dem Stuhl, eine Sekunde später liege ich völlig atemlos auf dem harten Küchentisch. Das alles ging so schnell, dass ich es nicht habe kommen sehen.

Walkers starke Finger halten meine Handgelenke gefangen wie in einem Schraubstock. Ich habe keine Chance gegen ihn.

Der Whisky fällt, der Knall vermischt sich mit dem Rauschen in meinen Ohren. Panik, Adrenalin und Lust ergeben einen verstörenden Mix, der durch meinen Kreislauf pumpt.

Zur Reglosigkeit verdammt, versuche ich wenigstens ein winziges bisschen Sauerstoff in meine Lunge zu bekommen. Walker umfasst meine Brust. Besitzergreifend knetet er sie und entlockt mir so ein leises Stöhnen. Er kneift mir in die Brustwarze, vor meinen Augen tanzen schwarze Punkte.

Das Gefühl seines großen, schweren Körpers auf dem meinen löst unzählige Emotionen in mir aus. Angst. Lust. Und eine verbotene Sehnsucht nach mehr.

Sein heißer Atem weht über meinem Nacken, seine Erektion presst sich gegen meinen Hintern. *Scheiße!*

So sehr ich mich auch gegen die vielen Gefühle wehre, ich komme nicht gegen sie an. Dafür erinnere ich mich viel zu gut daran, wie es früher zwischen uns war. Die dunkle Lust, die sich in mir ausbreitet, wird genau wie das dumpfe Pochen zwischen meinen Schenkeln immer stärker.

„Reiz mich nicht, Mädchen! Oder du wirst es bereuen."

Leise wimmernd ergebe ich mich dem Mann, der anscheinend mein Schicksal ist. Mein Slip ist längst feucht, zu leugnen, dass ich ihn ebenfalls will, ist also zwecklos. Wem mache ich hier eigentlich was vor?

Mir? Ihm? Keine Ahnung!

Seine Hände sind plötzlich überall, seine Lippen saugen sich an meiner Haut fest, seine spitzen Zähne graben sich in mein Fleisch. Walker beißt mich, roh!

Ich erkenne sofort, was das hier ist: eine Inbesitznahme!

Mit geschlossenen Augen liefere ich mich dem Präsidenten der *Golden Skulls* aus, sehne mich insgeheim nach mehr und verfluche mich zugleich für meine Dummheit.

Seine Finger schieben sich zwischen meine Schenkel, teilen meine Falten und reiben kreisend über meine Klit. Leise stöhnend presse ich meine Stirn auf das harte Holz und verliere mich in all den Empfindungen, die mein Hirn schachmatt setzen. *Ich bin verloren ...*

Ich gehöre ihm. Ich weiß das, und Walker weiß es erst recht!

Bevor der Orgasmus mich packen kann, bevor ich mit einem lauten Schrei komme, drehe ich meinen Kopf mit letzter Kraft so, dass ich ihm in die Augen sehen kann.

„Es mag sein, dass du mich mit deiner Kraft dominieren kannst, aber das macht mich noch lange nicht zu deiner Frau oder gar zu deiner Geliebten."

Meine Stimme ist leise, kaum ein Flüstern. Aber ich sehe in seinen silbrigen Augen, dass er mich gehört hat. Ein Sturm braut sich in ihm zusammen, er ist mindestens so gefährlich wie der, der gerade draußen wütend. Walkers Mimik wird auf einen Schlag finster und bedrohlich.

Innerhalb eines Atemzugs wird aus dem normalen Mann ein gefährlicher Killer, ein Outlaw, für den nur eine Sache zählt: Seinen Willen durchzusetzen und mich zu besitzen.

Seine rauen Finger gleiten durch meine Vagina, finden meinen Eingang und schieben sich in die zuckende Öffnung.

Ich zittere, meine Beine verkrampfen sich und der Druck in meinem Inneren wird beinahe unerträglich. Meine Atmung stockt. *Ich brauche mehr ...*

Walkers Schwanz drückt sich gegen mich und mir ist mehr als bewusst, dass es kein Zurück mehr gibt. Für keinen von uns. Nie wieder.

Jetzt und hier geht es nicht um Bo, die *Reapers* oder die 500000 Dollar. Es geht um uns, nur um uns.

Etwas passiert mit mir, etwas, das mich für immer verändern wird.

Dann werde ich von einem so unglaublichen Orgasmus hinfortgerissen, dass ich alles um mich herum vergesse. Ich fliege zu den Sternen, bin weit über den Wolken und komme nur langsam zurück in die Wirklichkeit.

Walker lässt endlich meine Hände los und richtet sich zu seiner vollen Größe auf.

Erschöpft stütze ich mich von dem Tisch ab und teste meine wackeligen Beine. Ich verliere mein Gleichgewicht und versuche noch, mich an einem der Stühle festzuhalten, doch es gelingt mir nicht. Gerade als ich denke, dass ich in die Scherben auf dem Boden knalle, werde ich von hinten gepackt. Ein starker Arm schlingt sich um meine Taille und bewahrt mich vor einem Sturz.

„Langsam, Süße."
Überraschend sanft zieht Walker mich an sich, seine kratzigen Bartstoppeln streichen über meinen Nacken, ich erschaudere.
Ich werde herumgewirbelt, gebe Walkers Drängen nach, öffne meine Lippen und lehne mich an seinen Brustkorb. Verführerisch gleitet seine Zunge über die meine, verlockt sie zu einem sinnlichen Tanz. Unser Atem vermischt sich, seine Finger krallen sich schmerzhaft in meinen Po und meine Sinne spielen verrückt.
Unser Kuss ist sanft und grob, stürmisch und verspielt, bittersüß und zugleich verwegen ...
Nicht sicher, was ich von dem, was da gerade zwischen uns passiert, halten soll, löse ich mich von ihm und suche seinen Blick.
Er hebt mich in einer fließenden Bewegung hoch, leckt über den dünnen Strich an meiner Kehle und trägt mich in sein Schlafzimmer.
Oh Hilfe ...
Mit mir auf seinem Schoß setzt sich Walker auf die Bettkante, sieht mir tief in die Augen und beginnt langsam, mich auszuziehen. Knurrend lässt er seinen Blick über meine entblößten Brüste gleiten, umfasst das weiche Fleisch und knetet es sanft.
„Fuck! Du bist so wunderschön!"
Sein markanter Kiefer mahlt, seine Wangenmuskulatur spannt sich an und tritt deutlich hervor. Walkers Mimik kann in diesem Augenblick nur als teuflisch beschrieben werden.
Er spielt mit mir, erst als sich ihm meine Nippel geschwollen und empfindlich entgegenrecken, lässt er von ihnen ab. Er huscht kurz über meinen Bauchnabel, dann macht er sich an meiner Shorts zu schaffen.
Wie durch ein Wunder fühle ich mich, als hätte ich meinen Rocker nie verlassen, als wären die letzten Jahre nie gewesen – als wäre der Albtraum, den ich in den letzten Monaten durchstehen musste, wirklich nur ein Traum gewesen.
Aber so ist es nicht.
Dass mein Handy geklingelt hat, ist ein deutliches Zeichen: Liam hat mich schneller als gedacht gefunden.
Liebes Schicksal, hilf mir ...
Ich blende Liam aus, mit ihm muss ich mich noch früh genug auseinandersetzen, und konzentriere mich ganz auf den Mann, dessen Ring ich am Finger trage.
Ein Teil meines Ichs kann es kaum erwarten, ihn tief und massiv in mir zu spüren, der andere Teil will von seinem Schoß klettern und so schnell wie nur möglich davonrennen. Walker scheint zu ahnen, was in mir vorgeht, und stößt einen Fluch aus.

„Denk nicht mal daran, mich zu verlassen, Baby."

Er beißt mich, die bittere Pein schießt direkt in meinen Unterleib.

Nun legt er mich mit dem Rücken auf die weiche Matratze, zieht mir die Shorts und mein Höschen aus und umfasst mit seinen Händen meine Knie. Langsam spreizt er meine Beine und öffnet mich so für ihn.

Ich keuche und erwidere tapfer seinen eindringlichen Blick.

In den silbernen Abgründen seiner Iriden kann ich erkennen, dass sich in den letzten Minuten etwas in ihm verändert hat, pure Entschlossenheit steht ihm ins Gesicht geschrieben.

Ich versuche meine Schenkel wieder aneinanderzupressen – vergebens.

Nackt und mit weit gespreizten Beinen liege ich vor dem Mann, der mich gegen meinen Willen zu seiner Braut gemacht hat. Das Herz schlägt mir bis zum Hals, noch nie zuvor habe ich mich so verletzlich gefühlt.

Zitternd schließe ich die Augen, gebe meine Gegenwehr auf und überlasse mich dem Präsidenten der *Golden Skulls*.

Walker bemerkt sofort die Veränderung, die in mir vorgeht, lockert seinen festen Griff und raunt mir ein „braves Mädchen" zu.

Morgen werden bestimmt dunkle Hämatome meine Haut schmücken.

Mit unerwarteter Zärtlichkeit streichelt er über meine Schenkel und bleckt dabei die Zähne, die in der Dunkelheit schimmern. Bis auf das Licht im Flur und das grelle Aufleuchten der Blitze ist es dunkel. In dem Augenblick, in dem er seine komplette Handfläche auf meine Scham legt, verschlägt es mir den Atem.

„Meins. Für immer meins! Noch einmal lasse ich dich nicht entkommen!"

Sein finsteres Versprechen klingt mehr wie das Knurren eines Tieres und nicht wie die Stimme eines Menschen.

Er bedeckt meinen Mund mit dem seinen, küsst mich, saugt sich dann an meiner Kehle fest und beißt sich an mir fest. Ich weiß genau, was er da gerade macht: Er markiert mich, zeichnet mich sichtbar als sein Eigentum.

In meinem Bauch beginnt es wie verrückt zu kribbeln.

Das hier sollte sich nicht so schrecklich richtig anfühlen.

Schließlich bin ich nicht aus romantischen Gründen hier, sondern um dafür zu sorgen, dass mein Bruder am Leben bleibt.

Unromantischer geht es ja wohl gar nicht. Eigentlich ...

Denn uneigentlich ... Ach verdammt!

Walker taucht zwischen meinen Schenkel ab, zieht meine Knie dabei weit auseinander und atmet geräuschvoll ein. Er inhaliert meinen Duft und bläht dabei seine Nasenflügel wie ein Wolf, der seine Fährte aufnimmt.

Seine Zunge trifft auf meine Muschi, verwöhnt meinen Spalt und leckt an meinem Kitzler. Als seine raue Zungenspitze dann in mich eindringt, entweicht mir ein lauter Schrei.

„Jaaaaaa!“

Die Hitze, die mein Rocker ausstrahlt, seine Finger, die bestimmend meine Taille umfassen und die Intimität dieses verbotenen Augenblicks ... All das und das Wissen, dass er mich zu seiner Braut gemacht hat, lösen einen gefährlichen Gefühlscocktail in meinem Inneren aus. Ein Mix aus dunkler Angst, brennendem Verlangen und süßer Hoffnung, nach dem ich süchtig werden könnte.

Walker übt eine unfassbare Anziehung auf mich aus – das war früher schon so und daran hat sich nichts geändert.

Mein Verstand brüllt mir zu, dass ich ihn hassen soll, doch mein Herz sehnt sich nach seinen Berührungen wie meine Lunge nach frischer Luft.

Er bringt seine Finger ins Spiel, dringt mit zwei davon tief in mich ein, seine Zunge leckt meinen Spalt und seine Bartstoppeln schaben über die empfindliche Haut meiner Mitte.

Die dekadente Mischung aus Furcht und Lust, die durch meinen Kreislauf tobt, lässt meine Lust in ungeahnte Höhen schnellen. Walker weiß noch ganz genau, wie er mich zum Zittern bringen kann.

Ich kralle mich an seinen langen, feuchten Haaren fest, drücke seinen Mund fester gegen meine Muschi und höre, wie der Stahl der Handschellen rasselt.

Das Wissen, dass ich wieder ihm gehöre, beruhigt mich. Der Ring an meinem Finger fühlt sich dennoch fremd und falsch an.

Vielleicht war es ein Fehler, dass ich vor all den Jahren fortgegangen bin?

Vielleicht war es aber auch die einzig richtige Entscheidung und meine Rückkehr war der Fehler, der nun meinen Untergang besiegelt?

Wer weiß?

Geschickt saugt er sich an meinem Kitzler fest und gleitet mit einem weiteren Finger in mich hinein. Walker will mich! Er will mich besitzen, mich kontrollieren und ficken. Daran hat er absolut keinen Zweifel gelassen. Doch wie sehr er mich will, wie stark seine Besitzgier ist, merke ich erst jetzt.

Seine raue Zunge leckt mich immer schneller und schneller und seine Finger füllen mich gnadenlos aus. Gerade als sich das Ziehen in meinen Beinen einen weiteren Orgasmus ankündigt, löst er seinen Mund von mir, richtet sich vor mir auf und sieht mich aus zusammengekniffenen Augen an.

„Für immer meins."

Dann zieht er das Handtuch weg, bringt sich vor mir in Position und dringt langsam in mich ein. Walker ist gut gebaut, er dehnt mich und löst einen leichten Schmerz in mir aus. Es dauert einen Augenblick, bis sich mein Körper erneut an seinen Umfang gewöhnt hat.

„Fuck! Fuck! Du fühlst dich perfekt an!"

Ich keuche und biege den Rücken durch, was ihn dazu bringt, sich mit einem Ruck bis zum Anschlag in mich zu rammen.

Mein Schrei hallt von den Wänden wider, vermischt sich mit dem lauten Donnergrollen, das von draußen zu uns hereindringt.

Ich winde mich, kralle mich an seinen Schultern fest und schließe die Augen.

So viel Kraft, so viel Macht, so viel Entschlossenheit ...

„Schau mich an, Marie."

Atemlos erwidere ich seinen eindringlichen Blick, während er mich grob und entschlossen fickt. Tief und schnell, vereinnahmend und bestimmend. Mein Herz rast, mein Blut kocht und meine Nervenbahnen fangen Feuer. Walker verschränkt seine Hand mit der meinen, führt sie an seinen Mund und küsst den Ring, der, wenn es nach ihm geht, für immer ein Teil von mir sein wird.

Mein Unterleib zieht sich zusammen und mein ausgeknocktes Gehirn wispert mir leise zu, dass wir kein Kondom verwenden. Panik erfasst mich. Entsetzt versuche ich ihm auszuweichen, was meinem Rocker ein wütendes Zischen entlockt.

Er stößt sich in mich und verharrt in dieser Position.

Seine Augen wirken in dem Dämmerlicht, das uns umgibt, wie glühende Meteoriten.

„Was soll das, Marie?"

„Ich nehme keine Pille."

„Ich weiß, das hast du früher schon nie getan."

Ganz einfach weil ich sie nicht vertrage.

„Wir haben kein Kondom verwendet."

Er brummt etwas, das wie ein „Fuck!" klingt. Für einen kurzen Moment rechne ich damit, dass er sich aus mir rauszieht, aber er tut es nicht. Stattdessen verziehen sich seine Lippen zu einem selbstzufriedenen Grinsen, ehe er seinen Rhythmus wieder aufnimmt und mich mit erbarmungsloser Wildheit vögelt.

Ich will mich wehren, aber dafür fühlt es sich zu gut an. Ich will stopp schreien, aber seine Lippen versiegeln die meinen.

Wieder und wieder hämmert er sich in mich hinein und es dauert nicht lange, bis ich von einem allumfassenden Orgasmus überwältigt werde.

Mein Schrei vermischt sich mit Walkers Brüllen und ich spüre deutlich, wie sein Samen meinen Körper flutet. Heiß und prickelnd verteilt sich sein Sperma in meinem Inneren und mein Schicksal nimmt mal wieder seinen Lauf.

Was, wenn ich durch dieses eine Mal schwanger werde? Was dann?

Walker wirkt absolut zufrieden mit sich, bleibt noch einen Moment in mir und zieht sich dann langsam aus mir heraus. Einen Wimpernschlag später füllt er mich mit seinen Fingern und mir wird klar, dass er seinen aus mir herauslaufenden Samen erneut in mich reinschiebt.

Der Präsident hat erkannt, dass es einen viel effektiveren Weg als den diamantenbesetzten Ring gibt, um mich an sich zu binden. Ein Kind!

„Das war falsch."

Tränen steigen mir in die Augen. Walker entdeckt sie, schüttelt nachsichtig den Kopf und haucht mir einen fast schon liebevollen Kuss auf die Stirn.

Die letzten Tage fordern ihren Tribut. Die Flucht vor Liam, die Angst, die Unsicherheit, die Scheiße mit Bo und nun das ... Ich bin zu erschöpft, um Walker von mir zu stoßen, davon abgesehen würde es wahrscheinlich eh nichts bringen. Er ist viel stärker als ich und kennt keine Skrupel, wenn es darum geht, seine körperliche Überlegenheit gegen mich einzusetzen.

„Vertrau mir einfach, Baby. Ich weiß genau, was ich tue."

Na hoffentlich, denn um ganz ehrlich zu sein, ich habe mittlerweile keine Ahnung mehr, was richtig und was falsch ist.

Ich bin wie ein Blatt im Wind und Walker ist der mächtige Sturm.

Wortlos lässt er sich neben mich auf das Bett fallen, zieht mich besitzergreifend an seine Seite und haucht mir ein Dutzend sanfte Küsse auf die Stirn.

Ich kann das alles nicht verarbeiten, nicht jetzt. Also lasse ich zu, dass mich die Dunkelheit packt und mir der Schlaf einen trügerischen Frieden schenkt, der leider nur für wenige Stunden anhält.

Denn als ich das nächste Mal die Augen öffne, ist das Bett neben mir leer, von Walker fehlt jede Spur, mein Handy piept erneut und durch das offen stehende Fenster wispert mir der Wind eine leise Warnung zu.

Erschöpft stehe ich auf, meine Beine fühlen sich an wie zerbrochene Zahnstocher, mein Unterleib pocht und ist wund.

Wie ferngesteuert gehe ich zu meiner Tasche, hole das Handy raus und entsperre es mit meinem Daumenabdruck.

Sechs verpasste Anrufe und eine SMS. Ich lese sie und die wenigen getippten Worte lassen mich erstarren.

>>Ich komme dich holen, Kätzchen.<<

Kein Name, der Absender ist eine unbekannte Nummer. Ich weiß dennoch sofort, wer mir diese Drohung geschickt hat: Liam.

Nur er ist mächtig genug, mich so schnell aufzuspüren. Und nur er hat mich immer sein Kätzchen genannt.

Ich schmeiße das Telefon zurück in die Tasche, zurück zu den vielen grünen Dollarscheinen. Bo hat darauf bestanden, dass ich sie mitnehme, dabei wollte ich das Geld ehrlich gesagt nicht. Erstens, weil er es viel dringender braucht als ich – Walker wird für mich sorgen, das hat er auch schon damals getan – und zweitens, weil es vom *Reapers Motorcycle Club* kommt.

Und das ist nicht gut. Gar nicht gut, um es milde auszudrücken.

Liams Warnung zwingt mich in die Knie.

Mir wird kalt, vor meinen Augen dreht sich alles und ich sinke zu Boden.

Im Augenwinkel sehe ich eine Bewegung. Erschrocken zucke ich zusammen, dann erkenne ich Walker. Er schaltet das Licht ein, sein muskulöser, mit Tinte überzogener und von Narben gezeichneter Oberkörper ist blutverschmiert. Ich weiß sofort, dass es nicht sein Blut ist, mein Rockerpräsident ist unverletzt. Seine silbernen Augen wirken wie schwarze Löcher, sie gleichen denen des Totenkopfs, der mittig auf seiner Brust thront, und der mich finster anzustarren scheint.

Ein Schrei entweicht mir, ich springe auf die Füße und laufe davon. Vor Walker, vor der SMS, vor dem Blut und der verdammt harten Realität, vor der ich schon vor so vielen Jahren geflüchtet bin, und die mich nun wieder eingeholt hat.

Meine nackten Füße treffen auf den vom Regen nassen Asphalt, kleine Steinchen bohren sich in meine Haut, ein Blitz erhellt die Dunkelheit. Im gleißenden Licht sehe ich die bedrohliche, große Gestalt, die mir folgt und die mich mit jedem Atemzug schneller einzuholen scheint. Die Handschellen schlagen mir gegen den Arm, der goldene Ring brennt sich in meinen Finger.

Ein Knall dröhnt durch die Nacht. Dieses Mal handelt es sich nicht um einen Donnerschlag, sondern um einen Schuss.

Walker brüllt voller Zorn meinen Namen, ich stolpere und stürze mitten auf dem Hof des *Golden Skulls Motorcycle Clubs* zu Boden. Der kalte Regen prasselt erbarmungslos auf meinen nackten Körper. Walker holt mich ein, er packt mich grob, zerrt mich auf die Beine und haucht mir einen trügerisch sanften Kuss auf die Lippen. Ich spüre seine Finger an meinem Hals, er drückt auf einen Punkt direkt unter meiner Halsschlagader, vor meinen Augen breitet sich eine beruhigende Finsternis aus. Das Letzte, was ich wahrnehme, ist, wie ich an einen warmen, kraftvollen und mir sehr vertrauten Oberkörper gepresst werde.

Walkers wütende Stimme lullt mich ein: „Verdammter Fluchtreflex!“, dann ist da nichts mehr. Absolut nichts. Nichts außer diesem leichten Prickeln in meinem Bauch und dem Hauch von Schicksal, der mir verrät, dass ich wahrscheinlich schwanger bin.

10. Kapitel

Der Rockerpräsident

Fuck!

Unzählige Kugeln surren durch die Luft, die tödlichen Geschosse verfehlen mich nur um Haaresbreite, während ich mit dem bewusstlosen Mädchen in meinem Arm über den Hof Richtung Werkstatt hetze.

Sie auszuknocken war vielleicht nicht die netteste Art, sie zum Schweigen zu bringen, aber verflucht. Jetzt ist nicht der richtige Zeitpunkt für Grundsatzdiskussionen.

Wir werden angegriffen und ich habe verdammt noch mal keine Ahnung von wem.

Entschlossen bringe ich Marie aus der Schussbahn, lege sie auf der Ablage der Werkstatt ab und betrachte ihren nackten Körper.

Doppel Fuck!

Ihr Fluchtreflex wird mich eines Tages noch in den Wahnsinn treiben. Sobald es unschön, gefährlich oder kompliziert wird, bekommt meine Braut kalte Füße und sucht das Weite. Aber damit muss Schluss sein. Endgültig Schluss sein!

Die Zeiten, in denen ich ihr diese Spielereien durchgehen lassen habe, sind vorbei.

Nach einem kurzen Blick auf ihren nackten, mit Blut verschmierten Körper wende ich mich von ihr ab. Das Blut ist von dem Wichser, der versucht hat, das Tor zu passieren.

Er hat es nicht geschafft. Zwar ist es ihm gelungen, Rocco eine Kugel ins Bein zu jagen, aber das war es dann auch schon. Rocco hat ihm ebenfalls eine Kugel verpasst, die Waffe unseren Prospects war, im Gegensatz zu der des Wichsers, nicht mit einem Schalldämpfer versehen. Der Knall war es, der mich geweckt hat. Ich wusste sofort, dass etwas nicht stimmt und Bullshit, ich hatte recht!

Meine Klinge in den Bauch des Angreifers rammend, habe ich Rocco in Sicherheit gebracht und sein Bein mit dessen Gürtel abgebunden.

Für mich war diese Sache damit erledigt, zumindest bis zu dem Moment, in dem mir klar wurde, dass der Typ nicht alleine ist. Er hat Freunde mitgebracht und diese Freunde sind offensichtlich fest entschlossen, jeden verdammten *Golden Skull*, der sich im Club aufhält, in die Hölle zu befördern.

Aber das werde ich nicht zulassen. Niemals!

„Walker?“

Porters Stimme hallt über den Hof und wird von einem kraftvollen Donnern übertönt.

Ich gebe mich mit einem lauten Pfiff zu erkennen, er kommt zu mir rüber gerannt, seine geliebte Beretta in der Hand, den Finger am Abzug.

„Welche Scheiße läuft hier?"

„Gute Frage."

Der Blick meines Stellvertreters gleitet zu Marie.

„Verdammt! Ist sie verletzt?"

„Schau sie nicht an."

Unglauben blitzt in seinen Iriden auf.

„Was?"

„Sie ist mein Mädchen und sie ist nackt. Also. Schau. Sie. Nicht. An!"

Porter schüttelt fassungslos den Kopf, wendet jedoch den Blick von Marie ab und sieht wieder direkt zu mir.

„Bist du bescheuert, Alter? Glaubst du wirklich, dass ich jetzt ans Ficken denke?"

Woher soll ich das wissen?

Darauf gehe ich nicht ein. Mir ist durchaus bewusst, dass ich, wenn es um diese Frau geht, völlig überreagiere. Das war damals schon so und wird sich höchstwahrscheinlich nie ändern.

„Sie ist nicht verletzt."

Er nickt zufrieden.

„Warum ist sie dann ohnmächtig?"

„Ich dachte, es wäre besser für sie, wenn sie nicht alles mitkriegt."

Er lacht.

„Was ist mit dir? Woher stammt all das Blut?"

„Von dem Typen, der auf Rocco geschossen hat."

„Rocco hat was abbekommen?"

Ich nicke.

„Wo ist er?"

„Er liegt im Wachhaus. Er wird es überstehen."

Des Vizes „Zumindest etwas ... Aber das wird ihr nic..." Seine Worte werden von einem Peng, Peng, Peng unterbrochen.

„Was meinst du? Sind das die *Reaper*?"

Durchaus möglich. Es wird Griffin, dem Präsident der Hurensöhne, garantiert nicht gefallen, dass wir Bo kaltgestellt haben. Maries Bruder ist nicht der Hellste, aber er wird kaum so dumm sein und unseren Feinden ein weiteres Mal helfen, nicht, solange ich seine Schwester in meiner Gewalt habe.

Kane rennt in gebückter Haltung auf uns zu, ein Blitz durchbricht den ansonsten schwarzen Nachthimmel.

Die Kalaschnikow, die über seiner Schulter hängt, ist regennass, sein Blick gleitet ebenfalls zu dem nackten Mädchen hinter uns.

„Starr sie noch einmal an, Sergeant, und ich schwöre dir, ich steche dir die Augen aus."

Meine Drohung bringt Porter zum Lachen, Kane wirkt ebenfalls wenig eingeschüchtert.

„Reg dich ab Präs, ich bin nicht suizidgefährdet. Ich werde deine Lady bestimmt nicht anrühren." Porters „Anschauen reicht schon", klingt amüsiert.

„Wie schön, dass zumindest ihr euren Spaß habt."

Die beiden geben sich einen Fistbump.

„Sorry Bro, aber wenn du dich so aufführst, ist das einfach zu witzig."

„Du kriegst gleich witzig, Arschloch."

Würden wir nicht unter Beschuss stehen, würde ich nicht zögern und ihm den Kiefer und vielleicht noch ein paar Finger brechen, aber so ... Jetzt ist nicht der richtige Zeitpunkt für so eine Scheiße!

„Wessen Blut ist das?"

Porter klärt Kane auf, während ich versuche, durch den dichten Regen etwas zu erkennen.

„Wer bewacht dann das Tor?"

Kanes Belustigung scheint verflogen zu sein.

„Ich habe es verriegelt."

Bis auf die Sporthose, in deren Bund meine Knarre steckt, bin ich nackt.

„Wie sollen wir vorgehen?"

Ich denke kurz nach.

„Wir müssen herausfinden, mit wie vielen Gegnern wir es zu tun haben."

„Denkt ihr, es ist Griffin?"

Porters „Durchaus möglich", entlockt Kane einen gezischten Fluch.

„Dafür machen wir diese Bastarde platt. So ein Dreck darf nicht passieren. Nicht in unserem Revier."

Der Sergeant hat recht. Das Verhältnis zwischen Skulls und Cops ist angespannt, das war es schon immer. Aber seit ich Mc Alister, den Polizeipräsidenten verschwinden lassen habe, halten die Bullen zumindest die Füße still.

Schlägt man einem Huhn den Kopf ab, rennt der Körper noch ein paar Meter weiter. In dieser Phase befinden wir uns gerade.

Die Polizisten Seattles wissen genau, wer ihnen ihren Anführer genommen hat, doch sie können nichts tun, um sich an uns zu rächen. Keiner von ihnen ist bereit, den ersten Schritt zu tun, niemand will so enden wie Mc Alister.

Gut so. Denn ich habe absolut kein Problem damit, noch ein paar Dienstwaffenträger verschwinden zu lassen. Trotzdem sollten wir dem Staatsanwalt keine Angriffsfläche bieten. Es ist immer besser, wenn die Gesetzeshüter nichts gegen uns in der Hand haben.

Diese Schießerei bietet den Cops eine Angriffsfläche – eine Möglichkeit, wie sie uns ans Bein pissen können. Am liebsten würde ich hierbleiben, bei Marie, und persönlich dafür sorgen, dass ihr nichts passiert. Aber das geht nicht.

Mein Wunsch, Marie in Sicherheit zu wissen, kollidiert mit meinem Pflichtgefühl dem Club gegenüber.

Ich bin der Präsident und es ist meine Aufgabe, die *Golden Skulls* zu beschützen.

Tief einatmend lasse ich meine angespannten Nackenwirbel knacken, ziehe meine Waffe und lege mir einen schnellen Plan zurecht.

„Alles klar. Es läuft so: Porter du gehst nach rechts, sei wachsam. Ich glaube nicht, dass es die Wichser über das Tor geschafft haben. Kane, du gehst linksrum, checkt die Lage, prüft die Grenzen und die Überwachungskameras und versucht zumindest einen dieser Wichser am Leben zu lassen. Ich will wissen, mit wem wir es hier verdammt noch mal zu tun haben!“

Kane nickt und verschwindet nach einem warnenden „Seid vorsichtig Brüder!“ im Regen. Porter deutet mit seiner Pistole zu meinem Mädchen.

„Was ist mit ihr? Willst du sie hier alleine liegen lassen?“

Von wollen kann nicht die Rede sein.

„Was soll ich sonst mit ihr anstellen?“

Kaum dass ich die Frage gestellt habe, kommt auch schon ein am ganzen Leib zitternder Scott auf uns zugelaufen. Er trägt eine Kevlarweste und sieht so aus, als würde er sich am liebsten bei seiner Mummy verstecken.

Scott ist unser neuester Anwärter, es ist erst seine sechste Woche und Fuck! Ich bin mir längst nicht mehr sicher, ob es die richtige Entscheidung war, ihm das *Prospect-Patch* zu verpassen.

Rocco war nie so, er und sein Baseballschläger haben vom ersten Tag an perfekt zum Club gepasst.

„Du kommst wie gerufen.“

Scott ist weiß wie eine Wand.

„W... Wa... Warum?“
Porter verdreht die Augen und verschwindet in die besprochene Richtung.
„Ganz einfach, weil du auf mein Mädchen aufpasst.“
„Welches Mädchen?“
Er scheint der Einzige zu sein, der keine Ahnung hat, was diese Nacht so alles vorgefallen ist. Ein weiterer Beweis dafür, dass er es immer noch nicht geschafft hat, sich den übrigen *Skulls* anzuschließen. Er ist keiner von uns, und wird wahrscheinlich auch nie einer von uns werden.
Manche sind eben hoffnungslose Fälle.
„Das Mädchen.“
Ich deute auf Marie. In der Sekunde, in der er die blutverschmierte, reglose Frau sieht, überzieht blankes Entsetzen seine Mimik.
„Keine Angst, es geht ihr gut. Sie ist nur bewusstlos. Rührst du sie an, siehst du sie auch nur an, bringe ich dich um. Du stehst einfach nur hier und tötest jeden, der nicht zum Club gehört. Kapiert?“
Er nickt. Wunderbar.
Ich betrachte seine leeren Hände.
„Hast du eine Waffe?“
„Nein.“
Fuck! Mein Geduldsfaden ist kurz davor zu reißen.
„Womit willst du dann dich und Marie im Notfall verteidigen?“
Der Anwärter zuckt mit den Schultern, meine Faust beginnt zu kribbeln, sie will unbedingt in sein Gesicht. So viel Unfähigkeit ist einfach nur schwer zu ertragen.
Schnell sehe ich mich um, schnappe mir einen Hammer und drücke ihm Scott in die Hand.
Bevor ich mich daran machen kann, Kane und Porter zu folgen, kommt mir eine Idee.
„Zieh die Weste aus.“
„Was?“
„Zieh die verfickte Weste aus!“
Zögerlich kommt er meinem Befehl nach. Seine Bewegungen sind mir zu langsam, also reiße ich ihm das Kevlar vom Körper, eile damit zu Marie und ziehe ihr die schusssichere Weste an. Unter normalen Umständen würde ich nie auf die Idee kommen, ihre Sicherheit Scott anzuvertrauen. Dieser Typ ist einfach zu blöd zum Scheißen, aber jetzt habe ich keine andere Möglichkeit.

Sobald diese Nacht vorbei ist, werde ich Scott entlassen. Er hat einfach nicht das Zeug zu einem echten *Golden Skull*. So wie er dasteht, mit dem Hammer in der Hand und der Panik in den Augen ... *Shit!* Er würde das verfluchte Anwärterjahr eh nie lebend überstehen.

„Wenn ihr etwas geschieht, töte ich dich höchstpersönlich. Verstanden?"

Er nickt hektisch. „Natürlich Boss."

Teufel! Ich hasse es, wenn er mich Boss nennt.

„Gut."

Ich erlaube mir einen letzten Blick auf Marie, dann verschwinde ich, mit bloßem Oberkörper, raus in die Nacht, tauche in den Regen ein und mache mich daran, unsere Feinde zu töten.

Es dauert nicht lange, bis mein Magazin leer ist. Entschlossen, keinen dieser Wichser entkommen zu lassen, mache ich mich auf die Jagd, entriegle und passiere das Tor und breche den Typen, die mir entgegenkommen, einem nach dem anderen das Genick.

Gerade als ich die letzte Leiche fallen lasse, sehe ich mich plötzlich dem Lauf eines Sturmgewehrs gegenüber.

In der ersten Sekunde bin ich mir sicher, dass das mein Ende bedeutet.

Dann ertönt Kanes vertraute Stimme.

„Fuck Walker! Dank dem Regen und ohne deine Kutte hätte ich dich fast über den Haufen geschossen."

Das war knapp.

„Zum Glück hast du es nicht getan." *Jetzt, wo ich Marie zurückhabe, bin ich definitiv noch nicht bereit zum Sterben.*

Den zweiten Satz spare ich mir, der Sergeant muss nicht wissen, wie sehr ich mich nach dieser Frau sehne. Die Jungs wissen auch so schon genug.

Es ist kein Geheimnis, dass ich, wenn es um diese Frau geht, nicht klar denken kann.

Das Gewitter lässt nach, der Donner verstummt – es sind keine Schüsse mehr zu hören.

Porter, Damon und Blue, der Sprengstoffexperte der *Skulls*, nähern sich uns von hinten.

Sie alle befinden sich auf der richtigen Seite des Tors, nur ich stehe auf der Straße.

Kane deutet mit dem Lauf der AK durch die Stahlstangen des Zauns auf den Toten vor mir.

„Das waren dann alle, oder?"

„Keine Ahnung."

Fuck!

„Also ich habe vier erwischt."

Blue wischt sich die blutverschmierten Hände an der vom Regen nassen Jeans ab.

„Bei mir waren es drei."

Porter klingt wütend.

Jeder von uns spuckt eine Zahl aus, zusammengerechnet kommen wir auf ein knappes Dutzend Tote.

„Keiner der Kerle hat ein Leder getragen. Wir haben es also nicht mit den *Reapers* zu tun."

Der Sergeant hat recht. Das ist mir auch schon aufgefallen.

„Aber mit wem dann?"

Damon bleckt die Zähne, ehe er Kane antwortet.

„Auf Anhieb fällt mir niemand ein, der einen Grund hat, sich mit den *Skulls* anzulegen und dazu genug Männer, um es auch durchzuziehen."

„Lasst uns doch einfach nachfragen."

Alle Köpfe drehen sich zu Blue um.

„Seit wann kannst du mit den Toten reden, Bro?"

Er grinst selbstsicher, seine blauen Haare wirken dank der Dunkelheit schwarz und farblos.

„Gar nicht. Das ist auch nicht nötig. Ich habe einen der Typen am Leben gelassen."

Perfekt.

„Wo ist er?"

„Er steht an der Türe?"

Perplex sehe ich zum Eingang des Clubhauses und entdecke tatsächlich eine einsame Gestalt.

Kane runzelt die Stirn.

„Wieso rennt der nicht weg?"

Blue grinst breit.

„Kann er nicht."

Gespannt worauf er anspielt, passiere ich das Tor und prüfe kurz, wie es Rocco geht – er hat viel Blut verloren, wirkt jedoch stabil – dann sehe ich nach, was Blue gemeint hat, während ich Porter den Befehl zubrülle, dass er den Doc rufen soll.

Je näher ich der Gestalt komme, umso deutlicher erkenne ich, dass es sich dabei um einen Mann handelt. Er ist jung, vielleicht Anfang zwanzig, und der Grund, aus dem er nicht versucht, die Flucht zu ergreifen, entlockt mir ein lang gezogenes Zischen.

Seine Hände sind mit zwei Dolchen an der Mauer festgepinnt. Blut rinnt über die Hauswand und aus seinem offen stehenden Mund.

Er sieht schlecht aus – jedoch noch gut genug, um uns ein paar Antworten zu liefern.

„Wer bist du?“

„Fick dich, Walker.“

Na, immerhin kann er reden.

„Du kennst anscheinend meinen Namen, also wie wäre es, wenn du mir den deinen verrätst? Ich weiß gerne, mit wem ich es zu tun habe.“

Der Wichser spuckt mir vor die Füße, was ihm von Blue einen Fausthieb einbringt.

„Wenn du nicht redest, wird das dein Todesurteil sein!“

„Ich bin längst tot.“

Dem kann ich nur zustimmen.

Damon zündet sich eine Kippe an, der vertraute Geruch von Tabak erfüllt die Luft.

Wir haben nicht ewig Zeit, nur weil die Cops sich nicht trauen, uns anzugreifen, bedeutet das noch lange nicht, dass sie nicht kurz vorbeifahren, um zu checken, was hier abgegangen ist.

Genervt beuge ich mich vor und ziehe den Dolch aus seiner linken Hand.

„Der Tod ist nicht das schlimmste Ende. Glaube mir. Also sag mir, was ich wissen will. Wer bist du und für wen arbeitest du?“

Die Anspannung, die in der Luft liegt, ist beinahe greifbar. Der Geruch des nassen Asphalts steigt mir in die Nase, das Adrenalin, das durch meine Adern rauscht, schärft meine Sinne.

Bevor ich den Wichser dazu bringen kann, mir die dringend benötigten Informationen zu liefern, durchbricht ein wütender Frauenschrei die Stille.

Fuck! Marie ...

Damon lacht, Kane und Porter tauschen einen amüsierten Blick.

„Dein Mädchen hatte schon immer ein beschissenes Timing.“

In dem Fall kann ich ihm leider nicht widersprechen.

„Bringt den Wichser in den Keller, befestigt ihn genau wie jetzt an der Wand. Sobald ich mich um Marie gekümmert habe, setzen wir das Gespräch fort.“

Blues „Wird erledigt, Präs“, wird von einem weiteren, wütenden Kreischen unterbrochen.

Ich drehe mich um und schaffe genau drei Schritte, dann lässt mich ein *Peng!* innehalten. Irritiert, wer jetzt geschossen hat, drehe ich mich zu meinen Brüdern um. Vor ihren Füßen liegt der tote Wichser, in seiner erschlaffenden Hand hält er Blues Waffe.

„Was zum Teufel?“

„Sorry Walker. Ich wollte gerade den zweiten Dolch aus der Mauer ziehen, da hat er nach meiner Knarre gegriffen und sich in den Kopf geschossen."

Fuck!

Ungläubig betrachte ich die Sauerei. Knochensplitter, Hirnmasse und Haarbüschel ...

Der Bastard hat sich selbst zum Schweigen gebracht und wir können nicht das Geringste dagegen tun.

„Räumt die Sauerei weg und kümmert euch um Rocco."

Genervt streife ich mir die nassen Haare aus der Stirn. Marie kreischt schon wieder, dieses Mal folgt keine Stille, sondern ein schmerzhafter Schrei, der verdammt noch mal so klingt, als wäre er von Scott.

Das. Darf. Doch. Alles. Nicht. Wahr. Sein.

Je näher ich der Werkstatt komme, umso deutlicher höre ich, was gesprochen wird.

Am Tor bleibe ich perplex stehen und sehe dabei zu, wie meine nackte Frau mit dem Hammer nach dem Prospect schlägt. Von der Kevlarweste, die ich ihr angezogen hatte, fehlt jede Spur.

„Du blöder Trottel hast mir gar nichts zu sagen." Schlag. „Was glaubst du eigentlich, wer du bist?" Schlag. Dieses Mal trifft sie ihn an der Schulter, was ihm ein schmerzhaftes Jaulen entlockt. „Geh endlich zur Seite!" Schlag.

Scott versucht tapfer, Marie in der Werkstatt gefangen zu halten. Was lächerlich ist, wenn man bedenkt, dass er locker zwanzig Zentimeter größer und gut 40 Pfund schwerer ist als sie.

Marie bebt vor Zorn, sie schlägt wieder nach ihm, dieses Mal gelingt es Scott jedoch, dem Hammer in letzter Sekunde auszuweichen.

Müde kneife ich die Augen zusammen, fülle meine Lungenflügel bis zum Anschlag mit der kühlen Nachtluft und trete in den Schein des Werkstattlichts.

„Sind denn jetzt alle verrückt geworden?"

Marie funkelt mich zornig an.

„Ich ganz bestimmt nicht, aber dein Möchtegern-Wachhund da auf alle Fälle."

Fuck ist sie süß!

Wie sie da steht, nackt, blutverschmiert und wunderschön. Mit wild abstehenden Haaren, vor Wut geröteten Wangen und dem verdammten Hammer in der Hand.

„Scott, verpiss dich."

Er nickt und tritt den Rückzug an.

„Aber lass dein Leder hier."

Entgeistert sieht er mich an.

„Was, Boss?“

Damit wollte ich eigentlich bis morgen warten. Aber was solls?

„Du bist raus. Du taugst einfach nicht zum *Skull.*“

Keine Ahnung wer mich jetzt überraschter ansieht, Scott oder Marie. Es ist auch egal.

Ich meine es so, wie ich es gesagt habe.

„Bitte Boss. Ich will nicht gehen.“

Tatsächlich?

„Hör zu. Du würdest die nächsten Monate nicht überleben. Unter normalen Umständen nicht und nach der Scheiße, die dieser Nacht folgen wird, erst recht nicht. Bullshit! Du schaffst es nicht mal, mit einem wehrlosen Mädchen fertig zu werden.“

Bei dem Wort wehrlos reckt Marie mir ihren ausgestreckten Mittelfinger entgegen.

Wofür ich sie mit einem warnenden Blick bedenke, der einfach an ihr abzuperlen scheint. *Gott! Sie ist echt wütend. Wütend und sexy!*

Mein Schwanz wird hart.

„Sie ist nicht wehrlos, sie hat einen Hammer.“

Scott klingt wie ein trotziges Kind.

Ein Mädchen und ein Hammer, wie niedlich.

„Als ich dich mit dem Befehl, Marie zu beschützen, zurückgelassen habe, hattest *du* den Hammer. Richtig?“

Scott nickt.

„Und wie ist er dann in *ihre* Hände gekommen?“

Er senkt verlegen den Blick.

„Sie hat ihn mir abgenommen. Diese Frau ist gefährlich.“

Verdammt! Ehrlich! *V.E.R.D.A.M.M.T!* Das bringt mich zum Lachen.

„Echt jetzt?“

„Aye Boss.“

Marie ist ungefähr so gefährlich wie ein halb ertrunkenes Katzenbaby.

Mit einem ungläubigen Schnauben gehe ich auf mein Mädchen zu, nehme ihr mühelos den Hammer ab und werfe ihn auf die Arbeitsfläche. Dann packe ich sie am Genick und schiebe sie hinter mich, sodass Scott nicht länger ihren nackten Körper anstarren kann.

„Leg einfach dein Leder ab und verpiss dich.“

„Bitte ... Walker.“

„Wenn du in einer Minute nicht weg bist, schwöre ich dir, schlage ich dir mit dem Hammer den Schädel ein. Und jetzt verpiss dich!“

Das war deutlich genug. Scott streift die Kutte ab, wirft sie in den Dreck und geht.
Allein das verrät mir, dass er nie genug Respekt vor der Kutte hatte, um sie sich jemals zu verdienen.
Marie meldet sich wieder zu Wort.
„Du bist ein Arschloch, Präsident."
„Bin ich und war ich, und das weißt du. Also tu nicht so überrascht, Baby."
„Ich bin nicht überrascht. Ich wollte es dir nur sagen."
„Sehr nett von dir. Danke."
Entschlossen, sie zurück in mein Schlafzimmer zu schaffen, will ich sie an der Hand nehmen, doch sie weicht mir flink aus.
„Was soll das, Walker?"
Mit dem Daumen und dem Zeigefinger drücke ich mir in den Nasenrücken.
Meine Nerven – sie sind fast aufgebraucht.
„Was soll was, Marie?"
„Dass du so tust, als wäre zwischen uns alles gut."
Sie lebt, ich lebe – die Angreifer sind tot. Zusammengefasst: Es ist alles gut. Mein Mädchen hingegen scheint das anders zu sehen.
„Ist es das denn nicht?"
Sie schüttelt den Kopf.
„Nein. Scheiße! Nein. Nichts ist gut!"
Ach verdammt!
„Und wieso nicht?"
Kampflustig stemmt sie die Hände in die Hüfte. Dass sie nackt ist, scheint sie nicht im Mindesten zu stören.
„Du hast mich geküsst, schon vergessen?"
„Fuck! Ich vergesse keinen unserer Küsse."
Sie lacht ungläubig.
„Das hätte romantisch klingen können, ehrlich. Zumindest wenn du mich nicht während des Kusses ausgeknockt hättest. Du Psychopath!"
Psychopath? Ich wurde schon als vieles betitelt, aber das ist neu.
„Ein Psychopath ist jemand, der wegen einer geistigen Störung nicht weiß, was er macht. Ein Psychopath handelt nicht rational oder durchdacht. Ich hingegen tue das sehr wohl. Es hat seinen Grund, dass ich dich ausgeknockt habe, wie du es nennst. Ich wollte nicht, dass du mitkriegst, was hier abgeht. Ich habe dich also geschützt. Außerdem bist du mal wieder vor mir weggerannt ..." Ich zucke mit den Schultern „... Und ich lasse nicht zu, dass du jemals wieder vor mir flüchtest! Verstanden?"

Die kleinen Hände noch immer in die Hüften gestemmt, hält Marie meinem finsteren Blick tapfer stand. Respekt. Das schaffen nur die wenigsten meiner Männer. Meine frühere Marie, das Mädchen von damals, hätte längst die Augen gesenkt. Aber die Marie von heute ist entschlossener und mutiger geworden. Das gefällt mir. Sehr sogar. Es zeigt mir, dass sie dem Leben an meiner Seite gewachsen ist.

Was auch immer in den vergangenen Jahren passiert ist, sie ist gestärkt daraus hervorgegangen.

„Du denkst also, dass es okay ist, wenn du mich, wie auch immer, einfach umkippen lässt und mich dann nackt und mit so einem lächerlichen Idioten als Beschützer zurücklässt? Ernsthaft, Walker?"

„Ich war derjenige, der dich beschützt hat." Entschlossen gehe ich noch einen Schritt auf sie zu, sodass sie den Kopf in den Nacken legen muss, um zu mir aufschauen zu können. „Ich bin durch die Nacht geschlichen und habe einen Mann nach dem anderen getötet und so dafür gesorgt, dass dir keiner dieser Wichser zu nahe kommen konnte. Draußen, an den Grenzen des Clubs, stapeln sich die Leichen. Porter, Blue, Damon und Kane, sie alle haben ihr Leben riskiert, um den Club und dich zu schützen. Du warst sicher. Die. Ganze. Verdammte. Zeit. Über. Vertrau mir, Baby! Ich würde dich nie einer Gefahr aussetzen."

Sie scheint mir zu glauben, ich lasse meine Augen langsam über ihre Brüste bis hinab zu ihrem Bauch gleiten.

Fuck! Ich habe sie ohne Kondom gefickt. Ich habe ihren perfekten kleinen Körper mit meinem Samen vollgepumpt und ihre Pussy mit meinem Saft gefüllt.

Wenn das Schicksal auf meiner Seite ist, wird ihr Bauch schon bald mit meinem Kind anschwellen. Ich meine es also todernst, wenn ich sage, dass ich für ihre Sicherheit sorgen werde. Instinktiv strecke ich meine Hand aus und platziere sie mittig auf ihrem Bauch. Marie erschaudert, sie scheint mir zu vertrauen und wird ruhiger.

„Wessen Blut ist das?"

Sie deutet auf die längst getrockneten, roten Flecken, die ihre Haut bedecken.

„Ich weiß es nicht. Er hat sich mir nicht vorgestellt."

„Wie ist er gestorben?"

Von der Frage überrascht, sehe ich mein Mädchen direkt an.

„Warum willst du das wissen?"

„Die Art, wie ein Mann tötet, sagt viel über ihn aus."

„Ich habe heute Nacht viele Männer getötet, auf viele verschiedene Arten und das Einzige, was das über mich aussagt, ist, dass ich bereit bin, alles zu tun, um dich und die *Golden Skulls* zu schützen. Mehr musst du nicht wissen."

Sie nickt zögerlich, betrachtet meine noch immer auf ihrem Bauch liegende Hand und seufzt leise.

„So habe ich mir meine Rückkehr nach Clyde Hill nicht vorgestellt."

„Was hast du gedacht? Dass ich dich vergessen habe? Dass ich dich jemals vergessen könnte? Dass ich deine Anwesenheit ignorieren und dich in meinem Revier tolerieren kann, ohne dich für mich zu beanspruchen? Bullshit Marie! Du weißt, wie es zwischen uns war. So etwas endet nicht. Nie!"

Sie nickt, lässt dieses Mal zu, dass ich meine Finger mit den ihren verflechte, und sieht aus großen, waldgrünen Augen zu mir nach oben.

„Ich bedeute Gefahr, Walker. Wenn du mich behältst, wird jemand kommen, um dich zu töten!"

Sie sieht sich besorgt um, dass Geheule von sich nähernden Polizeisirenen schallt durch die Nacht. Der tiefschwarze Himmel über unseren Köpfen hat etwas Unheilvolles.

„Vielleicht ist er auch schon da. Vielleicht geht diese Scheiße auf sein Konto!"

Fuck!

Furcht zeichnet sich auf Maries wunderschönem Gesicht ab.

„Auf wen hast du dich eingelassen, Mädchen?"

„Du willst einen Namen?"

„Natürlich will ich den. Ich muss wissen, mit wem oder was ich es hier zu tun habe."

„Er heißt Liam."

Dieser Liam ist so gut wie tot!

„Mach dir keine Sorgen, er wird dich nicht kriegen. Nie. Nur über meine Leiche."

Ihr „Sag das nicht zu laut, er könnte das als ein Angebot auffassen", macht mir klar, dass sie ihn tatsächlich für sehr gefährlich hält.

Allein die Vorstellung, dass mein Mädchen, meine süße Marie mit einem anderen Mann zusammen war, macht mich wütend.

Es war ein Fehler, sie damals gehen zu lassen. Ich hätte sie aufhalten, an mich fesseln und einsperren sollen. Ich habe es nicht getan und das bereue ich jetzt.

Die Vergangenheit kann ich nicht mehr ändern, aber die Zukunft kann ich beeinflussen.

Ich sehe zu dem Ring an ihrem Finger und den Handschellen, die an ihrem Handgelenk baumeln und spüre die wilde Entschlossenheit in meinem Inneren.

„Du gehörst mir."

„In diesem Augenblick mag das stimmen!"

Was soll das? Will sie mich reizen?

In meiner momentanen Gemütsverfassung keine sonderlich gute Idee.

„Es wird für alle Augenblicke, die noch kommen, stimmen!"

„Bist du dir da sicher, Präsident? Sieh dich um, zähle die Toten und sag mir, ob ich dir das wert bin?"

Die Augen zusammenkneifend, betrachte ich Marie eingehend.

„Was soll das? Willst du mir einreden, dich gehen zu lassen? Denk an deinen Bruder, Marie. Wenn du abhaust oder anfängst, dich meinen Befehlen zu verweigern, bringe ich ihn eigenhändig um!"

Entsetzen flutet ihren Blick.

„Ich will dich nur warnen, Walker. Du kennst Liam nicht. Er ist ein Phantom, ein schwarzer Schatten, du bemerkst erst, dass er hinter dir steht und dir eine Klinge in den Rücken rammt, wenn es längst zu spät und dein Leben schon so gut wie vorbei ist."

Dass sie das Wort Phantom verwendet hat, macht mich kurz stutzig.

Es gibt tatsächlich einen Killer, der so genannt wird, er arbeitet für die Mafia und für verschiedene Drogenkartelle. Doch die Wahrscheinlichkeit, dass Marie mit ihm zusammen war, ist so gering, dass ich sie nicht wirklich ernst nehme.

Die Welt ist groß und Marie ein Mädchen aus einer Kleinstadt, wo sollte sie diesem Phantom begegnet sein? Während ich sie packe und zurück in meine Wohnung führe, versuche ich einen Sinn in all dem, was heute Nacht geschehen ist, zu finden.

Es gibt keinen. Die *Reapers* waren nicht für den Anschlag verantwortlich.

Aber wer dann?

Wer hat es gewagt, uns anzugreifen?

Wer würde so verrückt sein und freiwillig meinen Zorn auf sich ziehen?

Im Badezimmer angekommen ziehe ich mich aus, schalte die Dusche an, stelle das Wasser auf warm und stelle mich mit Marie in meinen Armen unter den dampfenden Wasserstrahl.

Zuerst ist sie noch darauf bedacht, Abstand zu halten, doch dann sinkt sie erschöpft gegen mich und lässt zu, dass ich sie fest an mich drücke, meinen Mund auf den ihren pinne und ihre Zunge für mich beanspruche.

Um die vielen Toten, den verletzten Rocco, die Cops und die ganze andere Scheiße soll sich Porter kümmern. Wofür habe ich einen Vize, wenn nicht für genau solche Angelegenheiten?

Marie nur festzuhalten reicht mir nicht. Nicht jetzt – nicht heute. Also hebe ich sie hoch, presse sie mit dem Rücken gegen die Wand und suche ihren Blick, während ich mich vor ihr in Position bringe und langsam bis zum Anschlag in sie eindringe.

Ihre Lippen öffnen sich, das laute Wimmern, das sie von sich gibt, während sich ihre Pussy für mich weitet, lässt mich beinahe durchdrehen.

Das Gefühl ihres weichen Fleisches, die Hitze, die meinen Schwanz umgibt, und ihre festen Titten, die sich gegen meinen Oberkörper drücken.

Das ist es. Das ist, was ich brauche. Marie ist meine Seele, ohne sie war ich nichts weiter als eine leere Hülle – nur durch sie bin ich komplett.

„Walker ...", sie flüstert meinen Namen, mit einem Ruck stoße ich mich noch ein Stückchen tiefer in sie hinein und beobachte zufrieden, wie sich pure Lust auf ihrem Gesicht abzeichnet. Anstatt sofort in einen harten Rhythmus zu fallen, gebe ich mich für den Moment damit zufrieden, einfach in ihr zu sein, sie zu spüren und zu halten.

Erst als sie von allein damit beginnt, mit dem Arsch zu wackeln, um so an die Reibung zu kommen, die sie braucht, beginne ich damit, sie zu ficken. Aber nicht hart, nicht gnadenlos, sondern langsam und bedacht. Ich sauge jedes Gefühl, das dieses Mädchen in mir auslöst, in mich ein, beobachte, wie sie sich vor Lust auf die Unterlippe beißt, und vakuumiere diesen Augenblick für die Ewigkeit.

Erst als sie zuckend, stöhnend und sich windend auf meinem Schwanz kommt, sich an mir reibt und in meiner Schulter festbeißt, lasse ich meiner Gier freien Lauf, nehme Marie so, wie ich es brauche, hart und gnadenlos, und pumpe mein Sperma tief in sie hinein.

Meins. Für immer einfach nur meins.

Erst als mein Schwanz schlaff wird, ziehe ich mich aus ihr heraus, stelle das Wasser ab und trage Marie aus der Dusche. Ich trockne uns beide ab, während sie erschöpft in meinen Armen hängt, und bringe sie anschließend ins Bett.

So wie ich es damals getan habe und so wie es in den vergangenen Jahren ebenfalls hätte sein sollen ...

11. Kapitel

Die wehrhafte Braut

Wieder und wieder fahre ich mit der Bürste durch meine frisch geföhnten Haare, betrachte mein Spiegelbild und versuche herauszufinden, was nur mit mir los ist?

Ich meine, Scheiße!

Mein Leben ist ein Scherbenhaufen, der Mann, der versucht mich zu schwängern, bindet mich mit der Drohung, meinen Bruder zu töten, an sich, und auf meiner Hüfte prangen in dunklen Flecken seine Fingerabdrücke, während er und seine Männer damit beschäftigt sind, einen Van voller Leichen zu beseitigen, die es garantiert nur wegen mir auf den *Golden Skulls Motorcycle Club* abgesehen hatten.

Liam ist hier. Er hat mich gefunden.

Ich habe Walker heute Morgen erneut vor ihm gewarnt, doch er wollte nicht auf mich hören. Dieser Rocker ist so stur und dickköpfig wie damals.

Die Handschellen an meinem Arm scheppern und in dem wunderschönen Diamanten an meinem Ringfinger bricht sich das hereinscheinende Tageslicht.

„Du hast die Wahl, Marie. Du kannst meine Sklavin oder meine Braut sein, es liegt an dir. Doch ganz egal, wie du dich auch entscheidest, überlege es dir gut, denn deine Entscheidung ist endgültig!"

Seine dunkle Stimme hallt noch immer durch meinen Kopf und mir ist mehr als deutlich bewusst, dass ich meine Entscheidung noch nicht getroffen habe, denn wenn ich es hätte, wären entweder die Handschellen oder der Verlobungsring verschwunden.

Für eine Weile stehe ich einfach nur da, starre meinem Spiegelbild in die Augen und lege die Bürste zurück in die Schublade, dann verlasse ich das Bad und mache mich daran, mir etwas anzuziehen.

Ich bin wund, Walkers Art mich zu nehmen, war schon immer grob und animalisch. Besitzergreifend ist wohl das richtige Wort, um zu beschreiben, wie er mich anpackt, küsst und fickt.

Ich will mich nicht beschweren, nur mit ihm hat es sich jemals richtig angefühlt.

Obwohl ich noch keine 24 Stunden zurück im Club bin, spüre ich schon jetzt, wie sich sein Schutz wie ein Kokon um mich wickelt und mir das trügerische Gefühl der Geborgenheit schenkt.

Dumm, ich weiß. Sehr dumm sogar. Aber es ist, wie es ist. Ich kann nichts an der Wirkung, die Walker auf mich hat, ändern. Und wenn ich es ändern könnte, weiß ich nicht, ob ich so intelligent wäre, es tatsächlich zu tun.

Wenn es um diesen Mann geht, kann ich einfach nicht klar denken. Meine Vernunft fällt in seiner Gegenwart in einen tiefen Dornröschenschlaf und ich bin mir ziemlich sicher, dass sie sich nicht wie die Prinzessin in dem Märchen wach küssen lässt.

Zurück im Schlafzimmer bleibe ich überrascht stehen. Neben den Sachen, die ich mitgebracht habe, liegt ein kurzer, roter Minilederrock, ein schwarzes, fransiges Shirt und echt hammermäßige Stiefel, die mir garantiert bis über die Knie reichen.

Das Outfit ist mega und es gefällt mir sofort.

„Weißt du noch? So bist du früher immer rumgerannt."

Damons vertraute Stimme lässt mich herumwirbeln. Er steht lässig am Türrahmen, die Arme vor der Brust verschränkt und seine Augen auf meine Brüste gerichtet.

„Wenn Walker wüsste, dass du hier bist, würde er dir das Genick brechen."

Der Enforcer nickt zustimmend, macht aber keine Anstalten den Blick abzuwenden.

„Jep. Ich weiß. Das ist ebenfalls wie früher. Fast wie ein fucking Déjà-vu. Findest du nicht, Marie?"

Ich lasse mich von seiner Anwesenheit nicht durcheinanderbringen, gehe zu meiner Tasche, suche meine Unterwäsche raus und ziehe mich an.

„Gefallen dir die Sachen?"

„Sie sind toll."

„Gut. Dann zieh dich an. Ich warte an der Bar auf dich."

„Ich will meinen Kaffee mit zwei Stück Zucker."

Damon lacht und zwinkert mir zu.

„Das ist ebenfalls wie früher."

Ich nicke. Er verschwindet.

Mein Handy beginnt zu klingeln, und auch wenn mir die Kraft fehlt, mich mit Liam auseinanderzusetzen, weiß ich doch, dass es nichts bringt, wenn ich ihn weiter ignoriere.

Das letzte Nacht war nichts weiter als eine Warnung. Wenn er gewollt hätte, wäre ich längst tot.

Mit zitternden Fingern wische ich über das Display und nehme den Anruf so an.

Ich sage nichts, spare mir die Begrüßung und höre, wie ein „Oh Marie ...“ durch die Leitung hallt.

„Was willst du, Liam?“

„Dich!“

Die Antwort kommt wie aus der Pistole geschossen.

„Du bist zu spät, ich trage den Ring eines anderen Mannes am Finger.“

Die nun einkehrende Stille ist ohrenbetäubend.

„Zieh ihn ab und komm raus auf die Straße. Dann bin ich gewillt, deinen kleinen Ausflug zu vergessen, und nehme dich mit nach Hause.“

„Und wenn ich das nicht tun werde.“

„Sorge ich dafür, dass du noch vor deiner Hochzeit zur Witwe wirst.“

Rein praktisch betrachtet ist das überhaupt nicht möglich, dennoch verstehe ich sofort, dass er mir damit droht, Walker zu töten.

Nicht sicher, was ich dazu sagen soll, beiße ich mir auf die Unterlippe und reibe mir mit der linken Hand über den Bauch.

Walker zu verlassen ist unmöglich, das würde Bos Tod bedeuten.

Aber selbst wenn es nicht so wäre, was ist, wenn ich verrückt genug wäre, zu Liam zurückzukehren, und sich dann herausstellt, dass ich von Walker schwanger bin?

„Es ist nicht so leicht, wie du denkst, Liam. Bitte vergiss mich einfach.“

Bis auf ein leises Knacken ist nichts zu hören, also spreche ich tapfer weiter.

„Wenn ich dir je etwas bedeutet habe, dann lass mich frei. Bitte.“

Für eine Weile herrscht noch Stille, dann wird die Verbindung einfach unterbrochen.

Heilige Scheiße!

Entschlossen schalte ich das Handy aus, stehe auf und ziehe mich an.

Über dieses seltsame Telefonat kann ich mir auch später noch den Kopf zerbrechen, jetzt warten ein alter Freund und ein Kaffee auf mich, das ist mehr, als ich mir für diesen Tag erhofft hatte.

Die Stiefel, der Rock und das Top passen perfekt und ich fühle mich, als ich den großen Hauptraum des Clubs betrete, wie die geborene Rockerbraut.

Damon sitzt wie angekündigt an der Bar, vor ihm auf dem Tresen liegt eine schwarze Glock, von der ich weiß, dass sie definitiv nicht seine Waffe ist.

Gespannt, was das zu bedeuten hat, ignoriere ich den freien Barhocker neben ihm und setze mich direkt auf die abgewetzte Holzplatte, sodass sich mein Hintern direkt neben den dampfenden Kaffeetassen befindet. Meine Füße baumeln in der Luft und die Fransen des Tops kitzeln mich am Bauch.

Damon sieht mich an und grinst.

„Fuck! Mir wird erst jetzt klar, wie sehr ich dich vermisst habe, Schätzchen."

Schätzchen. Ich muss lachen.

„So hast du mich, als wir uns kennengelernt haben, immer genannt."

„Das hast du nicht vergessen?"

Ich schüttle den Kopf. Sage ihm aber nicht, dass ich nichts von dem, was mein Leben früher ausgemacht hat, je vergessen könnte.

„Danke für die Geschenke."

Er nickt und betrachtet meine nackten Oberschenkel.

„Jederzeit wieder."

„Was ist meiner?"

Er schiebt mir eine Tasse rüber, ich schnappe sie und inhaliere das köstliche Aroma.

Der erste Schluck ist der beste, genau wie der erste Zug von einer Zigarette oder das erste göttliche Stückchen einer Sahneschokotorte.

„Wie geht es dir?"

Gute Frage.

„Ich denke, über die Antwort müsste ich etwas länger nachdenken."

Damons „Verständlich" geht in einem lauten Brüllen unter.

Rocco, der Baseballschläger-Prospect, sitzt in einem der Sessel und streitet sich mit einer der Nutten, die anscheinend keinen Bock hat, seine Wunde zu verarzten. Ich weiß von Walker, dass der Anwärter letzte Nacht etwas abbekommen hat. Ich nenne das Karma. Mein Mitleid hält sich aus bekannten Gründen in Grenzen.

Ganz egal wie die Sache mit Walker und mir weitergeht. Rocco und ich werden keine Freunde mehr.

„Wisst ihr mittlerweile, wer hinter dem Angriff von letzter Nacht steckt?"

Ich versuche, meine Stimme möglichst beiläufig klingen zu lassen, es gelingt mir nicht wirklich. Jemand Fremden hätte ich vielleicht täuschen können, nicht so Damon.

„Weißt du was, was ich nicht weiß, Schätzchen?"

Die Hierarchie bei den *Golden Skulls* ist klar. An erster Stelle steht Walker, der Präsident, dann folgt Porter, der Vize, und Rang Nummer drei teilen sich der Enforcer, also Damon, und der Sergeant at Arms Kane.

Allerdings weiß ich nicht, wie Walker reagiert, wenn ich meinen Verdacht, dass die fliegenden Kugeln von letzter Nacht auf das Konto meines Ex-Freundes gehen, Damon erzähle.

Walker glaubt mir nicht, er unterschätzt Liam und dessen Entschlossenheit, mich zurückzubekommen.

Der Showdown wird kommen. Nicht sofort, aber bald, und wie ich mich dann verhalten werde, weiß ich ehrlich gesagt nicht.

Walker ist Walker, er ist stark, mächtig und so gut wie unbesiegbar. Wenn ich wetten müsste, würde ich darauf tippen, dass Liam zum Schluss mit einem Messer in der Brust endet. Aber ich wette nicht, niemals. Schon gar nicht auf Dinge, deren Ende unmöglich vorhersehbar sind.

Bilder der letzten Nacht ploppen in mir auf, die dazu gehörigen Gefühle überfluten mein Herz und ich muss an den Sex denken, an die Art, wie Walker mich festgehalten, mich geküsst hat, und wie er in mich eingedrungen ist. Allein die Erinnerung daran, wie sein heißes Sperma meinen Unterleib geflutet hat, lässt mich erschaudern. Ich stelle die Tasse ab, reibe mir mit der rechten Hand über den Bauch und kämpfe gegen die aufsteigenden Tränen an.

Auch wenn der Präsident das anders sehen mag als ich, aber für eine Schwangerschaft ist jetzt garantiert nicht der richtige Zeitpunkt.

Früher als wir noch glücklich waren, habe ich mir immer vorgestellt, Walker zu heiraten und eine Familie mit ihm zu gründen. Aber jetzt?

Damon, der mich beobachtet, räuspert sich, zündet sich eine Kippe an und stützt sich mit den Ellenbogen auf dem Tresen ab.

„Was hat es eigentlich mit dem Klunker an deinem Finger und mit den Handschellen auf sich?“

Die Frage musste ja kommen.

„Ach, das ist dir aufgefallen, ja?“

„Alles was mit dir zu tun hat, fällt mir auf. Darum habe ich auch die blauen Flecken gesehen, die Walkers Hände auf deinem Körper hinterlassen haben. Der Präsident ist der Präsident, und die kranke Scheiße, die da schon seit einer Ewigkeit zwischen euch abgeht, versteht außer euch beiden eh keiner. Aber Fuck! Du bist mir nicht egal. Also wenn du Hilfe brauchst“, er deutet mit der glühenden Zigarette auf sich selbst, „Ich bin für dich da.“

Dieses Angebot weiß ich sehr zu schätzen. Mehr als er denkt. Besonders weil ich weiß, wie wichtig ihm die Loyalität Walker gegenüber ist.

„Mein Leben ist kompliziert. Sehr kompliziert. Und was letzte Nacht angeht, vor Walker brauche ich keinen Schutz – noch nicht zumindest – auch wenn es so aussehen mag. Aber da ist eine Gestalt aus meiner Vergangenheit, die durchaus eine Gefahr für mich, für dich und für den gesamten Club darstellen kann. Also sei vorsichtig und wachsam und schlaf am besten immer mit einem offenen Auge."

Damon versteht, was ich ihm zu sagen versuche, und nickt.

„Alles klar, Schätzchen, und nun zu den Handschellen und dem Ring."

Ich gönne mir noch einen kleinen Schluck von dem Kaffee und halte mich dann mit beiden Händen an der Tasse fest.

„Walker hat mir die Wahl gelassen, entweder werde ich seine Sklavin oder seine Braut. Egal wie ich mich entscheide, die Sache ist endgültig."

Des Vollstreckers gezischtes „Bloody Hell!" beschreibt meine Situation sehr gut.

„Werde seine Braut, das warst du schon immer."

Ein Schmunzeln zupft an meinen Mundwinkeln.

„Wenn, werde ich aber eine sehr wehrhafte Braut sein."

„Die wehrhaften sind am besten." Er blinzelt mir zu und zieht an seiner Zigarette.

„Soll ich dir dabei helfen, die Handschellen loszuwerden?"

Ein nettes Angebot, das Walker garantiert nicht gutheißen würde.

„Dein Präsident killt dich, wenn du mich anrührst."

Er nickt.

„Das wird er sowieso, wenn er erfährt, dass ich dich nackt gesehen und dir die Klamotten geschenkt habe."

Stimmt.

„Was ist mit der Glock?"

„Die ist für dich."

Damon reicht sie mir, ich nehme sie mit der rechten Hand entgegen. Der Stahl ist kalt und ich kann die Endgültigkeit spüren, die die Waffe ausstrahlt. Die tödliche Endgültigkeit des Todes. Ich will sie ihm sofort wieder zurückgeben, doch Damon macht keine Anstalten sie mir wieder abzunehmen.

„Ich will sie nicht."

Sein Blick wird streng und unnachgiebig.

„Du fickst mit dem Teufel, während dir deine Vergangenheit an den Fersen klebt. Du hast gar keine andere Wahl, Schätzchen."

Wahrscheinlich hat Damon recht, trotzdem. Ich hasse Waffen. Das habe ich schon immer. Die Dinger machen mir Angst.

„Aber ich kann gar nicht damit umgehen. Wahrscheinlich würde ich mich nur selber verletzen und mir ins Bein schießen, oder so ..." Das bringt ihn zum Lachen. „Außerdem habe ich da einen Grundsatz: Keine Knarren vor dem ersten Kaffee!"

Ich meine das als Witz, er hingegen nimmt mich beim Wort.

„Gut dann trink aus. Sobald die Tasse leer ist, beginnt dein Unterricht."

„Unterricht?"

„Jep. Ich bringe dir das Schießen bei, erkläre dir, wie du sie lädst, reinigst und aufbewahrst. Wirst sehen, die nette kleine Glock wird noch zu deiner besten Freundin."

Mein mürrisches „Das glaube ich weniger", überhört Damon einfach."

Männer und ihre selektive Wahrnehmung.

„Ein Trip nach Hogwarts wäre mir lieber."

„Was ist Hogwarts?"

War ja klar, dass sich der böse Outlaw nicht mit Harry Potter auskennt.

„Vergiss es und gib mir einfach eine Zigarette."

Er tut es, ich lege meine angeblich neue beste Freundin beiseite und wundere mich, warum Damon hier ist, während die anderen damit beschäftigt sind, die Spuren von letzter Nacht zu beseitigen.

„Wieso hat Walker dich nicht mitgenommen?"

„Zum Gräber ausheben?"

Ich nicke, während es mir eiskalt die Wirbelsäule hinab rinnt.

„Ach Schätzchen." Er schnippt sich gegen das *Enforcer-Patch.* Mein Job ist es, aufzupassen und zu töten, und nicht aufzuräumen."

Ich verstehe sofort ...

„Walker hat dich abkommandiert, um auf mich aufzupassen. Richtig?"

Damon schnalzt mit der Zunge.

„Kluges Ding."

„Sollst du aufpassen, dass mir nichts passiert, oder dass ich nicht abhaue?"

„Beides schätze ich, wobei du offiziell nicht als Gefangene giltst. Wenn du gehst, wird Walker deinem Bruder einen Besuch abstatten, ehe er dich einfangen und an den Haaren zurück in den Club schleifen wird. Ich denke, erst dann giltst du als unsere Gefangene. Aber bis es so weit kommt, musst du dich erst mal entscheiden. Ring oder Handschellen?“

Sklavin oder Braut ...?

Über diese Frage denke ich noch lange, nachdem wir den Kaffee getrunken haben, nach, auch dann noch, als Damon mir, wie angekündigt, das Schießen beibringt und selbst als ich ein paar Stunden später allein in dem Wohnzimmer des Präsidenten sitze und verzweifelt den Diamanten anstarre.

Die Zeit vergeht, vor den Fenstern wird es dunkel und das Dröhnen von ankommenden Bikes schallt über den Hof.

Ich gehe zu dem offen stehenden Fenster, der Hof ist hell beleuchtet, in den verrosteten Ölfässern flackern orange Feuer. Ich beobachte, wie mein Rocker von seiner Maschine steigt, den Helm abnimmt und sich mit den Fingern durch die langen Haare streicht. Mein Unterleib zieht sich sehnsüchtig zusammen und in meinem Bauch kribbelt es wie verrückt.

Mein Inneres ist wund und empfindlich, trotzdem kann ich es kaum erwarten, erneut von Walker an die Wand gepresst und gefickt zu werden.

Er unterhält sich mit Porter, die beiden klopfen sich auf die Schultern, der Vizepräsident fährt wieder vom Hof, während die anderen bleiben.

Fast so, als würde er meinen Blick spüren, sieht Walker in meine Richtung, seine Mundwinkel zucken, mein Herz rast.

Ich sehe ihm so lange zu, bis er im Inneren des Clubhauses verschwindet, für einen Moment spiele ich mit dem Gedanken, zu ihm zu gehen, verwerfe diesen jedoch gleich wieder, setze mich erneut auf die Couch und betrachte den wunderschönen Diamanten. Ring oder Handschellen?

Noch immer habe ich keine Antwort auf diese Frage gefunden.

Wobei, habe ich überhaupt eine Wahl?

Ich glaube nicht.

Allein bei der Vorstellung, Walkers Sklavin zu sein, steigt bittere Galle in meiner Kehle auf. Also Ring. Und dann? Gedanklich sehe ich mich schon in einem wunderschönen weißen Kleid auf seiner schwarzen Harley sitzen. Ich muss zugeben, das Bild gefällt mir. Sehr sogar. Aufregung breitet sich in mir aus, in meinem Magen kribbelt es wie verrückt. Plötzlich kann ich es kaum erwarten, Walker meine Entscheidung mitzuteilen.

Ich beschließe, keine Zeit zu verlieren, springe auf, eile durch das Wohnzimmer, raus aus der Wohnung und folge der lauten Musik Richtung Bar, an der ich Walker vermute.

Das Wummern des Basses dröhnt durch meine Knochen, je weiter ich komme, umso lauter wird es. Das dunkle Lachen von Männern durchbricht die grölende Stimme des Sängers, eine fast nackte Bitch kommt mir entgegen. Ein Joint klemmt zwischen ihren Fingern, in ihren Augen schimmert ein irres Funkeln. Der goldene Body, den sie trägt, passt perfekt zu den ebenfalls glitzernden High Heels, auf denen sie den Flur entlang stolpert. Sie sieht mich und grinst schadenfroh. Ich verstehe erst nicht warum, aber als ich dann im Hauptraum ankomme, kapiere ich es. Ich entdecke Walker bei einer abgelegenen Sitzgruppe im hinteren Bereich, neben den Billardtischen.

Rocco und Kane sitzen auf einer Couch, Walker hat einen der Sessel für sich beansprucht. Der Prospect nippt an einem Wodka, Kane und Walker haben jeweils eine Bierflasche in der Hand und eine Nutte auf dem Schoß.

Mir wird schlecht. Schlagartig. Meine Hände ballen sich zu Fäusten, die Handschellen baumeln an meinem Arm, sie scheinen mich regelrecht zu verhöhnen.

Es ist mal wieder so typisch. Kaum habe ich mich für den Ring entschieden, finde ich Walker mit einer anderen Frau vor.

Fick dich Schicksal!

Die Hand des Präsidenten ruht auf ihrem Oberschenkel, ihr Arm liegt auf seinen Schultern. So wie sie dasitzt, kann sie ihm ihre Titten direkt ins Gesicht drücken, was Walker nicht zu stören scheint. Im Gegenteil, er genießt die Aussicht und lacht über irgendetwas, das der Sergeant sagt.

Blondie lehnt sich noch etwas weiter vor und flüstert Walker etwas ins Ohr, dass ihn die Nasenflügel blähen lässt. Ich kenne den Ausdruck in seiner Mimik. Eifersucht und Zorn steigen in mir auf. Dieses blöde Arschloch!

Mein Fluchtreflex meldet sich zu Wort, er hebt den Finger und schlägt mir vor, so schnell es geht von hier zu verschwinden. Aber mein Stolz widerspricht ihm.

Scheiße!

Ich bin die Frau, die in seinem Bett schläft, die von ihm gefickt wird und die seinen Ring am Finger trägt, und ich bin nicht bereit, mich verarschen zu lassen. Weder von ihm noch von den vielen Schlampen, die hier durch die Gegend rennen.

Aber ich habe auch keine Lust, mit Drohungen um mich zu werfen und schlussendlich von allen einfach nur belächelt zu werden.

Ich muss meinen Standpunkt klarmachen. Und das unmissverständlich.

Bevor Walker mich entdecken kann, gehe ich zurück in die Wohnung, hole die Glock, die Damon mir geschenkt hat, und lade sie so, wie er es mir erst vor wenigen Stunden beigebracht hat. Das Magazin ist voll, ich schiebe es in die Waffe, entsichere sie und mache mich auf den Weg zurück zu Walker und der Hure, die ihm anscheinend so gut zu gefallen scheint.

Aus meiner Wut wird Entschlossenheit, meine Nervosität legt sich, eine seltsame Ruhe breitet sich in mir aus.

Es mag sein, dass ich für viele Jahre weg war, es mag auch sein, dass meine Rückkehr in den *Golden Skulls Motorcycle Club* nicht ganz freiwillig gewesen ist, aber jetzt bin ich wieder da und es wird Zeit, dass allen zu beweisen.

Mit dem Finger am Abzug gehe ich direkt auf die Sitzecke zu. Jeder Schritt fühlt sich an wie eine Meile, mein Puls klopft kraftvoll durch meine Adern.

Rocco entdeckt mich zuerst, er grinst schadenfroh, als Nächstes entdeckt mich Kane, er nickt mir zu und bleibt ganz entspannt sitzen.

Für alle scheint es ganz normal zu sein, dass Mrs. Superbusen auf Walkers Schoß sitzt, für alle außer für mich. Was, wenn es bis zu meiner Rückkehr auch ganz normal war? Was, wenn sie seine Stammbitch gewesen ist, also die Frau, die sich Nacht für Nacht um ihn und seine Bedürfnisse gekümmert hat?

Die Vorstellung macht mich wütend, am liebsten würde ich die Waffe weglegen und der Tussi die Augen auskratzen. Aber damit würde ich mich auf ihr Niveau begeben und das ist nun wirklich das Letzte, was ich will.

Walker folgt Kanes Blick, er bemerkt mich endlich und der Ausdruck in seinen Augen verhärtet sich. Was zum einen garantiert an den Sachen liegt, die ich trage – der kurze Rock, das Fransentop und die Stiefel sind spektakulär – und zum anderen an der Glock, die sich in meiner rechten Hand befindet.

An genau der Hand, an dem ich den Ring trage, der mich zu seiner Braut macht.

Fuck! Fuck! Fuck!

Wenn er mich wirklich als seine Braut ansieht, dann gesteht er mir damit automatisch Rechte ein. Rechte, die ich nun verteidigen werde – koste es, was es wolle.

Seine silbernen Augen wandern zu der Stelle, an der das Wildleder der Overknees endet und der Rock noch nicht beginnt. Ein gutes Stückchen meiner Schenkel ist frei und zieht seinen Blick anscheinend wie magnetisch an. Sehr gut. Für einen Moment scheint der Präsident die Bitch auf seinem Schoß tatsächlich vergessen zu haben.

„Marie."

Allein schon wie er meinen Namen ausspricht, drohend und zugleich mit einer Sehnsucht in seiner dunklen Stimme, hat eine verheerende Wirkung auf mich.

„Walker."

Ich schenke ihm mein zuckersüßestes Lächeln, hebe zeitgleich den Arm, sodass er die Waffe in meiner Hand sehen kann, und ziele auf Mrs. Superbusen. Die plötzlich gar nicht mehr so schadenfroh lächelt, wie sie es noch vor einer Sekunde getan hat.

Kane, dessen oberste Aufgabe es als Sergeant ist, den Präsidenten zu schützen, springt auf und will auf mich zu eilen, doch Walker hält ihn mit einem Zischen davon ab.

„Was soll das werden, Marie?"

Dank dem Sturm, der in seinen silbernen Iriden tobt, weiß ich, dass die Ruhe, die er ausstrahlt, trügerisch ist. Walker ist kein Mann, der sich wegen einer Glock in Todesangst versetzen lässt. Aber das muss er ja auch gar nicht, immerhin ziele ich nicht auf seine Stirn, sondern auf die von der Hure, die sich noch immer schamlos an ihn presst.

„Witzig. Die gleiche Frage wollte ich dir auch gerade stellen."

Rocco beobachtet mich und trinkt scheinbar unbeeindruckt seinen Wodka.

Es ist besser für ihn, wenn er sich nicht einmischt. Diesem Arschloch würde ich nur zu gerne eine Kugel verpassen.

„Der Letzte, der es gewagt hat, eine Waffe auf mich zu richten, liegt enthauptet unter der Erde."

„Ich ziele nicht auf dich, Präsident, sondern auf die Schlampe, die es wagt, sich an meinen Mann ranzumachen."

Kane schmunzelt beeindruckt, Damon taucht bei den Billardtischen auf, er sieht die Glock zwischen meinen Fingern und stößt ein resigniertes „Oh Schätzchen!" aus, ehe er sich demonstrativ an einen der Tische lehnt, sich einen Joint anzündet und mich abwartend ansieht.

Walkers Mimik wird hart, an seinem Kiefer zuckt ein Muskel. Des Präsidenten Blick gleitet zu den Handschellen an meinem Arm, dann sieht er mir wieder tief in die Augen.

„Ich bin also dein Mann? Bedeutet das, du hast deine Entscheidung getroffen?“

Scheiße!

„Ich *hatte* meine Entscheidung getroffen. Vergangenheitsform. Aber ich denke, ich revidiere sie wieder. Ich werde keinen Mann heiraten, der dumme kleine Nutten fickt.“

Unverhohlene Wut blitzt in seinem Blick auf.

Bevor er noch etwas sagen kann, bewege ich die Glock, ziele direkt neben das Bein der Hure und drücke ab. *Peng!* Sie kreischt entsetzt und springt von Walkers Schoß.

Na bitte. Das ging leichter als gedacht.

Dank den Schießübungen bin ich auf den Rückstoß gefasst und schaffe es, in Position zu bleiben. Damon wirkt hin und her gerissen. So wie ich ihn kenne, würde er mir jetzt am liebsten ein Lob aussprechen, weil ich mich an jede einzelne seiner Anweisungen gehalten habe. Aber das kann er jetzt schlecht. Sobald rauskommt, dass er mir die Waffe gegeben hat, mit der ich auf den Präsidenten und dessen Bitch gezielt habe, bekommt er mächtig Ärger. Darum werde ich auch die Klappe halten und so tun, als wäre die Waffe schon lange in meinem Besitz.

Walker bleibt reglos sitzen, die Augen auf mir festgetackert, sieht er mir dabei zu, wie ich einen Schritt auf die Nutte zu mache, die Waffe gegen ihre Schläfe drücke und sie überaus freundlich anlächle.

„Sollte ich dich oder eine deiner Freundinnen jemals wieder in der Nähe meines Mannes erwischen, werde ich mich nicht mehr damit zufriedengeben Warnschüsse abzufeuern, sondern die Luft aus euren Silikonkissen lassen! Verstanden?“

Die Hure hat noch genug Mut, um hilfesuchend zu Walker zu schauen, als dieser jedoch nichts unternimmt, um sie zu retten, sondern mich einfach nur weiter anstarrt, wird der Bitch klar, dass sie auf verlorenem Posten steht.

Ich bin mir der vielen Blicke, die auf mir ruhen, mehr als bewusst. Dank meinem Schuss stehe ich im Mittelpunkt der Aufmerksamkeit.

Alle Anwesenden warten, was als Nächstes passiert, jeder will wissen, wie der Präsident auf meine Vorstellung reagiert.

Nicht gewillt, ihr mehr Zeit als unbedingt nötig für die Antwort zu lassen, lege ich den Kopf leicht schief und ziehe provozierend eine Augenbraue in die Höhe.

„Meine Geduld war nie stark ausgeprägt. Also wie sieht es aus. Hältst du dich von meinem Mann fern oder willst du hier und jetzt sterben?“

Ihr gezischtes: „Das traust du dich eh nicht“, bringt meinen Zeigefinger zum Zucken. Ich bin keine Mörderin. Und ich will es auch nicht sein. Das Letzte was ich will, ist, wegen einer dummen Hure im Gefängnis zu landen, aber an einer Kugel im Bein ist noch niemand gestorben.

„Sicher?“

Mit wummerndem Puls ziele ich auf ihren Oberschenkel und betätige, ohne mit der Wimper zu zucken, zum zweiten Mal innerhalb weniger Minuten den Abzug.

Peng! Der Knall hallt durch das Clubhaus, endlich kommt jemand auf die Idee, die schreckliche Musik auszumachen.

Mrs. Superbusen geht kreischend zu Boden, ihr Blut spritzt und Damon schüttelt tadelnd den Kopf. Er braucht jetzt gar nicht erst einen auf Moralapostel zu machen. Hätte er mir die Glock nicht gegeben, hätte ich auf die altbewährten Methoden wie Haare ziehen und Augen auskratzen zurückgreifen müssen. Nur dank ihm habe ich diese wirklich praktische Glock in der Hand.

Langsam, nicht bereit, mir meine Aufregung anmerken zu lassen, beuge ich mich zu der Hure nach unten, vergrabe meine linke Hand in ihren blondierten Strähnen und reiße ihren Kopf grob nach hinten.

„Bist du dir immer noch sicher, dass ich mit leeren Drohungen um mich werfe, oder hast du endlich kapiert, dass der Präsident ab jetzt für dich und deine Schlampenschwestern tabu ist?“

Sie sieht heulend und ängstlich zu mir nach oben, es dauert noch einen weiteren Atemzug, dann gibt sie mir mit einem Nicken zu verstehen, dass ich gewonnen habe.

„Sag es. Ich muss es aus deinem Mund hören!“

„Der Präsident ist tabu, ich hab’s kapiert!“

Sehr schön.

„Prima. Freut mich, dass wir das klären konnten.“

Kane, der mich fassungslos ansieht, stemmt die Hände in die Hüften, Damon grinst breit und Walker starrt mich an, als würde er mich zum allerersten Mal seit meiner Rückkehr *wirklich* sehen. Ich glaube, das ist der Moment, in dem er endlich begreift, dass ich nicht mehr das schüchterne, wehrlose Mauerblümchen von damals bin, sondern dass mich die vergangenen Jahre geformt und verändert haben.

Um auch ihm und nicht nur der Nutte eine Lektion zu erteilen, streife ich mir den Diamantring vom Finger und knalle ihn vor ihm auf den schwarzen Couchtisch, der in der Mitte der Sitzgruppe steht.

„So lange du nicht verstanden hast, was es bedeutet, eine Braut zu haben, bevorzuge ich es, deine Sklavin zu sein!“

Mein Herz bricht, es fühlt sich so an, als würde es nur noch aus Splittern bestehen.

Aber es hilft nichts – was sein muss, muss sein.

Wenn das zwischen ihm und mir eine echte Chance haben soll, dann muss Walker kapieren, dass ich keine Konkurrenz dulde. Entweder will er mich, und dann nimmt er mich: nur mich. Oder er will die Huren, dann kann er sie haben, aber dann werde ich niemals ihm gehören.

Im Gegensatz zu den billigen Schlampen, die hier zu jeder Tages- und Nachtzeit herumrennen und mit ihren Ärschen wackeln, kenne ich meinen Wert und ich bin nicht bereit, mich unter diesem zu verkaufen. Scheiß auf Bo, scheiß auf den Ring und die Handschellen. Es war Walker, der mich letzte Nacht gleich zweimal ohne Kondom genommen hat, es war seine Entscheidung, mich mit seinem Samen zu füllen, jetzt muss er auch die Konsequenzen tragen.

Wenn er sich eine Nutte zur Lady nimmt, die keine Ansprüche stellt, seine Sache. Will er aber mich, muss er bereit sein, den Preis zu bezahlen. Mit dem Wissen, dass ich in meinem Biker-Girl-Outfit verdammt sexy aussehe, wende ich mich von dem perplex wirkenden Präsidenten ab, würdige die vielen Zuschauer keines Blickes und marschiere hüftschwingend an ihnen vorbei raus auf den Hof. Erst als mir die kühle Nachtluft entgegenschlägt, wird mir klar, was ich da gerade getan habe.

Scheiße!

Ich beginne zu zittern, bittere Tränen steigen mir in die Augen und die Glock in meiner Hand scheint plötzlich eine Tonne zu wiegen, während sich mein Ringfinger schrecklich leer anfühlt.

Was zur Hölle hast du da nur getan, Marie?

Mein Unterbewusstsein klingt entsetzt, doch tief in meinem Inneren spüre ich, dass das der einzig richtige Weg war.

Wenn mich Bos Fehler schon für den Rest meines Lebens an Walkers Seite fesselt, dann will ich auch das volle Programm. Wenn ich ihm gehören soll, dann muss er auch mir gehören. Ich teile meinen Mann nicht. Mit niemandem!

Verdammte Scheiße!

Ich habe es verdient, irgendwann mal so richtig glücklich zu sein.

12. Kapitel

Der Rockerpräsident

Mein Mädchen mit einer Waffe!

Fuck!

Marie hat zwei Mal auf die Nutte geschossen. Auf die Nutte, die ich nie auf meinem Schoß haben wollte, die jedoch aus Gewohnheit auf meinen Beinen Platz genommen hat.

Marie hatte mich damals verlassen, sie hat mich mit ihrem Lebewohl beinahe umgebracht und zu einem Dasein mit nutzlosen Clubbitches verdonnert.

Der Tag war lang, die vielen Leichen zu beseitigen anstrengend. Gräber auszuheben ist eine beschissene Arbeit.

Blasen bedecken meine Hände, mein Rücken schmerzt und der Geruch von feuchter Erde und Tod hat sich in meine Nase eingebrannt.

Ein Bier, laute Musik und eine Nutte sind das gewohnte Ende eines langen, harten Tages.

Seit ich heute Morgen aus dem Bett gestiegen bin, habe ich an Marie gedacht. Diese Frau ist nun schon zum zweiten Mal in meinem Leben zu meiner Sucht geworden.

Einer Sucht, die stark genug ist, um mich zu vernichten.

Maries Eifersucht ist sexy und die Tatsache, dass sie auf Tammy geschossen hat, ist der beste Beweis dafür, dass ich ihr nicht gleichgültig bin.

Diese Killerbrautnummer hat mir verraten, dass Marie noch immer etwas für mich empfindet. *Holy Fuck!* In der Sekunde, in der sie das erste Mal den Abzug betätigt hat, ist mein Schwanz so hart geworden, dass es sich angefühlt hat, als würde er jede Sekunde platzen. Und als dann nach dem zweiten Schuss Tammys Blut geflossen ist, verdammt ... da ist es mir extrem schwergefallen, ruhig sitzen zu bleiben.

Das war Maries Auftritt, sie hat ihren Standpunkt klargemacht und allen Anwesenden verdeutlicht, dass sie keine harmlose Puppe ist, sondern eine erwachsene Frau, die genug Mut hat, um für ihre Rechte einzustehen.

Das war wichtig.

Als meine zukünftige Old Lady muss Marie in der Lage sein, sich behaupten zu können.

Und Shit! Das kann sie.

Die Tatsache, dass ich sie weder aufgehalten noch entwaffnet habe, hat meinen Brüdern gezeigt, welche Position Marie im *Golden Skulls Motorcycle Club* ab jetzt einnimmt und dass sie meine volle Unterstützung hat.

Ihr die Glock abzunehmen, wäre ein Leichtes für mich gewesen.

Wäre sie nicht mein Mädchen, hätte sich diese Scheiße jemand anderes erlaubt – ein Member, eine Bitch, ganz egal wer – würde er jetzt reglos und mit weit aufgerissenen Augen im Dreck liegen und ich müsste erneut zum Spaten greifen.

Aber bei Marie ist das etwas anderes, sie darf alles. Fucking alles! Bis auf eine Ausnahme: Es war ein Fehler von ihr, den Ring, den ich ihr angesteckt habe, abzunehmen. Ein großer Fehler, für den ich sie bestrafen werde.

Es freut mich, dass sie ihre Entscheidung getroffen hat, nach der letzten Nacht war mir klar, dass Marie niemals einfach nur meine Sklavin sein wird. Das hätte ich nicht zugelassen. Die Art, wie sie sich mir hingegeben, wie sie sich in der Dunkelheit an mich gedrückt hat, war unmissverständlich. Mein Mädchen hat bei mir Schutz gesucht, und ich habe ihn ihr gewährt.

Marie gehört mir. Für immer. Es wird Zeit, das ein für alle Mal klarzustellen.

Anstatt sofort aufzuspringen und ihr zu folgen, leere ich das Bier, richte meinen Blick auf den Ring, der vor mir auf dem Tisch liegt und stoße, als die Flasche leer ist, einen Fluch aus. Dann betrachte ich die blutende Nutte und stehe auf.

Kane grinst wissend, Rocco hingegen scheint angepisst zu sein.

„Was hast du jetzt mit ihr vor?“

Die Frage kommt von Kane.

„Ich werde sie ficken.“

Mein Sergeant lacht.

„Verdammt Walker. Marie hat sich verändert. Sie hat Feuer im Arsch und Schießpulver im Blut. Wenn du nicht aufpasst, bist du der Nächste, dem sie eine Kugel verpasst.“

„Mach dir mal keinen Kopf, Bro. Ich hab meine Lady im Griff.“

Wenig überzeugt reibt er sich über die Stirn.

„Jep, so hat das eben auch ausgesehen, Präs.“

Tammy heult und versucht, mit ihren Händen die Blutung zu stoppen.

Ich schnappe mir den Ring, steige über sie hinweg und entdecke Damon bei den Billardtischen stehen.

Mit einer Handbewegung ordere ich ihn zu mir, er kommt, einen Joint im Mundwinkel hängend, auf mich zu.

„Was ist los Präs?"
„Da du meinem Mädchen die Waffe gegeben hast, ist es dein Job, dich um die Scheiße hier zu kümmern."
Ich warte seine Reaktion nicht ab, sondern mache mich daran, meinem Mädchen zu folgen. Es steht mitten auf dem Hof, neben einem der brennenden Ölfässer und starrt gedankenverloren in die Flammen.
Für eine Weile gebe ich mich damit zufrieden, Marie einfach nur zu beobachten. Der orange Schein des Feuers hüllt ihre Silhouette ein und verleiht ihr etwas Geheimnisvolles.
Bloody Hell!
Ich liebe diese Frau, seit ich sie das erste Mal vor zehn Jahren auf dieser beschissenen Party gesehen habe. Selbst jetzt, nach all der Zeit, kann ich nicht beschreiben, was genau mich so in ihren Bann zieht. Die Faszination ist einfach da und sie wird mit jedem Atemzug stärker.
Die Hände zur Faust ballend, spüre ich, wie sich der Diamant des Rings schmerzhaft in meine Haut drückt.
Mit wummerndem Herzen gehe ich auf Marie zu, bleibe so dicht hinter ihr stehen, dass ich ihren Rücken an meiner Brust spüre, und vergrabe meine Nase in ihren Locken.
Tief einatmend inhaliere ich ihren Geruch, schließe die Augen und genieße die Wirkung, die dieses Mädchen auf mich hat.
„Was willst du, Walker?"
Blöde Frage.
„Dich."
Marie regt sich nicht, sie bleibt steif vor mir stehen, den Blick weiterhin in das Feuer gerichtet.
„Das hat aber eben ganz anders ausgesehen."
Ihre Eifersucht macht mich glücklich. Genau wie das Wissen, dass sie mir nie wieder entkommen kann.
„Tammy ist einfach nur eine bedeutungslose Bitch."
„Wenn sie so bedeutungslos ist, warum saß sie dann auf deinem Schoß?"
„Warum sollte ich sie mir nicht auf den Schoß setzen, Marie?"
Ich packe sie an den Schultern und wirble sie zu mir herum?
„Warum sollte ich mir keine Hure nehmen? Warum sollte ich mir nach einem langen, beschissenen Tag nicht ein wenig Spaß gönnen?"
Zorn umwölkt das dunkle Grün ihrer Augen, es ist Marie deutlich anzusehen, dass sie mir am liebsten die Glock an den Schädel halten und abdrücken würde.
Das Einzige, was sie davon abhält, ist Furcht. Die Furcht vor mir und dem, was ich dann mit ihr tun würde.

„Fick dich, Walker."

Ah, jetzt sind wir also an diesem Punkt angekommen.

„Ich werde dich ficken. Doch bevor ich deine süße, kleine Pussy mit meinem Schwanz füllen kann, müssen wir diese Angelegenheit klären. Also Marie. Sag mir, warum ich mir keine Nutte nehmen soll? Es ist ja nicht so, als dass du zugestimmt hättest, meine Braut zu werden." Ich sehe demonstrativ zu ihrem Arm. „Du hast meinen Ring abgezogen und dich für die Handschellen entschieden. Was bedeutet, dass du meine Sklavin sein willst und als meine Sklavin hast du kein Recht, mir vorzuschreiben, wen ich bumse und wen nicht."

Tränen des Zorns schwimmen in ihren Augen.

„Du bist ein Arschloch!"

„Erzähl mir was Neues."

„Ich hatte mich sehr wohl entschieden, aber du bist ja nicht zu mir gekommen, sondern hast es vorgezogen, den Abend in fragwürdiger Gesellschaft zu verbringen. Wärest du gleich zu mir gegangen, hätte ich dir gesagt, dass ich deine Braut und nicht deine Sklavin sein will." Sie schluchzt, ihre Tränen laufen über. „Aber das ist jetzt egal. Denn ich habe dir den Ring zurückgegeben und somit hat sich diese Sache erledigt. Fick, wen du willst. Fick die Bitch, fick mich – es ist beides bedeutungslos!"

Ihre Worte machen mich wütend.

Wenn ich sie mit meinem Körper fülle, ist das alles, aber nicht bedeutungslos. Nichts was mit Marie zu tun hat, könnte für mich jemals ohne Bedeutung sein, dafür liebe ich sie einfach viel zu sehr.

Grob packe ich sie am Kinn, beuge mich zu ihr herab und lecke ihre Tränen ab. Das Salz der Tropfen vermischt sich mit dem süßen Geschmack ihrer Haut.

Das Monster in mir fletscht die Zähne. Es will ihr Blut.

„Bereust du es, Marie?"

Ihr zittriges „Was bereue ich?" ist nicht lauter als ein Flüstern.

„Dass du den Ring ausgezogen hast."

Sie antwortet nicht sofort, senkt den Blick und schluchzt erneut.

Mein Schwanz ist so hart, dass es schmerzt, ich kann spüren, wie sich meine Selbstbeherrschung in besorgniserregender Geschwindigkeit in Luft auflöst.

„Das Einzige, dass ich bereue, ist, dass ich die Kugel an die Nutte verschwendet habe, anstatt dir damit mitten ins Herz zu schießen."

Mutig. So wunderschön und so verdammt mutig.

„Ich bin beeindruckt, Baby. Deine Wehrhaftigkeit gefällt mir."

Sie stößt ein wütendes Schnauben aus und versucht, nach mir zu treten.
„Fick dich, Walker."
„Du willst, dass ich dich ficke?" Tief einatmend beobachte ich, wie sich ihre Brüste gegen das Top drücken. Weiß, weich, perfekt. Wie für meinen Mund und meine Hände geschaffen ... „Du willst, dass ich dich hier nehme und dir zeige, wie es sich anfühlt, meine Sklavin und nicht meine Braut zu sein? Du willst den Unterschied kennenlernen? Du willst wissen, wie es ist, Marie?"
Meine Hoden ziehen sich puckernd zusammen.
„Du wirst es gleich wissen!"
Noch bevor Marie auch nur erahnen kann, was ich vorhabe, nehme ich ihr die Glock ab, stecke die Waffe und den Ring ein und ziehe den Schlüssel für die Handschellen aus der Hosentasche. Dann wirble ich sie herum, fange ihre Hände ein und lasse die zweite Handschelle an ihrem bis eben noch freien Handgelenk zuschnappen.
Das entsetzte Keuchen, das sie nun von sich gibt, ist Musik in meinen Ohren.
„Was hast du vor?"
Ich bringe mein Gesicht ganz nah an das ihre, lecke über ihr Ohr und beiße mich kurz an ihm fest, bevor ich so nett bin, ihr zu antworten.
„Ich lasse dich den Unterschied zwischen Braut und Sklavin spüren."
Marie erschaudert und versucht, sich von mir loszureißen, was ihr natürlich nicht gelingt.
Ungeduldig hebe ich sie hoch, trage sie zu der Bank, die auf der anderen Seite des Feuers steht, und zwinge sie in gebückter Haltung über die Sitzfläche, sodass sie mir ihren, dank dem unanständig kurzen Rock fast nackten Arsch entgegenstrecken muss.
Meinem Zorn freien Lauf lassend, hole ich aus und verpasse ihrer linken Pobacke einen harten Schlag, der sie zum Schreien bringt.
Ich wiederhole den Vorgang mehrmals, so lange bis sich ihre gepeinigten Schreie in ein leises Schluchzen verwandeln.
Maries Gegenwehr ist gebrochen, reglos liegt sie vor mir. Ich klappe den Rock nach oben, zerfetze den schwarzen String und bedecke mit der Hand ihre weiche Pussy.
Sie ist feucht, was mir verrät, dass ihr Körper auf das Spanking nicht nur mit Schmerz, sondern auch mit Lust reagiert hat. Um sie noch mehr anzuheizen, schiebe ich zwei meiner Finger tief in sie hinein, massiere die empfindlichen Innenwände ihrer Scheide und werde mit einem weiteren Schwall Feuchtigkeit belohnt.

Das Stöhnen, das sich jetzt von ihren Lippen löst, klingt nach purer Lust.

Die Finger immer schneller in sie rammend, vergrabe ich meine linke Faust in ihren Locken, reiße ihren Kopf nach hinten und beiße mich an ihrem Nacken fest.

Marie kreischt, sie windet sich und versucht, sich gegen das, was ich mit ihr mache, zu wehren, doch sie hat keine Chance gegen mich.

Ihr Körper spannt sich an, ihre Beine zucken und das weiche Fleisch ihrer Pussy zerquetscht meine Finger, während sie von einem heftigen Orgasmus hinfort gerissen wird. Ich stoppe nicht. Mache weiter, genieße die Laute, die sie von sich gibt und ziehe meine Finger erst aus ihr heraus, als sie erneut kurz vorm Kommen ist. Dann verpasse ich ihrer Mitte einen harten Klaps, öffne meine Hose und ziehe sie nur so weit herab, dass sie mir an den Knien hängt.

Brutal ziehe ich Marie nach oben, sie wimmert, ich halte sie bestimmend fest und ramme mich mit einem gnadenlosen Stoß bis zum Anschlag in ihre pochende Pussy.

Der Schrei, der sich nun aus ihrer Kehle löst, hallt über den Hof und lenkt die Aufmerksamkeit der Wachposten auf uns.

Es ist mir egal. Es ist mir alles egal.

Jetzt, in diesem Moment, ist sie nicht meine Braut, sondern meine Sklavin. Es spielt also keine Rolle, wer sie hört und sieht, es ist nicht von Bedeutung, ob sie mich um Erbarmen anfleht oder mich um mehr anbettelt.

Das Einzige worauf es bei diesem Fick ankommt, ist meine Lust und die Lehre, die Marie daraus ziehen soll.

Sie versucht ihre Hände zu befreien, ein lachhafter Versuch.

Gierig nach mehr drücke ich sie wieder nach unten, umfasse ihre Taille und bringe sie so in Position, wie ich es brauche, ehe ich sie hart, tief und ganz nach meinem Belieben ficke.

Meine Hoden klatschen dabei gegen ihre weichen Falten, ihre Beine knicken ein und vor meinen Augen breitet sich eine allumfassende Dunkelheit aus.

Die Lust baut sich wie ein Waldbrand in mir auf, meine Beine zucken, während sich all meine Muskeln anspannen und voll darauf ausgelegt sind, das Mädchen vor mir zu unterwerfen. Rein – raus. Hart – härter. Es gibt keine Küsse, keine zärtlichen Berührungen und keine kurze Pause, in der Marie wieder zu Atem kommen könnte.

Es gibt nur groben, tiefen und schonungslosen Sex. Sie kreischt und zappelt, windet sich und stöhnt. Ich spüre, wie sich meine Hoden zusammenziehen und wie sich mein Sperma sammelt. Stoß. Stoß.

Stoß. Schnell ziehe ich mich aus ihr heraus, wirble Marie herum und zwinge sie vor mir auf die Knie. Sie blinzelt verwirrt und keucht schwer, unsere Blicke begegnen sich. Ich umfasse meinen Schwanz, wichse ein paar Mal über die Basis und beiße die Zähne fest zusammen, als ich Marie Schub für Schub mein Sperma ins Gesicht spritze. Sie versucht mir auszuweichen, was ich nicht zulasse. Erst als der Druck nachlässt und ich wieder einen klaren Gedanken fassen kann, lasse ich Marie los, packe meinen Schwanz weg und schließe meine Hose.

Mein Mädchen sieht fertig aus. Ich kann ihr ansehen, dass sie einerseits verwirrt und entsetzt ist, dass sie es aber andererseits auch geil gefunden hat, so rangenommen worden zu sein.

Den zweiten Höhepunkt habe ich ihr verwehrt, was bedeutet, dass sie innerlich immer noch brennt. Ihr Problem, ich werde das Feuer, das in ihr lodert, nicht löschen. Sie ist nicht meine Braut, sie ist meine Sklavin, und deren Bedürfnisse gehen mir am Arsch vorbei.

Ich sehe sie an. Alles in mir sträubt sich dagegen, mein Mädchen so zu behandeln. Aber es muss sein. Wir müssen die Fronten klären, wir müssen beide wissen, was Sache ist, ehe wir zusammen glücklich werden können.

„Jetzt Baby, jetzt kennst du den Unterschied."

Sie haucht meinen Namen und sieht noch immer desorientiert zu mir nach oben.

Mein Sperma bedeckt ihre Augenlider, ihre Nase und ihren Mund, und um ehrlich zu sein, hätte ich ihn viel lieber tief in ihre Gebärmutter gepumpt.

Diese Scheiße hier hat mich meinem Ziel kein bisschen nähergebracht.

Nicht bereit jetzt schon nachzugeben, schlinge ich meine Finger um ihren Oberarm, ziehe sie auf die Füße und zerre sie hinter mir her. Jede Nutte, jede andere Frau, die meine Sklavin ist, hätte ich einfach auf dem Asphalt des Hofes sitzen gelassen, damit einer meiner Brüder noch ihren Spaß mit ihr haben kann. Aber das kann ich bei Marie nicht machen. Sie ist nicht irgendeine Bitch. Sie ist mein Eigentum. Ich bin für ihre Sicherheit verantwortlich. Selbst dann, wenn ich vor Wut beinahe platze.

In meiner Wohnung angekommen, zerre ich sie ins Schlafzimmer, schupse sie aufs Bett, sodass sie mit meinem Samen im Gesicht und den gefesselten Händen auf der Matratze landet, dann drehe ich mich um und gehe, lasse sie einfach so schluchzend und im Dunkeln liegen.

Fuck!

Fuuucccckkkk!

Es fühlt sich falsch an, Marie so zu behandeln. So falsch, dass es schmerzt.

Aber sie muss kapieren, dass das Leben als Sklavin alles andere als erstrebenswert ist und dass es ein verdammtes Privileg ist, meine Braut zu sein.

Der Selbsthass, der sich in mir wie ein Unwetter zusammenbraut, lässt mich die Fäuste ballen.

Ich muss hart bleiben. Marie muss endlich kapieren, dass ich das Sagen habe und dass ich nicht gewillt bin, mir von ihr auf der Nase herumtanzen zu lassen. Diese Spielchen habe ich ihr damals durchgehen lassen, aber diese Zeiten sind vorbei.

Jetzt gelten meine Regeln!

13. Kapitel

Die wehrhafte Braut

Der Morgen danach ist anders, so anders, dass mir das, was in der letzten Nacht passiert ist, beinahe wie ein Traum vorkommt.

Ein seltsamer, verschwommener Traum über Nutten, Waffen, harten Sex und Handschellen. Walker hat seinen Standpunkt klargemacht, er hat mich am eigenen Leib spüren lassen, wie es wäre, seine Sklavin zu sein. Als seine Braut habe ich mich besser gefühlt. *Heilige Scheiße!*

Helles Sonnenlicht strömt dank der weit geöffneten Fenster zu mir herein und taucht das komplette Schlafzimmer in einen goldenen Schein.

Die Handschellen sind verschwunden, komplett verschwunden, sie baumeln nicht mal mehr lose an meinem Arm. Was mich irritiert, klar bin ich froh, sie los zu sein, dennoch erinnere ich mich noch genau daran, wie ich letzte Nacht mit den Dingern eingeschlafen bin. Zwischen meinen Schenkeln pocht es dumpf, mein Gesicht ist klebrig, so schlaftrunken wie ich bin, dauert es einen Moment, bis ich mich an den Grund dafür erinnere. Walker ist nicht in mir gekommen wie die Male davor, sondern er hat sich aus mir rausgezogen, mich herumgedreht und mir in die Augen gesehen, während er auf mir abgespritzt hat.

Schon verrückt.

Ein weiterer Unterschied, der mir deutlich aufzeigt, wie gravierend der Kontrast von der Braut zur Sklavin ist.

Als Braut hat Walker mich als die Mutter seiner Kinder gesehen, er hat mich geküsst, festgehalten und versucht, mich zu schwängern. Nach dem Sex hat er mich in seine Arme gezogen und mit seinem Schutz umhüllt, damit ich friedlich und befriedigt einschlafen konnte. Letzte Nacht hat er mich verstört und allein zurückgelassen, er hat sich nicht um mich gekümmert, nachdem er bekommen hat, was er von mir wollte.

Tränen steigen mir in die Augen, ich klettere mit wackeligen Beinen aus dem Bett, stolpere ins Badezimmer und stelle mich unter die Dusche. Das auf mich niederprasselnde Wasser ist zuerst eiskalt und braucht etwas, bis es eine angenehme Temperatur bekommt. Aber das stört mich nicht. Die Kälte hilft mir dabei, meine durcheinandergeratenen Gedanken zu sortieren.

Ich fühle mich ausgelaugt und erschöpft. Träge seife ich mich ein, wasche mir die Haare und lasse mir für alles extra viel Zeit.

Eine gefühlte Ewigkeit später stehe ich mit trocken geföhnten Haaren und einem dezenten Make-up wieder im Schlafzimmer und ziehe mich an.

Heute weniger sexy, meine Lust, mich als Bikerbraut zu kleiden, ist mir gründlich vergangen. Ich entscheide mich für ein blumiges Sommerkleid, das oben eng anliegend ist und nach unten immer lockerer wird, sodass es luftig um meine Beine streicht. Stiefel will ich keine, barfuß ist das neue Sexy.

Tief durchatmend betrachte ich mein Spiegelbild und die runden Abdrücke an meinen Handgelenken, die von den Handschellen stammen. Die Wohnungstüre wird geöffnet, fällt eine Sekunde später mit einem Knall ins Schloss.

Entsetzt bleibe ich stehen. *Scheiße! Scheiße! Scheiße!* Eigentlich hatte ich gehofft, dass es noch ein paar Stunden dauert, bis ich mich Walker stellen muss.

Seine schweren Stiefel knallen auf den Fliesenboden, mein Puls schnellt in die Höhe.

Welche Stimmung er wohl heute hat?

Für einen kurzen Moment bin ich kurz davor, zurück ins Schlafzimmer zu huschen und mich dort so lange vor ihm zu verstecken, bis er wieder verschwindet.

Aber so bin ich nicht. Ich will kein verängstigtes Mäuschen sein.

Verdammt! Letzte Nacht bin ich noch mit einer Waffe auf eine Clubbitch losgegangen und jetzt will ich mich verstecken?

Was ist nur mit dir los, Marie?

Entschlossen drücke ich die Schultern durch, recke das Kinn in die Höhe und folge dem Präsidenten der *Golden Skulls* in die Küche. Er steht lässig an der Anrichte, die muskulösen Arme vor der massiven Brust verschränkt und wartet darauf, dass der Kaffee durchläuft.

Ich murmle ein „Guten Morgen“, er zieht es vor, zu schweigen. *Klasse!*

Mehr als nur ein bisschen nervös, setze ich mich an den Holztisch und vermeide es, ihn anzusehen. Wobei das nicht so leicht ist. Erstens weil er mich genau beobachtet und zweitens, weil meine Augen wie magnetisch von ihm angezogen werden. In seiner ausgewaschenen Jeans, den schwarzen Stiefeln, dem einfachen schwarzen Hemd und der Kutte ist er einfach heißer als die Hölle. Er bewegt sich, die Kutte klafft auf, ich erhasche einen Blick auf das Holster, das sich darunter befindet und in dem eine schwarze Waffe steckt.

Walker zündet sich eine Zigarette an, inhaliert geräuschvoll den ersten Zug, schnappt sich die dampfende Kaffeetasse und stellt sie vor mir auf den Tisch. Ich betrachte seine langen, mit schwarzer Tinte überzogenen Finger, in meinem Bauch beginnt es wie verrückt zu kribbeln. Kaum dass die Tasse vor mir steht, verschwindet seine Hand kurz aus meinem Sichtfeld, eine Sekunde später taucht sie wieder auf und lässt den Diamantring auf die verkratzte Tischplatte fallen.

Er dreht sich ein paar Mal, der wunderschöne, geschliffene Stein zaubert bunte Lichtreflexe an die Wände, dann bleibt er reglos liegen.

Noch immer verbiete ich es mir, Walker direkt anzusehen, was ihm ein dunkles Knurren entlockt.

„Augen zu mir, Marie.“ Ich zögere, bis ein wütendes „Sofort!“ durch die Luft peitscht.

Unweigerlich huscht mein Blick zu ihm.

Wir sehen uns an, mein Herz rast und mein Blut beginnt zu kochen.

„Wie geht es dir?“

Seine Sorge überrascht mich. Ehrlich.

„Warum fragst du mich das?“

„Weil ich wissen will, ob ich zu grob mit dir umgegangen bin.“

Ohhh ... Da ist sie wieder. Diese Fürsorglichkeit, dieser Beschützerinstinkt, der letzte Nacht anscheinend eine kurze Pause gemacht hat.

Walker könnte mich mühelos zerbrechen, er könnte mich zerstören und niemand würde ihn zur Rechenschaft ziehen. Dennoch tut er es nicht. Stattdessen ist er hier und sieht mich besorgt aus seinen silbergrauen Augen an, anstatt sich mit seinen Brüdern um die Arbeit zu kümmern, die bestimmt nach seiner Aufmerksamkeit schreit.

Um mich an irgendetwas festhalten zu können, schnappe ich mir mit beiden Händen die Tasse, winde die Finger darum und hebe sie mir vor die Nase, um das köstliche Aroma zu inhalieren. Den Ring lasse ich liegen, ich schenke ihm nicht die geringste Aufmerksamkeit, auch wenn er einen Funken Hoffnung in mir weckt – auch wenn ich ihn mir am liebsten auf den Finger schieben und nie wieder abnehmen würde.

„Es geht mir soweit gut.“

Dank meiner Wortwahl bilden sich zwei tiefe Falten zwischen seinen Augenbrauen.

Sein Blick gleitet zu den roten Kreisen an meinen Gelenken.

„Was soll das bedeuten, Marie?“

„Dass du deine Spuren auf und in mir hinterlassen hast.“

Seine Kieferpartie spannt sich an, sein gezischtes „Fuck!“ zerbricht die Stille.

Mit der Kippe im Mundwinkel stemmt er sich von der Küchenplatte ab und rauft sich die Haare.

„Du treibst mich in den Wahnsinn, Baby." Er flucht erneut. „In deiner Nähe kann ich nicht denken – wenn du mich herausforderst, verliere ich die Kontrolle. Wenn ich dich sehe, will ich dich haben. Ich will dich festhalten, berühren und als mein Eigentum beanspruchen. Immer. Fuck! Keine Ahnung wie ich es die letzten Jahre ohne dich ausgehalten habe. Aber jetzt bist du wieder hier, bei mir, und ich lasse dich nicht mehr gehen."

Walker wendet mir seinen Rücken zu. Ich betrachte den großen goldenen Skull, der das Leder ziert.

Am liebsten würde ich aufstehen und mich von hinten an ihn lehnen.

Ich widerstehe dem Drang, ihm nahe sein zu wollen, bleibe reglos sitzen und sehe zu dem Ring, der bedeutungsschwer vor mir liegt.

Was tun? Was verdammt soll ich nur tun?

Einem inneren Impuls folgend, stelle ich den Kaffee langsam ab, nehme mir den Ring und schlucke schwer, während ich ihn langsam auf meinen Finger streife.

Das Gewicht und das Gefühl des glatten, kühlen Goldes haben eine beruhigende Wirkung auf mich. Ich betrachte den funkelnden Diamanten, mein Herz schwillt an. Wenn es könnte, würde es einen Jubelschrei ausstoßen. Das ist es, wofür ich mich gestern entschieden hatte, das ist es, was ich wollte, bevor ich Walker mit der Nutte erwischt habe und durchgedreht bin.

Walker ballt die Fäuste und wirbelt zu mir herum.

Als er bemerkt, dass ich den Ring wieder angezogen habe, stößt er ein erleichtertes Seufzen aus.

„Tu das nie wieder, Marie. Nie wieder! Legst du den Ring jemals wieder ab, gibst du ihn mir jemals wieder zurück, wirst du wieder zu meiner Sklavin. Für immer. Dann gibt es kein Zurück mehr."

Was er sagt, soll keine Drohung sein. Es ist viel mehr, eine Ankündigung dessen, was dann passieren wird. Und ich weiß, dass er recht hat.

Dieser Ring bedeutet etwas, er steht für etwas – für etwas Großes und Bedeutsames, das man nicht ständig an- und ausschalten kann.

Das, was Walker mir bietet, ist ein *für immer an seiner Seite*. Am besten zu beschreiben mit einer Ehe, auch wenn es viel tiefgründiger und endgültiger ist.

Ich stehe auf, gehe langsam auf ihn zu, öffne seine Kutte und lege meine Hände mit gespreizten Fingern auf seinen, nun nur noch mit dem Hemd bekleideten Brustkorb.

Er beobachtet mich aus zusammengekniffenen Augen, eine Art Grollen löst sich aus seiner Kehle, doch er lässt mich gewähren.

„Wenn ich dir gehöre – dann gehörst du mir. Keine Nutten mehr, Präsident. Keine anderen Frauen oder ich bin weg! Verstanden?“

Sein Brustkorb dehnt sich dank seinem tiefen Atemzug.

Wir sehen uns an, meine Sinne spielen verrückt.

„Die einzige Frau, die ich wirklich will und die ich schon immer wollte, bist du Marie.“

Vor Erleichterung knicken meine Beine ein. Walker reagiert sofort, schlingt seinen Arm um meine Taille und zieht mich besitzergreifend an sich, bewahrt mich so vor einem Sturz. Dann hebt er mich mühelos hoch, setzt mich auf dem Küchentisch ab und teilt meine Schenkel, um sich dazwischen positionieren zu können. Der gelbe Stoff meines Kleides rutscht nach oben, entblößt so jede Menge nackte Haut und den spitzenbesetzten Stoff meines Slips.

Walkers Blick ist auf die Stelle gepinnt, an der sich meine Schenkel treffen.

„Bloody Hell!“ Sein Fluch entlockt mir ein Lächeln. „Du wirst mein Untergang sein, Baby.“

Und während er sich zu mir herabbeugt, seine Faust in meinen Haaren vergäbt und mich tief und langsam küsst, beschließe ich, dass ich das nur fair finde, denn das Walker eines Tages mein Untergang sein wird, weiß ich längst, genau genommen weiß ich das seit unserer allerersten Begegnung ...

14. Kapitel

Der Rockerpräsident

„Was ist los Präs? Bist du überhaupt bei der Sache?“

Porters Stimme reißt mich aus meinen Erinnerungen, holt mich zurück ins Hier und Jetzt.

„Ich bin voll da.“

Sein mürrisches „Das will ich auch hoffen, Präs!“, bringt Kane zum Lachen.

„Alter, können wir die Sache hier bitte hinter uns bringen? Ich hab heut noch ein Date.“

Damon schüttelt den Kopf und sieht unseren Sergeant at Arms zweifelnd an.

„Du ein Date? Gibt es jetzt schon Killer-Tinder oder welche Frau lässt sich auf einen Psycho wie dich ein?“

Kane reagiert blitzschnell, holt aus und verpasst Damon einen Hieb in den Magen, woraufhin dieser ein gepresstes „Urgh!“ von sich gibt.

Die beiden machen so weiter, ich nutze die Pause und zünde mir eine Kippe an, ehe ich meine Konzentration wieder auf die vier vor uns knienden *Reaper* lenke, die dank der Stoffknebel, die wir ihnen verpasst haben, keinen Laut von sich geben können.

Dem einen fehlt ein Ohr, die linke Seite seines Halses ist mit Blut überzogen, bei dem nächsten steckt ein Dolch im Oberschenkel und der dritte versucht krampfhaft durch seine gebrochene Nase zu atmen, während der vierte bis jetzt verschont geblieben ist.

Damon und Kane verpassen sich noch ein paar Schläge, erst nach einem genervten „Das reicht jetzt!“, von mir unterbrechen sie ihren Killer-Tinder-Streit, wofür ich echt dankbar bin.

Seit ich Marie vor acht Tagen einkassiert und in den Club gebracht habe, ist viel passiert.

Bis jetzt konnte ich nicht in Erfahrung bringen, wer für den Anschlag auf das Clubhaus verantwortlich ist. Aber ich bin dran. Doch bevor ich weiter dieser Frage nachgehen kann, muss ich mich um die vier *Reaper* kümmern, die erneut versucht haben, in unserem Revier Waffen zu verkaufen. Die Ware haben wir längst sichergestellt. Sie wird uns ein hübsches Sümmchen einbringen und so den entstandenen 500 000 Dollar Schaden ein wenig schmälern.

Zwei Kisten Munition, ein Dutzend Kalaschnikows, vier UZIs und eine Tasche voller Handgranaten. Von dem dicken Päckchen Koks, das wir einem der Wichser abgenommen haben, mal ganz zu schweigen.

Allein das Koks hat einen Marktwert von geschätzt 100 000 Dollar, der Wert variiert, je nach dem Reinheitsgrad, den wir später ermitteln werden. Das ist ein guter Tag. Zumindest kurzfristig gesehen. Langfristig muss es uns endlich gelingen, die *Reaper* endgültig aus unserem Territorium zu vertreiben. Wir müssen den Hurensöhnen klarmachen, was mit ihnen geschieht, sobald wir sie in unserem Revier erwischen. Wir müssen ein Exempel statuieren. Rocco, der noch immer Probleme mit seinem Bein hat, ist im Club geblieben. Bis er wieder voll einsatzfähig ist, werden noch ein paar Wochen ins Land ziehen.

„Was willst du mit den Wichsern machen, Walker?“

Gute Frage.

„Wir werden einen von ihnen zerstückeln, verpacken und portionsweise an Griffin schicken. Der Präsident der *Reapers* muss mit eigenen Augen sehen, zu was wir fähig sind.“

Mit dieser Ansage löse ich Panik bei den vor uns knienden Männern aus.

„Welchen willst du?“

Über Porters Frage nachdenkend, betrachte ich die vier und zucke mit den Schultern.

„Such dir einen aus.“

„Nach welchen Kriterien?“

„Ist mir egal.“ Damon zündet sich eine Zigarette an und reibt über seine aufgeplatzten Fingerknöchel, während Kane Blut spuckt. Diese Idioten sind definitiv nicht ausgelastet genug. Mir kommt da eine Idee.

„Weiß du was, VP? Dieser Mist ist ein Sergeant/Enforcer Job. Bevor die beiden weiter ihre Zeit damit verschwenden, sich gegenseitig die Knochen zu brechen, sollen sie sich lieber an einem *Reaper* austoben. Mord verbindet. Verstehst du?“

Porter lacht bellend.

„Mord verbindet? Echt jetzt? Das klingt wie ein verdammter Werbeslogan.“

Damon und Kane sind die Einzigen, die das nicht witzig finden. Komisch.

Ich kann gar nicht verstehen warum?

Diese Scheiße dauert schon zu lange. Ungeduldig wende ich mich dem Enforcer zu.

„Welchen wollt ihr?“

„Ist mir egal.“

Also gut.

„Kane? Einen Favoriten?“

„Wir nehmen den Kleinsten von den vieren, das macht weniger Arbeit."

Klingt logisch.

Ich befehle den Wichsern aufzustehen. Der erste schüttelt verneinend den Kopf, was ihm eine Kugel einbringt. Sein Schädel zerspringt. Kanes trockenes: „Da waren es nur noch drei!", bringt Damon zum Grinsen. „Wer will der Nächste sein?" *Reaper* Nummer zwei steht freiwillig auf, seine Brüder folgen seinem Beispiel. Voller Abscheu betrachte ich ihre Kutten und den Sensenmann, der darauf prangt.

Wir hätten diesen MC schon vor Jahren auslöschen sollen, dann müssten wir uns jetzt nicht mit diesem Pack rumärgern.

Nummer drei stellt sich als der Kleinste heraus, sein Glück, so wird er nicht sofort hingerichtet. Zu seinem Pech verschafft ihm seine geringe Körpergröße nur wenige Stunden Aufschub, Stunden, in denen er nichts anderes machen kann, als letzte Gebete zu sprechen und seine Gedanken sortieren. Das Arschloch hat sich für den falschen Club entschieden, wäre er ein *Golden Skull* und kein *Reaper* geworden, würde er nicht als zerstückelte Leiche in einem GLS-Transporter enden.

So ist das Leben!

Wir alle treffen Entscheidungen und müssen mit den daraus resultierenden Konsequenzen klarkommen.

Ich verpasse Nummer zwei und Nummer vier ebenfalls eine Kugel, damit ist meine Anwesenheit hier nicht mehr erforderlich. Kane und Damon bleiben zurück, während ich mich mit Porter an meiner Seite auf den Weg zurück zum Club mache.

Wir haben die Hälfte geschafft, da beginnt das Telefon in der Innentasche meiner Kutte wie verrückt zu vibrieren.

Mein Bauchgefühl lässt mich rechts ranfahren und stoppen.

Roccos Name blinkt auf dem Display. Ich gehe ran und weiß, noch bevor er auch nur ein Wort sagen kann, das etwas nicht stimmt.

„Dein Mädchen ist verschwunden!"

Fuck! „Was?"

Der Prospect wiederholt sich.

„Dein Mädchen ist verschwunden!"

In meinem Inneren verkrampft sich alles. Ich kann kaum noch atmen.

„Wie meinst du das *‚Verschwunden'*. Sie kann sich ja wohl kaum in Luft aufgelöst haben."

„Wie auch immer Marie es angestellt hat, sie ist weg."

Das kann nicht sein. Niemals. Seit der Nacht, in der ich ihr klargemacht habe, was es bedeutet, meine Sklavin zu sein und sie am nächsten Morgen meinen Ring wieder angesteckt hat, läuft es bestens zwischen uns.

Bullshit! Ich war seit Jahren nicht mehr so zufrieden. Dieses Mädchen schenkt mir mit seiner bloßen Anwesenheit einen Frieden, der mich glücklich macht. Durch Marie fühle ich mich menschlich, wie ein Mann, der es verdient hat, am Leben zu sein und frische Luft zu atmen. Ohne Marie fühle ich mich leer, ausgehöhlt – wie ein Monster, das ich tief in meinem Inneren bin und gegen das ich, kurz nachdem sie mich vor all den Jahren verlassen hat, aufgehört habe, anzukämpfen.

„Wie kann sie einfach so verschwinden? Das Tor ist bewacht und einen anderen Ausweg gibt es nicht!"

Rocco flucht, ich knirsche mit den Zähnen.

„Sorry Präs. Ich weiß nicht, wo sie hin ist. Aber sie ist weg. Spurlos verschwunden."

Nein. Nein. Nein.

„Das kann nicht sein, such alles ab. Stell das Clubhaus und das gesamte Gelände auf den Kopf. Eine Frau kann sich nicht einfach in Luft auflösen!"

Er brummt genervt.

„Ich habe dir gleich gesagt, dass dieses Mädchen nur Ärger bedeutet."

Hat er und ich habe ihn danach mit meinem Messer bedroht.

„Finde sie einfach, Prospect."

Mit diesem Schlusssatz lege ich auf, Porter, der neben mir steht und mich aus zusammengekniffenen Augen beobachtet hat, schüttelt den Kopf.

„Was ist los, Bruder?"

„Marie ist verschwunden."

„Wohin?"

Gute Frage. Verdammt gute Frage.

„Darauf habe ich keine Antwort."

Was nicht ganz stimmt. Ich muss sofort an Bo denken.

Die eigentliche Frage sollte lauten: Wieso?

Fuck! Die letzte Woche war der Hammer. Marie und ich waren glücklich. So fucking glücklich, dass es sich so angefühlt hat, als hätte es die Jahre unserer Trennung nie gegeben. Wir hatten Sex, viel davon. Wir waren zusammen im Kino, italienisch essen und haben eine Tour den Puget Sound entlang gemacht.

Wir waren glücklich.
Sie hatte verdammt noch mal keinen Grund, mich zu verlassen.
Ich kann also beim besten Willen nicht verstehen, wieso sie sich heimlich davongeschlichen hat.
Aye ... Maries Fluchtreflex ist stark ausgeprägt, das ist mir bewusst. Aber wieso sollte sie vor mir davonrennen, wenn alles perfekt zwischen uns lief.
Irgendetwas muss vorgefallen sein, irgendetwas, das ihr Angst gemacht hat, etwas, das sie so weit in die Enge getrieben hat, dass sie keinen anderen Ausweg mehr sah, außer den, mich zu verlassen.
Bullshit! Da passt etwas ganz und gar nicht zusammen.
Ich fühle mich, als würde ich ein Puzzleteil übersehen. Ein wichtiges, ein Teil, das die Macht hat, das Bild, das ich mir für die Zukunft ausgemalt habe, zu zerstören.
Doch das werde ich nicht zulassen.
Niemals!
„Wir müssen sie finden."
Porter nickt.
„Keine Sorge, Walker. Das werden wir!"
„Hoffentlich."
„Was denkst du, wo sie hin ist?"
Ich zögere kurz, will es nicht laut aussprechen.
„Wenn sie tatsächlich abgehauen ist, dann wegen ihres Bruders. Bo ist ein Wichser, der sich in regelmäßigen Abständen in die Scheiße reitet."
Mein Vize nickt.
„Alles klar, Präs. Wir teilen uns auf. Ich fahre zum Club und suche dort nach ihr, du nimmst dir Bo vor."
Klingt nach einem guten Plan.
„Wenn du sie hast, melde dich."
Er brummt ein „Logo!", startet mit einem Kick seine Harley und rast davon. Ich folge ihm, zumindest bis zur nächsten Kreuzung, dort trennen sich unsere Wege.
Porter fährt geradeaus, ich biege nach rechts ab und folge dem High Way nach fucking Clyde Hill ...

15. Kapitel

Die wehrhafte Braut

Verdammt! Verdammt! Verdammt!

Es lief alles so gut. So wunderbar gut, dass diese Katastrophe kommen musste.

So ist es immer in meinem Leben.

Das Schicksal kann mich einfach nicht glücklich sehen. Immer wenn ich denke, dass ich es endlich schaffe, das Chaos, aus dem meine Existenz besteht, in den Griff zu kriegen, passiert irgendetwas Unvorhergesehenes, das mich wieder völlig aus der Bahn wirft.

Die letzten sieben Tage waren himmlisch, so himmlisch, dass sie sich angefühlt haben wie ein schöner, romantischer Traum. Nach dem Angriff, bei dem Rocco getroffen wurde, ist Stille eingekehrt. Eine trügerische Stille, die mich glauben ließ, dass Liam vielleicht aufgegeben hat. Dass er sein Interesse an mir verloren hat und aus Seattle und somit aus dem Revier des *Golden Skulls Motorcycle Clubs* verschwunden ist.

Wie naiv ich doch war. Ich hätte es besser wissen müssen!

Scheiße! Damit lag ich so was von falsch.

Ich hätte mir denken können, dass Liam nicht so einfach aufgibt. Er ist ein Kämpfer, ein Mann, der seine Ziele verfolgt, koste es, was es wolle.

Und sein Ziel bin ich. Anstatt sich eine andere Frau zu suchen, hat er einfach nur eine Möglichkeit gesucht, mich zu treffen, und das ist ihm gelungen.

Bo scheint meine schlimmste Schwachstelle zu sein.

Wegen meines Bruders bin ich zurück in den Club gegangen, trage den Diamanten am Finger und bin des Präsidenten wehrhafte Braut, wie Damon mich im Spaß immer nennt ... Ganz ehrlich, damit komme ich gut klar, was wohl daran liegt, dass ich Walker schon immer geliebt habe. Aber jetzt? Hilfe! Jetzt bringt mich mein großer Bruder in wirklich unangenehme Schwierigkeiten.

Zurück zu Liam zu gehen, ist keine Option. Es würde früher oder später meinen Tod bedeuten, wobei ich eher auf früher als auf später wetten würde.

Scheiße!

Mich aus dem Club zu schleichen war leichter als gedacht, das Loch im Zaun, dass es dort vor all den Jahren schon gegeben hat, gibt es immer noch. Niemand hat sich die Mühe gemacht, es zu flicken. Zwar hat mich eine der Überwachungskameras dabei aufgezeichnet, wie ich durch die kaputten Maschen hindurchgeschlüpft bin, aber bis sich die einer ansieht, bin ich längst in Clyde Hill angekommen.

So sehr ich auch hoffe, dass Walker mich retten kommt, die Chancen stehen schlecht.

Er ist zusammen mit Porter, Damon und Kane auf der Jagd nach *Reapers*.

Der Krieg zwischen den beiden Motorcycle Clubs dauert schon ewig an und wird wohl erst enden, wenn die *Skulls* die *Reaper* bis auf den letzten Mann getötet haben.

Bis dahin werden noch viele blutige Jahre ins Land ziehen und ich werde, wenn es so weit ist, nicht mehr hier sein ...

Tränen steigen mir in die Augen. Der Taxifahrer wirft mir über den Rückspiegel hinweg einen mitleidigen Blick zu, dann setzt er den Blinker, biegt in die Straße ein, in der sich der Bungalow meiner Eltern befindet, und parkt unter den knorrigen Ästen der alten Eiche, die schon von so vielen Dramen meines Lebens Zeugin geworden ist.

Oh Scheiße!

In der Einfahrt stehen drei absolut identische Mercedes-Limousinen. Sie sind schwarz, mit getönten Scheiben, und so typisch für den Mann, der mich sein Kätzchen nennt und der mich wie sein Haustier gehalten hat.

Von meinem Ex und seinen Bodyguards fehlt jede Spur.

Ich hätte mir nie vorstellen können, Liam jemals in Clyde Hill zu sehen. Dieser Killer passt genauso wenig in diese friedliche kleine Stadt wie ein Hai in ein Goldfischglas.

In der Sekunde, in der mein Telefon geläutet hat und ich Bos Namen auf dem Display gesehen habe, wusste ich sofort, dass etwas nicht stimmt.

Es hat mich also wenig überrascht, die vertraute Stimme meines Ex-Freundes zu hören, anstatt die von meinem Bruder.

Zwar habe ich Bo schon vor Tagen meine neue Handynummer gegeben, aber er hatte sich kein einziges Mal bei mir gemeldet.

Ich schätze, das liegt an den Schuldgefühlen, die ihn so viel kiffen lassen wie nie zuvor.

Ja, es war verdammt bescheuert von ihm, sich auf die *Reapers* einzulassen, aber er hat seine Lektion gelernt, und zugegeben, ich bin glücklich mit Walker.

So glücklich wie noch nie zuvor.

Mein Platz war schon immer bei den *Golden Skulls*, das habe ich endlich begriffen. Es gibt also keinen Grund für Bo, sich schuldig zu fühlen. Alles ist so gekommen, wie es kommen musste. Das Leben findet immer einen Weg, um uns dahin zu bringen, wo wir schlussendlich auch hingehören.

Das habe ich endlich begriffen.

Die Glock liegt griffbereit in meiner Handtasche, und ich danke Walker stumm, dass er sie mir nach der Nummer mit der Bitch nicht endgültig weggenommen, sondern vor drei Tagen zurückgegeben hat. Ich glaube zwar nicht, dass mir die Glock viel bringen wird, aber es fühlt sich gut an, sie bei mir zu haben.

Der Fahrer nennt mir seinen Preis, ich kann den Blick nur schwer von den schwarzen Limousinen abwenden.

Mit zitternden Fingern ziehe ich ein paar von den Geldscheinen hervor, die Bo von den *Reapers* erhalten hat, bezahle meine Schulden und steige widerwillig aus.

Mir wird heiß und kalt, ein leichter Wind weht mir ins Gesicht, streicht über die dünne Schweißschicht, die sich auf meiner Stirn gebildet hat.

Jede Faser meines Körpers will von hier flüchten. Ich will zu Walker, mich an seine massive Brust lehnen und seine Kraft in mich einsaugen.

Zum zweiten Mal innerhalb kürzester Zeit werde ich von meiner Vergangenheit eingeholt, und dieses Mal wird es kein Happy End geben.

Da ich mir sicher bin, dass Liam meine Ankunft beobachtet, zwinge ich mich dazu, meine Angst runterzuschlucken, den Rücken durchzudrücken und den Kopf hoch erhoben zu halten. Es wäre nicht gut, wenn ich ihn meine Furcht sehen lasse ...

Schwäche zu zeigen, ist nie gut.

Schritt für Schritt nähere ich mich der Haustüre, noch bevor ich anklopfen kann, wird sie von innen aufgerissen und ich stehe prompt Markus gegenüber, Liams rechter Hand und der Mann fürs Grobe.

Er und ich, wir mochten uns noch nie. Es fällt mir also nicht schwer, das Funkeln in seinen Augen als Schaden- und nicht als Wiedersehensfreude einzustufen.

„Marie. Schön dich wiederzusehen.“

Mein gezischtes „Fick dich!“ bringt seine sonst so strengen Mundwinkel zum Zucken.

Er will noch etwas sagen, überlegt es sich dann jedoch anders und hebt seine Hand, um sie demonstrativ vor mir zur Faust zu ballen. Die Geste soll keine Drohung sein, sie soll mich nur auf seine aufgeplatzten und blutigen Fingerknöchel aufmerksam machen.

Oh Gott, Bo!

Entsetzt drücke ich mich an Markus vorbei und eile ins Wohnzimmer. Das Bild, das sich mir dort bietet, lässt mir bittere Magensäure in die Kehle steigen.

Mein Bruder liegt auf dem abgewetzten Teppich, sein rechtes Auge ist zugeschwollen, eine Mischung aus Blut und Speichel rinnt ihm aus dem Mundwinkel. Mit schlotternden Knien gehe ich auf ihn zu, sinke vor ihm auf den Boden und breche in Tränen aus.

„Es tut mir so leid ... So leid ..."

Er will etwas sagen, wird jedoch von einer vertrauten Stimme unterbrochen.

„Welch charmantes Bild."

Mein Kopf zuckt instinktiv nach links, Liam steht im Durchgang zur Küche, der silberne Schlagring, den er sich über die Finger gezogen hat, ist mit dem Blut meines Bruders überzogen. Mir wird schlecht, für einen Moment befürchte ich, dass ich mich übergeben muss. Doch meine aufsteigende Wut gewinnt die Oberhand und drängt die Übelkeit beiseite.

Vor Zorn getrieben springe ich auf, stürme auf Liam zu und verpasse ihm eine schallende Ohrfeige. Keine Ahnung wer von uns beiden überraschter ist, dass mir dieses Kunststück gelungen ist, Liam oder ich. Es spielt auch keine Rolle, denn er revanchiert sich augenblicklich, sodass ich einen Atemzug später von der Wucht seines Schlages von den Füßen gerissen werde und neben meinem Bruder auf dem Boden lande.

Das dumpfe Pochen, das sich in meiner Wange ausbreitet, passt zu den dunklen Flecken, die mein Sichtfeld einengen.

Der Schmerz ist intensiv und treibt mir die Tränen in die Augen.

„Warum hast du das getan?"

Ich schluchze. Er kapiert sofort, dass ich nicht den Hieb meine, den er mir gerade verpasst hat, sondern die Tatsache, dass er meinen Bruder angegriffen hat, und das, obwohl ich mich an all die Anweisungen, die er mir am Telefon gegeben hat, gehalten habe. Ich war innerhalb der veranschlagten Stunde hier – allein – und ich habe niemandem auch nur ein Wort gesagt. Weder Walker noch sonst einem Skull, der mir vielleicht hätte helfen können ...

„Ach, Kätzchen ..." Ich erschaudere, atme tief ein und kämpfe gegen den Schwindel an. Dann hebe ich den Blick und sehe Liam direkt an. „Nenn mich nicht so. Ich bin längst nicht mehr dein Kätzchen!"

Von meiner Wut völlig unbeeindruckt, zündet er sich eine seiner geliebten, kubanischen Zigarren an und pafft den ersten Zug Richtung Zimmerdecke.

„Ich liebe es, wenn du deine Krallen ausfährst, aber das weiß du ja, nicht wahr Marie."

Mir ist klar, dass er mich nur reizen will, also gehe ich auf die Provokation nicht ein, sondern zwinge mich dazu, ruhig zu bleiben und bedacht vorzugehen. Blinder Hass bringt mich nicht weiter ...

Tief durchatmend prüfe ich meine Möglichkeiten. Meine Handtasche hängt noch immer über meiner Schulter, was bedeutet, dass sich die Glock noch in meiner Reichweite befindet.

Liam rechnet nicht damit, dass ich bewaffnet bin.

Wie sollte er auch? Ich war noch nie ein Freund von Pistolen. Doch das hat sich dank Damon geändert.

Fieberhaft darüber nachdenkend, wie es mir gelingen soll, mit Bo zusammen hier rauszukommen, beobachte ich Liam dabei, wie er sich genauer umsieht.

Sehr gut. Er ist abgelenkt.

Wenn Bo und ich es aus dem Haus raus schaffen, haben wir eine winzige Möglichkeit zu entkommen. Mit ein bisschen Glück ist Rocco oder irgendjemand anderem bereits aufgefallen, dass ich verschwunden bin. Walker würde es sofort erfahren und sich ohne zu zögern auf die Suche nach mir machen. Clyde Hill ist garantiert des Präsidenten erster Anhaltspunkt, wenn es darum geht, mich aufzuspüren.

Ich muss also, in der Hoffnung, dass Walker auf der Suche nach mir herkommt, Zeit schinden.

Nur wie soll ich das anstellen?

Liam mit einer Ohrfeige zu begrüßen, war ein taktischer Fehler. Ich hätte ihm was vorspielen sollen, ich hätte so tun müssen, als würde ich mich freuen, ihn zu sehen ...

Dafür ist es jedoch zu spät.

„Und hier ist mein Kätzchen also aufgewachsen."

Markus hat sich vor der Eingangstüre positioniert, von den anderen Männern, die Liams Eskorte bilden, ist weit und breit nichts zu sehen, was mir Bauchschmerzen bereitet.

In der Auffahrt stehen drei Limousinen. Was bedeutet, dass er mit mindestens fünf bis sechs Männern angereist ist. Aber wo zum Teufel sind die?

Ich beschließe, Liam so lange in ein Gespräch zu verwickeln, bis mir eine andere Idee kommt.
„Was tust du hier?"
Nicht gerade die intelligenteste Frage. Aber na ja ...
„Das weißt du doch, Marie. Ich bin gekommen, um dich zurückzuholen, so wie ich es dir in der Nachricht geschrieben habe."
Er pafft erneut an der Zigarre, der würzige Geruch erfüllt die Luft.
„Und was, wenn ich nicht zurückwill?"
Liam kneift die Augen zusammen und sieht mich drohend an.
„Sag mir nicht, dass du bei dem dreckigen Rocker bleiben willst, dessen Ring an deinem Finger steckt."
Der ist ihm natürlich sofort aufgefallen.
„Und was ist, wenn ich genau das will? Was ist, wenn Walker der einzige Mann ist, den ich je geliebt habe?"
Unsicher stehe ich auf und suche Liams Blick.
„Was ist, wenn mein Herz immer dem Präsidenten der *Golden Skulls* gehört hat und niemals dir?"
Mein Ex zögert, in dem schwarzen, maßgeschneiderten Anzug, der seine muskulöse Statur perfekt betont, sieht er unheimlich gut aus.
Kein Wunder, dass ich damals auf sein kultiviertes Äußeres reingefallen bin, auf den ersten Blick kann niemand erkennen, welcher Teufel sich hinter dem aristokratisch wirkenden Gesicht verbirgt. Seine blauen Augen sehen mich direkt an, seine braunen Haare, die an den Schläfen grau meliert sind, sind ordentlich nach hinten gekämmt.
Liam ist das komplette Gegenteil von Walker, dessen Haare immer lang und wild auf seine, mit Leder bekleideten Schultern hinabhängen.
Gespannt wie Liam auf meine Provokation reagiert, sehe ich aus dem Fenster raus auf die Straße und hoffe so sehr, dort ein paar Bikes zu entdecken. Fehlanzeige. Von Walker und seinen Brüdern fehlt jede Spur.
Mein Herz wird schwer, ich höre, wie Bo sich ebenfalls auf die Füße kämpft und weiß, dass uns die Zeit davonrennt. Wenn mir nicht bald etwas einfällt, sind wir erledigt. Liam wird meinen Bruder töten und mich zurück in den goldenen Käfig sperren, aus dem ich wie durch ein Wunder entkommen bin.
Dicke Rauchwolken quellen aus Liams geöffneten Lippen, sie steigen empor und bilden dabei skurrile Formen.
„Dein Herz kann Walker behalten, ich gebe mich mit dem Rest deines Körpers zufrieden."

Diese Antwort habe ich befürchtet. Wobei ich Liam durchschaue, er hasst Konkurrenz und er wird versuchen, Walker zu töten, um sich an mir für meine Flucht zu rächen.

„Was geschieht jetzt?"

Stille.

Er wendet sich von mir ab, dreht mir den Rücken zu und sieht hinaus zu der Eiche.

Die Sekunden verstreichen, es dauert eine gefühlte Ewigkeit, bis ich endlich eine Antwort erhalte.

„Jetzt mein Kätzchen, bringe ich dich nach Hause."

Mein Magen zieht sich gepeinigt zusammen. Ich drehe mich zu Bo um und weiß, dass ich von meinem Bruder keine Hilfe erwarten kann. Er ist nicht wie Walker, Kane oder Damon. Er ist kein Anführer, sondern ein Mann, der mit seiner eigenen Existenz maßlos überfordert ist und der jeden Tag erneut darauf hofft, dass ihn seine eigenen Fehlentscheidungen nicht ins Grab bringen ...

Für einen kurzen Moment spiele ich mit dem Gedanken, Liam zu sagen, dass ich wahrscheinlich von Walker schwanger bin. Beiße mir jedoch in letzter Sekunde auf die Zunge. Ihn zu reizen, ist nicht klug. Es ist durchaus möglich, dass dieser Plan nach hinten losgeht, dass er vor Wut die Kontrolle verliert, die Waffe zieht, die sich garantiert unter seinem Sakko befindet und mir das komplette Magazin in den Bauch jagt.

Wenn ich es hier raus schaffen will, wenn ich in Seattle und bei den *Goldes Skulls* bleiben will, brauche ich jetzt ein verdammtes Wunder!

Hörst du Schicksal! Ein. Wunder. Sofort!

16. Kapitel

Der Rockerpräsident

Ich rase mit einhundert Sachen die Straße entlang, mein Bike frisst die Meilen, während ich regelrecht über den Asphalt fliege.

Wieder und wieder stelle ich mir die Frage, was passiert ist, dass Marie erneut zur Flucht angetrieben hat? Ich finde keine Antwort.

„Fuck!“

Mein lautes Brüllen wird vom Fahrtwind aufgefangen und hinfort getragen.

Hat diese Frau denn keine Ahnung, was sie mir damit antut?

Ich dachte, wir hätten unsere Differenzen überwunden – ich dachte, sie wäre glücklich mit mir? Es wirkte auf mich so, als wäre sie mit ihrem Schicksal als meine Braut zufrieden. Weit gefehlt.

Die Tatsache, dass ich sie zurück in mein Bett gezwungen habe, ist in den letzten Tagen unwichtig geworden. Für mich zumindest.

Bo hat in meinen Gedanken nicht die geringste Rolle gespielt. Sein Verrat und die verdammten *Reapers* sind in den Hintergrund gerückt und das Einzige, worauf es noch angekommen ist, war Marie.

Ihr erneuter Verrat lässt mein Herz zu Eis gefrieren. Die Möglichkeit, dass sie mir die ganze Zeit nur etwas vorgespielt hat, um mich in Sicherheit zu wiegen, damit sie in einem geeigneten Moment davonlaufen kann, lässt mich rotsehen.

Ich beschleunige noch mehr, lege mich tief in die Kurven und betäube den heftigen Schmerz, der mich beinahe von der Maschine reißt.

Marie hat mich verlassen. Mal wieder. Sie hat mich getäuscht, um das Leben ihres Bruders zu retten. Doch genau das hat sie heute, als sie aus dem Club geflohen ist, verwirkt.

Wenn ich sie erwische, wenn ich sie erneut aufspüren kann, werde ich sie zur Hölle jagen. Ein drittes Mal ertrage ich diesen Schmerz nicht. Zweimal reicht! Ich habe meine Lektion gelernt. Weder will ich sie zur Sklavin noch zur Braut.

Es wird Blut fließen, ich werde dem Leben ihres Bruders ein Ende setzen und die Frau, die ich liebe, ein für alle Mal aus meinem Revier verjagen. Sollte sie jemals wieder zurückkommen – sollte sie es jemals wagen, das Land der *Skulls* erneut zu betreten, wird es ihr Leben sein, das ich mit meinem Dolch beenden werde ...

17. Kapitel

Die wilde Braut

Es kommt mir so vor, als wären Stunden vergangen, Stunden, in denen ich meinen Ex anstarre und mich frage, was als Nächstes geschehen wird und ob er tatsächlich kaltblütig genug ist, meinen Bruder vor meinen Augen zu erschießen.

In Wirklichkeit sind es jedoch nur Minuten, die vergehen, bis das Schicksal endlich mein erhofftes Wunder wahr werden lässt und das kraftvolle Dröhnen eines sich nähernden Motorrads über die Straße schallt.

Mein Herz macht einen Satz, es schlägt mir so hart gegen die Rippen, dass es schmerzt.

Ich riskiere einen Blick aus dem Fenster und erkenne Walker sofort. Erleichterung breitet sich in mir aus. Zumindest tut sie das so lange, bis Liam sich zu Markus umdreht und ihm den Befehl gibt, dass er die anderen darüber informieren soll, dass es jetzt losgeht.

Mein Hirn ist wie betäubt und schafft es nicht sofort, die Bedeutung, des eben Gehörten zu verarbeiten.

Doch dann wird mir auf einen Schlag klar, was hier gerade geschieht.

Liam hat mit Walkers Einmischung gerechnet und eine Falle für ihn vorbereitet.

Mein Magen zieht sich schmerzhaft zusammen und mir wird klar, dass er alle Vorteile auf seiner Seite hat. Endlich verstehe ich, warum ich bis jetzt nur Markus zu Gesicht bekommen habe, Liams andere Männer liegen auf der Lauer. Ihr Auftrag ist es, den Präsidenten des *Golden Skulls Motorcycle Clubs* umzubringen. Das kann ich nicht zulassen. Niemals. Eher sterbe ich, als dass ich dabei zusehe, wie mein Ex die einzigen beiden Menschen, die ich liebe, tötet.

Markus zieht ein schwarzes iPhone aus der Tasche und gibt den Befehl seines Bosses weiter. Liam beobachtet aus zusammengekniffenen Augen, wie Walker an der Einfahrt, in der die drei Mercedeslimousinen stehen, vorbeifährt und mit einigem Abstand auf der gegenüberliegenden Straßenseite anhält. Vorfreude zeichnet sich auf Liams Mimik ab, er reibt sich die Hände, ehe er sich langsam zu mir umdreht.

„Komm her mein Kätzchen, ich habe einen Platz in der ersten Reihe für dich. Von hier kannst du mit eigenen Augen dabei zusehen, wie dein Geliebter seinen letzten Atemzug aushaucht.“

Niemals. Niemals!

Bevor ich zögerlich auf Liam zugehe, sehe ich hilfesuchend zu meinem Bruder, doch der liegt mit stecknadelgroßen Pupillen im Eck und rührt sich nicht mehr.

Wenn ich die Situation richtig einschätze, hat er irgendetwas genommen, etwas Härteres als Alkohol oder sein geliebtes Marihuana. Markus telefoniert noch immer, dann eilt er aus dem Wohnzimmer.

Liam packt mich am Arm, zerrt mich an seine Seite und betrachtet mein Gesicht. Er wirkt sehr zufrieden mit sich. Am liebsten würde ich ihm die Augen auskratzen.

Mir wird klar, dass wir alleine sind, dass Markus nicht da ist, um wie gewohnt Liams Rücken zu sichern. Das ist meine Gelegenheit – wenn ich die nicht ergreife und zumindest versuche, meinen Arsch zu retten, sind wir alle verloren. Langsam und unauffällig lasse ich meine rechte Hand in die an meiner Schulter baumelnde Handtasche gleiten. In der Sekunde, in der ich mit den Fingerspitzen den kalten Stahl der Waffe berühre, breitet sich eine wilde Entschlossenheit in mir aus.

Mein Puls dröhnt so laut in meinen Ohren, dass ich schon Angst habe, dass Liam ihn vielleicht ebenfalls hören kann. Eine dünne Schicht kalter Schweiß überzieht meine Stirn und lässt mich erschaudern.

Reines Adrenalin pumpt durch meine Venen, schärft meine Sinne und stärkt meine Entschlossenheit.

Es reicht. Es reicht, verdammt noch mal!

Das hier ist mein Leben und ich habe es so satt, der Spielball irgendwelcher mächtigen Männer zu sein. Ab jetzt entscheide ich, wie meine Zukunft aussieht.

Zumindest wenn ich aus dieser Scheiße hier lebend rauskomme.

Ein Schuss ertönt, ich zucke instinktiv zusammen, bis mir klar wird, dass er von draußen stammt und dass die Kugel auf Walker und nicht auf mich abgefeuert wurde.

Eine Gruppe aus drei, in schwarzen Anzügen gekleideten Männern rennt über die Einfahrt, jeder von ihnen hat eine Pistole in der Hand.

Das *Peng! Peng! Peng!* zerfetzt die Luft und bringt meine Beine zum Zittern.

Erleichtert sehe ich dabei zu, wie Liams Handlanger Walker allesamt verfehlen. Der Rockerpräsident zieht blitzschnell seine Knarre, zielt auf die Angreifer und schickt zwei von ihnen auf direktem Weg in die Hölle.

Liams Mimik versteinert.

„Es läuft wohl nicht so, wie du es dir erhofft hattest, was?“

Selbst mir fällt auf, wie schadenfroh ich klinge, er holt aus und verpasst mir einen harten Schlag ins Gesicht. Der unverkennbare, kupferne Geschmack von Blut breitet sich auf meiner Zunge aus. Meine Finger schließen sich fester um die Glock.

„Der Rocker wird sterben. Wenn nicht heute, dann an einem anderen Tag."

In Liams Stimme schwingt so viel Entschlossenheit mit, dass ich nicht daran zweifle, dass er Walker so lange jagen wird, bis entweder Walker oder er tot dem Teufel höchstpersönlich gegenübertritt. Diese Welt ist so groß und doch bietet sie nicht genug Platz für die beiden Männer, die so fest entschlossen sind, mich zu besitzen.

Entsetzt sehe ich dabei zu, wie zwei von Liams Schergen über die Straße rennen, Walker feuert noch zwei weitere Kugeln ab, dann gibt er Gas und rast davon. Unzählige Geschosse verfolgen ihn, doch zum Glück trifft keines ihr Ziel.

Mein Herz wird schwer. Die erste Schlacht hat Liam gewonnen. Doch ich kenne meinen Outlaw. Er gibt nicht so schnell auf. Schon gar nicht mich. Niemals.

Er wird Verstärkung rufen und dann wird Liam sich der geballten Kraft des *Golden Skulls Motorcycle Clubs* gegenübersehen.

Porter, Blue, Damon, Kane und all die anderen Biker werden, ohne zu zögern, ihrem Präsidenten den Rücken stärken.

Es wird Blut fließen, viel Blut, doch hoffentlich keines der Skulls, hoffentlich nicht Bos oder sogar meins.

Ich bin noch nicht bereit zu sterben.

Walker und ich haben noch nicht genug Zeit miteinander gehabt.

Wir haben so viele Jahre verloren, es wäre unfair, wenn unsere Zeit abgelaufen wäre – wenn uns das Schicksal keine zweite Chance schenken würde.

18. Kapitel

Der Rockerpräsident

Eine der durch die Luft surrenden Kugel verfehlt mich nur knapp, die nächste streift mich am Bein, der aufflackernde Schmerz setzt meine Nervenbahnen in Brand, lässt mich den Lenker rumreißen und holt mich so beinahe vom Bike.

Aber Fuck!

Die Erleichterung, die meine Adern flutet, lässt mich den Schmerz vergessen, sie treibt mich an und hält mich am Leben.

Marie hat mich nicht verraten. Nicht freiwillig zumindest. Sie musste gehen, um ihren Bruder zu beschützen.

Der Mann, der sie die letzten Jahre besessen hat, ist nach Clyde Hill gekommen, um sich Marie zurückzuholen. Aber er wird scheitern. Er muss scheitern. Etwas anderes werde ich nicht zulassen.

Marie gehört mir, sie ist meine Frau und niemand wird sie mir jemals wegnehmen. Nicht solange auch nur ein Funken Leben in mir ist.

Diese Scheiße endet hier und jetzt – mit der Hilfe meiner Brüder.

Kaum dass ich genug Abstand zwischen mich und die Wichser, die fest entschlossen zu sein scheinen, mich ins Grab zu bringen, geschafft habe, lege ich eine Vollbremsung hin, ziehe mein Telefon aus der Tasche und wähle Porters Nummer.

Er geht sofort ran.

„Sorry Präs, von deinem Mädchen fehlt jede Spur."

„Ich habe Marie gefunden. Ruf die Männer zusammen, pack schwere Waffen ein und kommt sofort nach Clyde Hill! Hier wartet ein Wichser darauf, zu seinem Schöpfer geschickt zu werden!"

Wut pulst durch meinen Kreislauf. Mein Blut kocht, unter meinem getroffenen Bein bildet sich eine rote Pfütze.

„Fuck, Walker. Ich verstehe kein Wort. Geht das auch genauer?"

Vor Ungeduld zischend, verpacke ich die Informationen mit anderen Worten.

„Marie ist in ihrem Elternhaus. Der Typ, mit dem sie die letzten Jahre zusammen war, ist hier, um sie zurückzuholen. Er ist kein harmloser Blumenverkäufer und er hat verdammt viele Männer und Waffen. Also beweg deinen Arsch her. Bring Verstärkung und jede Menge Feuerkraft mit, damit wir dem Pisser zeigen können, was passiert, wenn man so dumm ist, in unser Revier einzudringen, um uns zu stehlen, was verfickte Scheiße noch mal uns gehört!"

Das scheint mein Vize endlich zu kapieren.

Noch bevor er auflegt, höre ich, wie er Blue und die anderen zu sich brüllt und ihnen mit kurzen Sätzen klarmacht, was los ist.

„Wollen wir hoffen, dass Damon und Kane bereits damit fertig sind, den *Reaper* zu zerstückeln. Wenn nicht, müssen sie eine Pause einlegen und morgen damit weitermachen.“

Porter stößt ein zustimmendes Grunzen aus.

„Ich werde die beiden nach Clyde Hill beordern. Halt durch, Präs., Verstärkung ist gleich da.“

„Genau das wollte ich hören.“

Ich lege auf, beiße die Zähne zusammen und verfluche mich selbst dafür, dass ich Marie nicht geglaubt habe. Sie hat mich seit ihrer Rückkehr immer wieder davor gewarnt, dass ihr Ex gefährlich und mächtig ist. Sie war sich von Anfang an sicher, dass er für den Anschlag auf den Club verantwortlich ist. Doch ich wollte ihr nicht glauben! Ein Fehler, wie sich jetzt herausstellt. Ein Fehler, für den ich mit meinem Blut, und wenn es falsch läuft, mit ihrem Leben bezahle.

Ihre genauen Worte hallen durch meinen Schädel:

„Ich will dich nur warnen, Walker. Du kennst Liam nicht. Er ist ein Phantom, ein schwarzer Schatten, du bemerkst erst, dass er hinter dir steht und dir eine Klinge in den Rücken rammt, wenn es längst zu spät und dein Leben schon so gut wie vorbei ist.“

Fuck!

Eine bittere Wut breitet sich in mir aus, eine Wut, die sich zum größten Teil gegen mich selbst richtet. Marie hatte anscheinend recht.

Woher hätte ich das wissen sollen?

Bullshit! Ich hätte es nie für möglich gehalten. Fucking nie!

Wie hoch war die Wahrscheinlichkeit, dass sie Seattle und mich verlässt und dann ausgerechnet in den Armen eines der berüchtigsten Killer dieses Landes endet?

So gering, so aberwitzig gering, dass ich über die Wege des Schicksals nur lachen kann und das, obwohl die Situation mehr als ernst ist.

Wenn ihr Ex, wenn dieser Liam, wirklich das Phantom ist, wird es schwer werden, ihn zu töten. Verdammt schwer. Aber ich werde es schaffen. Hier geht es um meine Braut, um die einzige Frau, die ich je geliebt habe. Marie ist meine Sonne – sie ist die Luft, die ich atme, die Energie, die mein Herz antreibt, weiterzuschlagen.

Wenn ich sie verliere, bin ich verloren.

Scheitern ist keine Option!

Das Handy wieder einsteckend, lasse ich das Magazin aus meiner Waffe gleiten, ich checke die mir verbleibenden Patronen und stoße einen Fluch aus.

Zwei schwarze Limousinen nähern sich mir mit hoher Geschwindigkeit.

Die Pause ist vorbei – es geht weiter.

Jetzt gilt es den Kopf einzuziehen, bis meine Brüder da sind.

Vielleicht gelingt es mir, noch ein paar der anzugtragenden Wichser kaltzumachen. Keine Ahnung mit wie vielen Männern das Phantom angereist ist, es spielt auch keine Rolle. Ich werde jeden umbringen.

Jeden. Einzelnen. Der. Sich. Mir. In. Den. Weg. Stellt.

Entschlossen Zeit zu schinden, gebe ich Gas und rase die Straße entlang. Weiche den durch die Luft zischenden Kugeln aus und feuere blind nach hinten, während ich den Abstand wieder ausweite und den Heimvorteil zu meinen Gunsten nutze.

Wir liefern uns eine wilde Verfolgungsjagd, ich biege mehrmals in letzter Sekunde ab, nehme einen Schleichweg, der für Fremde kaum als solcher zu erkennen ist, und versuche dabei in der Nähe des Bungalows zu bleiben, in dem sich, aller Wahrscheinlichkeit nach, Marie aufhält. Es ist durchaus möglich, dass ihr Ex beschließt, sie von hier wegzubringen, und wenn das der Fall ist, muss ich da sein, um das zu verhindern. Wenn ich meine Marie erst mal aus den Augen verloren habe, wird es schwer, sie wiederzufinden. Wenn dieser Bastard wirklich das Phantom ist, dann hat er durchaus genug Macht, Geld und Verbindungen, um Marie für immer verschwinden zu lassen.

Wumm – Wumm – Wumm.

Mein Puls hämmert durch meinen Kreislauf.

Ich riskiere einen Blick zurück, von den schwarzen Limousinen fehlt jede Spur.

Die Umgebung im Auge behaltend, biege ich zweimal rechts ab und komme so wieder in der Straße an, in der sich Maries Elternhaus befindet. Von meiner derzeitigen Position kann ich die alte Eiche sehen und erkenne, dass die beiden Mercedes, die mich bis eben noch verfolgt haben, vor der Einfahrt haltmachen.

Zumindest sind sie nicht mehr hinter mir her.

Der Streifschuss an meinem Bein pocht dumpf, der blaue Stoff meiner Jeans ist mittlerweile mit Blut vollgesogen.

Ich beschließe die Position zu halten, von hier habe ich alles, was geschieht, im Blick und kann meine Brüder, sobald sie ankommen, abfangen.

Aufregung rollt durch mein Bewusstsein, ich lege mir einen Plan zurecht und kann nur hoffen, dass Marie keine Dummheiten macht und sich nicht selbst in Gefahr bringt.

Ich kenne das aufbrausende Temperament meiner Braut.

Wenn sie wütend ist, gibt es kein Halten mehr.

Holy Fuck!

Es ist ihr gelungen, Scott den Hammer abzunehmen, und sie hat verdammt noch mal auf die Bitch geschossen.

Ungeduldig ziehe ich das Handy aus der Tasche, nach einem schnellen Blick auf das Display weiß ich, dass seit dem Telefonat mit Porter zehn Minuten vergangen sind.

Vom Clubhaus hierher sind es in normaler Geschwindigkeit gute zwanzig. Doch sie werden jetzt keine normale Geschwindigkeit an den Tag legen. Was bedeutet, dass meine Brüder bereits in wenigen Minuten eintreffen werden.

Einem Impuls folgend ziehe ich den Dolch aus der ledernen Scheide an meinem Gürtel, streiche mit dem Daumen über die scharfe Klinge und erinnere mich an die schicksalhafte Nacht, in der ich Marie nach all den Jahren wiedergesehen habe.

Ihr Bruder lag geschlagen auf dem Boden, ich war kurz davor, ihn umzubringen.

Dann trat Marie aus ihrem Versteck und ich wusste sofort, dass ihre Anwesenheit alles verändern wird.

Ich habe sie gewarnt, für mich beansprucht und die zarte Haut an ihrer Kehle eingeritzt. Ich habe ihr Blut abgeleckt, es gekostet und so unsere Seelen für immer miteinander verbunden. Marie muss mir gehören, sie wird mir gehören, oder ich verliere den Verstand, laufe Amok und töte alles und jeden, der mir über den Weg läuft. Es ist zu viel Zeit vergangen – ich habe zu lange gewartet, um sie zu der Meinen zu machen.

Bei allen Höllen!

Ich bereue, dass ich Marie nicht längst in eine gottverdammte Kirche entführt, vor einen Priester gezerrt und zu meiner Frau gemacht habe.

Jetzt hat uns ihre Vergangenheit eingeholt und ich weiß nicht, ob ich jemals wieder die Gelegenheit dazu bekommen werde, ihr Blut zu kosten oder ihr ein Kind zu machen.

Der glatte Griff des Dolches, mit dem ich schon so viele Leben genommen habe, drückt sich wie von selbst in meine Handfläche. Ich balle die Faust, schließe die Augen und erinnere mich an die letzte Nacht und daran, wie es sich angefühlt hat, Marie in den Armen zu halten, sie langsam, jedoch tief von hinten zu nehmen und dabei meine

Zähne in ihrer Schulter zu vergraben. Maries köstlicher Geschmack, ihr süßer Geruch und die instinktive Selbstverständlichkeit, mit der sich ihr kleiner Körper Schutz suchend an den meinen gepresst hat, das alles brauche ich, um zu existieren.

Wenn ich mein Mädchen verliere, kann ich mir genauso gut die Klinge in die Brust rammen und mir das Herz herausschneiden. Ohne Marie will ich nicht mehr leben, ohne sie ist meine Existenz absolut sinnlos.

Das vertraute Geräusch von sich nähernden Harleys reißt mich aus meinen Überlegungen. Mein Kopf zuckt nach rechts, Porter und Blue kommen direkt auf mich zu, mit etwas Abstand folgen ihnen Damon und Kane.

Zum Schluss fällt mein Blick auf den schwarzen Van, der die Kolonne begleitet. Erst als er direkt vor mir stehen bleibt, erkenne ich Rocco hinter dem Steuer.

„Was ist mit deinem Bein, Prospect?“

Er lacht.

„So eine Party lasse ich mir doch nicht entgehen, Präsident.“

Porter verdreht die Augen, diese Aussage ist so typisch für den Anwärter, der seinen Baseballschläger vom Beifahrersitz nimmt, um dem abgewetzten Holz einen Kuss zu geben. Porter beobachtet ihn und verzieht angewidert das Gesicht.

„Du bist völlig irre, Kleiner.“

Rocco, der das als Kompliment auffasst, nickt zustimmend.

Blue sieht mich an, auf seinem Rücken befindet sich ein schwarzer Rucksack.

Auch ohne nachzufragen, weiß ich, was sich darin befindet.

Sprengstoff. Wahrscheinlich genug, um ganz Clyde Hill in die Luft zu jagen.

„Wie ist die Lage, Präs?“

Kane kommt sofort zur Sache.

„Ich kann es nicht zu 100 Prozent sagen, aber so, wie ich das sehe, ist Marie in dem Bungalow, zusammen mit ihrem Bruder und ihrem Ex. Der Typ hat einige Schläger bei sich, sie sind gut bewaffnet und haben alle Vorteile auf ihrer Seite.“

Ich kläre meine Brüder auf, sie sind konzentriert und bei der Sache. Als der Name Phantom fällt, zuckt Damon überrascht zusammen und wirft mir einen wütenden Blick zu.

„Willst du mich verarschen, Bro?“

Schön wär’s.

„Nein verdammt."

Wut blitzt in seinen braunen Augen auf.

„Seit wann weißt du es?"

„Wissen tue ich es gar nicht, nur vermuten! Marie hat es in ihrer ersten Nacht im Club erwähnt, aber ich habe ihr nicht geglaubt. Fuck! Wie hoch war schon die Chance, dass ausgerechnet meine Marie in den Armen des Phantoms landet?"

Roccos „Verschwindend gering" wird von Porters Fluch übertönt.

„Und du hast es nicht für nötig gehalten, uns über deinen Verdacht zu informieren?!"

Die Situation, in der wir stecken, ist der beste Beweis, dass sein Zorn gerechtfertigt ist.

„Nein habe ich nicht."

Mein Stellvertreter bleckt die Zähne.

„So ist es immer, wenn dieses Mädchen in deiner Nähe ist. Du bist so gierig nach Marie und ihrer Pussy, dass du den Blick fürs Wesentliche verlierst. Sie trübt dein Urteilsvermögen. Diese Frau ist gefährlich für dich, Alter. Das ist dir hoffentlich klar."

Es gefällt mir nicht, wie er über Marie spricht, doch jetzt ist der falsche Zeitpunkt, um meinem Stellvertreter eine Lektion zu verpassen oder ihm gar das Genick zu brechen.

„Marie ist unantastbar. Vergiss das nicht, Vize!"

Sein gezischtes „Fuck!" hallt über die Straße.

„Das Schätzchen hat das angeborene Talent, sich in die Scheiße zu reiten. So viel steht fest." Damon scheint der Einzige zu sein, der es mit einem gewissen Galgenhumor nimmt. Das überrascht mich nicht. Er liebt Marie auf eine Art, die ich nur schwer akzeptieren kann. *Bei allen Skulls!* Ich würde meine Kutte darauf verwetten, dass Damon, im Falle meines Todes, alles in seiner Macht Stehende tun würde, um sie für sich zu beanspruchen. Er wollte sie schon immer. Doch er akzeptiert die Tatsache, dass Marie mir gehört, und hält sich aus Respekt vor mir zurück. Eifersucht brodelt in mir hoch, ich verdränge sie in die hintersten Winkel meines Bewusstseins.

Jetzt ist der falsche Moment, um mich ablenken zu lassen.

Wenn ich nicht voll konzentriert bin – wenn wir nicht alle voll konzentriert sind, besteht durchaus die Möglichkeit, dass einer von uns diesen Bullshit nicht überlebt.

Wenn dieser Mann, der meine Braut in seiner Gewalt hat, tatsächlich das Phantom ist, gilt es vorsichtig und wachsam zu sein.

„Es wäre das Einfachste, ein paar Stangen Dynamit zu bündeln, das Päckchen anzuzünden und durch das Fenster zu werfen. Ein *Boom* treibt die Ratten immer aus dem Nest."

Blue hat recht, sein Plan hat nur eine Schwachstelle: „Solange sich Marie in dem Haus aufhält, wird es nicht in die Luft gesprengt. Kapiert?"

„Aye kapiert, Präs. War ja nur so eine Idee."

Wenn es um Sprengstoff, Feuer und explosive Flüssigkeiten geht, ist Blue kaum noch zu bremsen. Es wundert mich eh, dass er sich bei seinen Experimenten nicht längst selbst in die Luft gejagt hat.

Porter verdreht die Augen, vor dem Bungalow kommt Bewegung ins Spiel. Zwei der Anzugträger bringen sich mit Maschinengewehren in Position, ein weiterer Scharfschütze hat es sich bereits auf dem Dach bequem gemacht.

Fuck! Das wird interessant.

„Clyde Hill ist nicht Seattle, diese Stadt ist das Randgebiet unseres Reviers. Die Menschen hier kennen uns kaum, ich weiß nicht, inwieweit sie bereit sind, ein paar Augen zuzudrücken, wenn es hier gleich rundgeht. Wir müssen schnell sein. Durchaus möglich, dass der Schusswechsel von vorhin bereits für einen der Anwohner ausgereicht hat, um die Cops zu informieren. Der Plan sieht folgendermaßen aus: Wir greifen an, bringen die ganzen Bastarde um, retten Marie und verpissen uns wieder. Verstanden?"

Damon lacht und Kane schnippt mit den Fingern, während er skeptisch eine Augenbraue in die Höhe zieht.

„So stellst du dir das vor, Walker? Wir machen das ganz easy und der Typ, der dein Mädchen hat, macht bei unserem Plan mit und lässt sich mal schnell und ohne Gegenwehr über den Haufen schießen?"

Von der Ironie in seiner Stimme unbeeindruckt, zucke ich nur mit den Schultern und zünde mir eine Kippe an.

„Wäre optimal, oder nicht?"

„Optimal ist ein anderes Wort für unwahrscheinlich."

In dem Fall muss ich dem Sergeant leider recht geben.

Damon macht sich daran, die Waffen zu verteilen, die Rocco im Van mitgebracht hat. Ich rauche die Zigarette fertig und denke an Marie und daran, wie es sich anfühlt, sie in den Armen zu halten, ihre Wärme zu spüren und meine Nase gegen die kleine Kuhle an ihrem Hals zu drücken, um ihren Geruch zu inhalieren.

Diese Scheiße, die hier abgeht, ist heftig und verdammt gefährlich.

Ich riskiere in diesem Augenblick das Leben meiner Männer und das nur, um meine Braut zurückzubekommen. Der Preis, den ich zu zahlen gewillt bin, ist hoch. Wollen wir hoffen, dass es nicht so weit kommt und mir das Schicksal keine Rechnung präsentiert.

„Wie willst du vorgehen, Präs?“

Rocco reicht mir eine der Kevlarwesten, ich lege sie ohne zu zögern an.

„Rocco, du fährst vor, lenk die Arschlöcher ab, am besten versuchst du mit einer Handgranate eine der Limousinen zu treffen. Ein lauter Knall hat noch nie seine Wirkung verfehlt. Damon und Kane, ihr nähert euch dem Gebäude von hinten. Wir müssen herausfinden, wo genau Marie gefangen gehalten wird.“ Ich mache eine kurze Pause, atme tief ein und denke über den nächsten Schritt nach. „Blue, du legst dich auf die Lauer. Bleib am besten unsichtbar. Du bist unser Joker, du tötest die Wichser aus dem Hinterhalt!“

Das sollte klappen.

„Was ist mit mir?“

Porter sieht mich fragend an.

„Du deckst mir den Rücken.“

Sein gegrunztes „Also alles wie immer“ bringt mich, trotz der Anspannung, die durch meine Venen pumpt, zum Lachen.

19. Kapitel

Die wilde Braut

Hilfe! Gottverdammte Scheiße!

Der Boden unter meinen Füßen bebt, die Luft, die ich atme, ist von Schießpulver, Schweiß und Furcht durchzogen.

Bo liegt flach ausgestreckt auf den Boden, die Hände über dem Kopf wimmert er leise vor sich hin. Liam steht mit gezogener Waffe am Fenster und ich sitze zusammengekauert im Eck, während draußen die Hölle los ist.

Das Rattern eines Maschinengewehrs zerfetzt beinahe mein Trommelfell, mein Herz rast so schnell, dass ich mir nicht sicher bin, wie lange es noch durchhalten kann. Ich komme mir so vor, als würde ich mitten in einem Kriegsgebiet sitzen und nicht in fucking Clyde Hill, einer mittelgroßen Stadt mitten in Amerika.

Liam will es sich nicht anmerken lassen, aber der vereinzelte Schweißtropfen, der an seinem Nacken hinabrinnt, verrät mir, dass er sich diese Nummer anders vorgestellt hat. *Tja! Pech!* Selbst für ihn und seine Gruppe von Söldnern sind die *Golden Skulls* ein zu starker Gegner. Niemand legt sich mit dem Club an und kommt mit seinem Leben davon. Niemand!

Trotz meiner tief sitzenden Furcht, die mir eine bittere Übelkeit beschert, bin ich nicht bereit aufzugeben.

Meine zitternden Finger liegen immer noch auf dem Griff der Glock, ich müsste die Waffe nur rausziehen, auf Liam zielen und abdrücken. Ich will es auch. Ehrlich. Aber ich bin verdammt noch mal keine Mörderin und allein der Gedanke, einen Menschen zu töten, lähmt mich geradezu.

Und was, wenn ich den nötigen Mut aufbringe und dann danebenschieße?

Das wäre mein Todesurteil.

Wenn ich also den Abzug betätige, muss die Kugel ihr Ziel treffen.

Klar könnte ich auch nur einfach auf sein Bein oder seine Schulter zielen, aber was würde mir das bringen?

Er wäre trotzdem noch imstande, ebenfalls auf mich zu schießen, und Liam ist niemand, der nur auf ein Bein oder eine Schulter zielt. Verletzen ist nicht sein Stil. Wenn er zuschlägt, dann um zu töten. Und so feige das auch sein mag, aber ich bin noch nicht bereit zu sterben.

Mit dem Daumen über den Lauf der Glock streichend, wäge ich meine Möglichkeiten ab, riskiere einen Blick aus dem Fenster und sehe, wie einer von Liams Schlägern getroffen zu Boden geht. Liam stößt einen Fluch aus und reibt sich in einer frustrierten Geste über die Stirn.

Wenn du am Leben bleiben willst, Marie, dann kämpfe!

Drück ab! Ziel auf seinen Hinterkopf und drück ab!

Mein Unterbewusstsein weiß genau, was zu tun ist.

Aber mein Herz zögert. Ja, Liam ist ein brutales Arschloch, aber Hilfe – wir hatten auch unsere guten Zeiten. Mag sein, dass die schlechten überwiegen, dennoch kann ich die guten nicht so einfach vergessen. Ich wollte Liam nicht umbringen, ich wollte ihn nur verlassen, doch das Schicksal hat mir einen Streich gespielt und mir deutlich vor Augen geführt, dass es in der Realität nicht wirklich auf das ankommt, was wir wollen.

„Marie?“

Bo wispert meinen Namen, ich wende meinen Blick von Liams breitem Rücken ab und sehe zu meinem Bruder.

„Was ist?“

„Rette dich!“

Mein Inneres zieht sich schmerzhaft zusammen.

„Ich lasse dich nicht zurück!“

Ein Schluchzen entringt sich seiner Kehle.

„Aber wir beide werden es nicht schaffen.“

Bo hat recht, ich weiß es. Zumindest hat er recht, wenn ich es nicht schaffe, auf meinen Ex, dem wir diese Katastrophe zu verdanken haben, zu schießen.

Ich muss mich entscheiden. Bo oder Liam – wer von den beiden soll überleben.

Die Entscheidung fällt mir leicht.

Liam hört uns, er wendet sich zu uns um und sieht mich aus dunklen Augen an.

„Oh Kätzchen, siehst du, was du mit deinem Ungehorsam angerichtet hast?“

Ich? Oh nein! Ich lasse mir nicht die Schuld an diesem blutigen Chaos in die Schuhe schieben.

„Das warst ganz allein du.“

„Ach wirklich, Marie?“

„Du hast mich verfolgt. Schon vergessen. Niemand hat dich dazu gezwungen, nach Clyde Hill zu kommen und die Menschen, die ich liebe, zu bedrohen.“

Dazu sagt er nichts, der Ausdruck in seinen Augen kann nur als tödlich beschrieben werden. Plötzlich wird mir eiskalt und mir wird klar, dass Liam mich eher töten wird, als zuzulassen, dass ich mit dem Rocker glücklich werde.

Die im Haus einkehrende Stille steht im krassen Gegensatz zu dem Lärm, der von draußen zu uns hereindringt. *Peng! Peng!* Zwei Schüsse sorgen dafür, dass das Rattern des Maschinengewehrs verstummt. Es poltert auf dem Dach, dann sehe ich im Augenwinkel, wie einer von Liams Männern vom Himmel fällt.

Er knallt mit dem Kopf zuerst auf das Steinpflaster der Einfahrt und ist sofort tot.

Der Drang, mich übergeben zu müssen, wird immer stärker.

Liam bleibt völlig emotionslos. Wenn überhaupt, wirkt er wütend. Mit ruckartigen Bewegungen zieht er sein Handy aus der Tasche und bellt einen Atemzug später unmissverständliche Anweisungen in den Hörer. Dabei dreht er sich wieder dem Fenster zu, vor dem er steht, und betrachtet die Leiche mit dem gesprungenen Schädel.

Jetzt oder nie!

Das ist deine Chance Marie. Vielleicht deine letzte!

Auf die Stimme meines Unterbewusstseins hörend, ziehe ich langsam die Glock aus meiner Handtasche, lege den Finger auf den Abzug und halte die Luft an, während ich auf den Hinterkopf des Mannes ziele, in dessen Bett ich noch vor Kurzem gelegen bin.

„Bitte! Oh bitte lieber Gott steh mir bei!“

Mein leises Flüstern verhallt ungehört.

Bo, der mich aus zugeschwollenen Augen beobachtet, wirkt überrascht. Kein Wunder, er weiß genau, wie sehr ich Waffen hasse.

Innerlich bis drei zählend, kneife ich die Augen zusammen und drücke ab.

Der laute Knall hallt in meinem Magen wider, der Rückstoß kommt mir unnatürlich stark vor. Eine Sekunde später finde ich genug Mut und stelle entsetzt und zugleich erleichtert fest, dass ich Liam nicht getötet, sondern nur angeschossen habe.

Anstatt in den Kopf habe ich ihn in der Schulter getroffen, zum Glück jedoch in der Schulter seiner Schusshand, sodass ihm die Pistole aus den Fingern gleitet und mit einem Scheppern auf dem Boden landet.

Mit einem wütenden Brüllen wirbelt er zu mir herum und sieht mich fassungslos an.

An seiner Brust kann ich keine Austrittswunde erkennen, was bedeutet, dass das Projektil irgendwo in seinem Körper feststeckt.

Das ist gar nicht gut? Oder?

Was, wenn er an den Folgen doch stirbt?

Was, wenn ich seine Lunge oder ein anderes wichtiges Organ getroffen habe?

Was, wenn ich ihn nicht sofort töte, sondern zeitverzögert?

Ich glaube, ich muss kotzen.

Würgend beuge ich mich vor, die Glock immer noch in der Hand, und spüre, wie sich die seltsamsten Gedanken in meinem Hirn formen.

Schon komisch, auf die Nutte zu schießen, die auf Walkers Schoß saß, ist mir leichter gefallen als auf meinen Ex, der mich und meinen Bruder bedroht.

Ja, ja, ja. Diese Eifersucht ist schon eine verrückte Sache!

Konzentrier dich Marie!

Die Stimme meiner Vernunft macht mich darauf aufmerksam, dass ich jetzt noch tiefer in der Scheiße sitze als vor meinem Schuss.

Ganz klasse. Wirklich klasse!

Bos „Lauf Marie!" macht mir auch nicht gerade Hoffnung.

Entsetzt beobachte ich, wie Liam versucht, seine Waffe wieder aufzuheben, zu seinem Pech, beziehungsweise zu meinem Glück, fällt sie ihm jedoch immer wieder aus der Hand.

Gerade als es ihm gelingt, sie doch hochzuheben, zersplittert das Fenster neben mir und Tausende Scherben surren wie undurchsichtige Geschosse durch die Luft.

Mein panischer Schrei hallt von den Wänden wider. Plötzlich taucht Walker vor der zersprungenen Scheibe auf. Seine Mimik ist eine Fratze der Wut, an seiner Schläfe klebt geronnenes Blut genau wie an seinen Fingern, mit denen er eine silberne Waffe festhält, die so gar nicht wie die seine aussieht. Ich kenne Walkers Pistole. Sie ist schwarz, genauso schwarz wie seine Harley.

Sein Blick zuckt kurz zu mir, dann bricht er mit dem Lauf der Knarre die spitzen Scherben aus dem Rahmen und springt mühelos durch das Fenster ins Wohnzimmer.

Walkers Bewegungen sind schnell, kraftvoll und geschmeidig.

Beschützend baut er sich zwischen Liam und mir auf. Sein hasserfülltes „Game over, Arschloch!" ist das Letzte, was ich höre, ehe mehrere Schüsse meinen Gehörgang fluten.

Mein entsetztes Keuchen bleibt mir in der Kehle stecken, als ich dabei zusehen muss, wie Walker Liams Brust regelrecht durchsiebt.

Liam zuckt und bebt dank der Wucht, mit dem sich die tödlichen Kugeln in sein Fleisch graben. Er reißt die Augen auf und schafft es noch einmal, den Abzug zu tätigen, während er umfällt. Seine Kugel verfehlt Walker nur um Haaresbreite, doch das scheint dem

Präsidenten der *Golden Skulls* nicht mal aufzufallen. Er wartet, bis Liam auf dem Teppich liegt, dann stellt er sich breitbeinig über ihn und verpasst ihm einen letzten Schuss mittig in die Stirn.

Die zur Schau gestellte Gnadenlosigkeit sollte mich nach dem, was ich in den letzten Wochen erlebt habe, nicht mehr schocken – sie tut es trotzdem.

Reglos, dank dem Schock wie erstarrt, beobachte ich, wie Walker auf mich zukommt, vor mir in die Hocke geht und mich besorgt ansieht.

„Marie? Bist du verletzt?“

Ich will Nein sagen, kann es jedoch nicht. Mein Gaumen ist trocken und mein Hals wie zugeschnürt.

„Marie?“

Panik breitet sich in Walkers gebirgsbachgrauen Augen aus. Er steckt die silberne Waffe weg, umfasst mit seinen tödlichen Händen erstaunlich sanft mein Gesicht und sucht meinen Blick.

„Baby. Ich muss wissen, ob du verletzt bist?“

Bin ich verletzt?

„Ich denke nicht.“

„Du denkst?“

Zwei tiefe Falten bilden sich zwischen seinen Augenbrauen.

„Geht das auch genauer?“

Keine Ahnung.

„Ich habe nur ein paar Schläge abbekommen. Bo hat es schlimmer erwischt.“

Walker würdigt meinen Bruder keines Blickes, streift sich die schwarze Kevlarweste ab und zieht sie mir wortlos an.

Da ist sie wieder, diese düstere und knallharte Fürsorge, mit der Walker mich schon immer behandelt hat.

Ganz egal, was passiert ist – ganz egal, wie schlimm die Scheiße, in der wir feststecken, auch sein mag. Meine Sicherheit kommt für diesen sonst so gnadenlosen Outlaw immer an erster Stelle. Und das ohne große Worte, sondern einfach nur durch Taten. Er beschützt mich, sorgt für meine Sicherheit und hüllt mich in einen unsichtbaren Kokon bestehend aus Fürsorge.

Von draußen dringt ein „Stirb du Drecksack!“ zu uns rein, ich erkenne Damons Stimme und erschaudere. Ein *Peng!* später taucht der Enforcer des *Golden Skulls Motorcycle Clubs* am Fenster auf.

„Wir müssen von hier verschwinden!“

Kaum dass er fertiggesprochen hat, höre ich auch schon das unverkennbare Geheule der sich nähernden Polizeisirenen.

Walker packt mich, zieht mich hoch und hebt mich mühelos in seine Arme.
Mitleidslos steigt er über Bo und reicht mich an Damon weiter, der mich durch das Fenster entgegennimmt.
Damon hält mich fest und sieht zu Liam.
„Das Phantom ist tot."
Walker grunzt zufrieden.
„Was ein Bastard! Es ist feige, ein Mädchen über ihre Familie anzugreifen!"
Damon beginnt zu lachen, während er fragend beide Augenbrauen in die Höhe zieht.
„Warte mal Walker, nur damit ich das richtig verstehe. Ist das nicht das Gleiche, was du getan hast?"
Die Frage bringt dem Enforcer einen zornigen Blick ein.
„Halt dein Maul, Bruder. Ich habe jetzt keinen Nerv für dumme Witze."
Witze? Witze?
Ich schüttle den Kopf und versuche meine Gedanken zu klären. Ich meine, verdammt! Damon hat recht, Walker hat das Gleiche getan wie Liam. Er hat meinen Bruder ebenfalls dazu benutzt, um mich zurück in sein Bett zu locken.
Mein Hirn ist überfordert, also gebe ich das Denken auf.
Walker springt zu uns raus und nimmt mich Damon sofort ab, fast so als könnte er es keine Sekunde länger ertragen, dass ich in den Armen eines anderen Mannes liege. Nicht mal dann, wenn es sich dabei um einen seiner engsten Vertrauten handelt.
Seine Lippen streifen sachte über meine Stirn, er raunt mir leise zu, dass ich die Augen schließen soll.
Zuerst will ich ihn fragen, warum. Aber dann sehe ich die vielen Leichen auf dem Rasen und in der Einfahrt liegen und weiß, dass er mir diesen Anblick ersparen wollte.
Zu spät.
„Was ist mit Bo? Er ist verletzt. Er braucht einen Arzt."
„Bo hat sich mit dem Feind verbündet."
Mehr sagt Walker nicht. Das ist auch gar nicht nötig, ich kapiere auch so, dass er keinen Finger rühren wird, um meinem Bruder zu helfen.
Damon taucht neben uns auf.
„Die Cops sind fast da. Sie werden sich um Bo kümmern. Mach dir um ihn keine Sorgen, Schätzchen."

Das gefällt mir nicht. Gar nicht. Am liebsten würde ich bei meinem Bruder bleiben und mich um ihn kümmern. Ich will sicherstellen, dass er in eine Klinik kommt. Aber das geht nicht. Walker wird mich nie hier zurücklassen. Erstens, weil es nicht zu seinem Naturell gehört, mich aus den Augen zu lassen, und zweitens, weil das ein Tatort ist. Ein Tatort voller Leichen. Wir müssen weg. Sofort. Das verstehe ich. Dennoch beginnt sich mein Herz qualvoll zusammenzuziehen.

Walker rennt mit mir in seinen Armen über die Straße und zu seinem Bike. Rocco wartet in einem Minivan, dessen Schiebetüre so einige Einschusslöcher aufweist. Blue und Kane springen ebenfalls auf ihre Maschinen. Ich sehe, wie sich die Vorhänge bei den Nachbarn bewegen und weiß, dass es Dutzende Zeugen gibt.

Was, wenn die reden? Was, wenn sie den nahenden Polizisten sagen, was sich hier abgespielt hat? Landen Walker, Damon und die anderen *Golden Skulls*, die zu meiner Rettung geeilt sind, im Knast?

Nein. Das kann ich mir nicht vorstellen.

Walker hat viel zu gute Verbindungen, davon abgesehen wird kein Staatsanwalt so lebensmüde sein und Anklage erheben. Nicht nach dem, was mit Mc Alister, dem letzten Polizeipräsidenten, passiert ist. Soweit ich weiß, gilt er noch immer als spurlos verschwunden. Er ist das beste Beispiel dafür, was passiert, wenn das Gesetz versucht, sich einen der *Golden Skulls* zu schnappen. Es scheitert.

Hinter meinen Schläfen pocht es dumpf, meine Wange schmerzt und meine Nerven liegen blank.

Walker bemerkt mein Zittern und sieht mich eindringlich an.

„Kannst du hinter mir auf dem Bike sitzen oder willst du lieber bei Rocco mitfahren?“

Verdammt!

Ich hasse Rocco und er hasst mich. Ganz egal wie beschissen ich mich auch fühle, ich steige niemals zu diesem Prospect in den Wagen.

„Es geht schon.“

Walker runzelt zweifelnd die Stirn.

„Sicher?“

Ich nicke.

„Ganz sicher.“

Mehr Zusicherung braucht er nicht, für Gespräche haben wir jetzt auch keine Zeit. Die Bullen müssten jede Sekunde eintreffen und es wäre definitiv besser für uns, wenn wir dann schon ein paar Meilen zwischen uns und dem Schlachtfeld gebracht hätten.

Schnell setzt er mich auf seinem Motorrad ab, stülpt mir den Helm über und lässt den Verschluss einrasten.

Wenige Atemzüge später sitzt er auch schon vor mir, startet mit einem kraftvollen Tritt den Motor und wir rasen die Straße entlang. Vorbei an den schwarzen Limousinen und an der alten Eiche, der stummen Zeugin von so einigen Dramen meines bisherigen Lebens.

20. Kapitel

Der Rockerpräsident

Marie steht vor mir, die Augen weit aufgerissen, am ganzen Körper zitternd, während ihr Tränen der Erleichterung über die Wangen laufen.

„Du bist sicher, Baby."

Sie nickt, dennoch scheint diese Tatsache noch nicht in ihren Verstand gesickert zu sein.

Eine weitere Träne kommt an ihrer bebenden Oberlippe an, ich beuge mich vor und lecke sie ab. Das Salz bedeckt meine Zunge, Maries unverkennbarer Geschmack explodiert an meinem Gaumen.

Fuck! Holy. Bloody. Fuck!

Davon werde ich nie genug bekommen, nicht von ihr, nicht von meiner Braut.

Ihr ersticktes „Danke!" lässt mich die Fäuste ballen.

„Danke wofür?"

Unter verklebten Wimpern heraus sieht sie zu mir nach oben. Nicht zum ersten Mal an diesem Tag fällt mir auf, wie klein und schutzlos Marie ist.

„Dafür, dass du mich gerettet hast."

Bullshit! Was?

Dem Drang, sie berühren zu müssen, nachgebend, umfasse ich ihre schmalen Schultern und spüre, wie kalt sich ihre Haut anfühlt.

„Du bist mein Leben, Baby. Das warst du schon immer und das wirst du auch immer sein. Dich zu beschützen, ist für mich wichtiger als das Atmen."

Ich verschweige ihr, welche finsteren Gedanken sich heute schon wegen ihr in meinem Inneren ausgebreitet haben. Ich erzähle ihr nicht, dass sich das Monster, das in meiner Seele wohnt, nachdem ich erfahren hatte, dass sie abgehauen ist, von seinen Ketten losgerissen und mich aufgefordert hat, sie zu töten.

Der Hass und der Schmerz, der in dem Moment, in dem ich von ihrer Flucht erfahren habe, mein Denken übernahm, war so allumfassend, dass er mich beinahe in die Knie gezwungen hat.

Wäre Marie wirklich vor mir davongerannt, weil sie nicht mehr mit mir zusammen sein möchte, wäre das mein Untergang gewesen. Unser beider Untergang. Denn ich hätte sie gesucht, aufgespürt und gefunden. Ich hätte meine Hände um Maries zarte Kehle gelegt und ihr das letzte bisschen Sauerstoff aus der Lunge gedrückt. Ich hätte sie getötet und damit meinen Untergang besiegelt.

Mein Gewissen ist schwarz, es ist dumpf und es funktioniert nicht richtig. Das hat es noch nie. Aber mit dem Wissen, dass ich die einzige Frau, die ich je liebte, umgebracht habe, hätte ich nicht weiterleben können.

Wenn nicht noch in dieser Nacht, dann in der nächsten, hätte ich meine Waffe gegen mich selbst gerichtet und mir eine Kugel ins Hirn gejagt.

Nur der Tod hätte den Schmerz, den Maries Verrat in mir ausgelöst hat, betäuben und auslöschen können.

Meine Nase in ihren Haaren vergrabend, inhaliere ich den süßen Duft meiner Frau, schließe die Augen und schiebe diese dunklen Gedanken beiseite. Marie lebt, sie ist hier bei mir und sie wird mich nie verlassen! Nie. Dafür werde ich sorgen.

Sie erschaudert, sucht meinen Blick und beißt sich auf die Unterlippe. Der Anblick, wie ihre weißen Zähne das rosa Fleisch bearbeiten, lässt meinen Schwanz sofort hart werden.

Die letzten Stunden können dem Club gehörig schaden.

Die Nachbarn werden reden und die Cops ihre Arbeit machen.

Sie werden die Leichen wegschaffen, den Tatort absperren und Spuren sichern.

Es gilt Vorbereitungen zu treffen, Vorbereitungen, die den Tod von so manchem Gesetzeshüter beinhalten. Doch ich kann mich nicht von Marie trennen, nicht jetzt, nicht wo sie so durcheinander ist.

„Walker?"

Allein die Art, wie sie meinen Namen ausspricht, bringt mein Blut zum Kochen. Von ihren Lippen klingt er wie ein Gebet, wie der Wunsch nach kompromissloser Hingabe.

Ich sage nichts, sehe sie einfach nur an und präge mir jeden Millimeter ihres Anblicks für immer ein. Ich tätowiere ihre Schönheit in mein Hirn, sodass ich zukünftig nur noch die Augen schließen muss, um mein Mädchen vor mir zu sehen.

Das gehauchte „Ich liebe dich!", das sie mir entgegenwispert, bringt die Säulen meiner Existenz endgültig ins Wanken.

Wie viele Jahre habe ich genau auf diesen Moment gewartet?

Wie viele einsame Nächte habe ich mir genau diese drei Worte zu hören gewünscht?

Nicht fähig meine Besitzgier zu kontrollieren, schlinge ich meine Arme um ihre Taille, hebe Marie hoch und presse sie so fest an meinen

Körper, als würde ich darauf hoffen, für immer mit ihr zu verschmelzen.

Sie seufzt und verbirgt ihr Gesicht an meinem Hals. In der Sekunde, in der sie mit ihren Lippen meine Haut berührt und mir einen federleichten Kuss schenkt, bin ich verloren.

Das tiefe Knurren, das sich aus meiner Kehle löst, erschreckt nicht nur Marie, sondern auch mich.

Ich versuche sanft zu sein, doch in Wirklichkeit wickeln sich meine Finger viel zu grob um ihren Kiefer. Süchtig nach ihrem weichen Mund pinne ich den meinen auf das weiche Fleisch, teile es mit meiner Zunge und fordere meine Braut so auf, sich mir hinzugeben.

Sie tut es. Vorbehaltlos.

Das Vertrauen, das Marie in mich hat, beschämt mich und sorgt dafür, dass mir auf einen Schlag bewusst wird, dass ich dieser Frau nicht würdig bin.

Marie hat etwas Besseres verdient. Einen Mann mit einer Seele, einen Mann, der ihr eine sichere Zukunft bieten kann. Eine Zukunft ohne Blut, gebrochene Knochen, Gewalt, Mord und Totschlag. Wäre ich nicht der, der ich nun mal bin, würde ich sie freigeben, ich würde ihr die Welt schenken und dafür sorgen, dass sie mich vergisst.

Aber ich bin nicht gut, ich bin böse und darum werde ich sie behalten, ihr Herz, ihren Körper und ihre Seele für mich fordern und so der Finsternis, die in mir wohnt, ein kleines bisschen Licht schenken.

Maries köstlicher Geruch steigt mir in die Nase und ich spüre, wie die Anspannung nach und nach von mir abfällt.

Fuck!

Meine. Braut. Ist. In. Sicherheit.

Wie muss es sich wohl anfühlen, sie endlich vor den Altar zu schleppen und ihr das Ja-Wort zu entlocken?

Ich schwöre mir, das schon sehr bald herauszufinden.

Ich bin verdammt noch mal kein Heiliger, im Gegenteil. Ich bin der Teufel! Alles, was ich will, ist, diese furchtbar süße, schrecklich komplizierte, unberechenbare und wunderschöne Frau zu ficken.

Und ganz genau das werde ich jetzt auch tun!

Ich lasse die Maske der Zivilisiertheit fallen und beobachte zufrieden, wie Marie meine Gier nach ihr in meinem Blick erkennt.

Anstatt auf Abstand zu gehen und erneut die Flucht zu ergreifen, leckt sie sich die Lippen und sieht mich herausfordernd an.

Nicht in der Lage, ihr auch nur einen Atemzug länger zu widerstehen, lasse ich meine Hand über die Seite ihres Gesichts gleiten, sodass ich mit den Fingern ihren Nacken umfassen kann.

Noch immer sind unsere Blicke miteinander verschmolzen und ich weiß, dass diese Frau eines Tages mein Untergang sein wird.

Ein letztes Mal tief einatmend, stoße ich ein hungriges Zischen aus, während ich ihre Lippen für mich beanspruche.

Meine Nerven liegen blank, meine eiserne Zurückhaltung beginnt zu bröckeln und meine Muskeln beginnen zu schmerzen.

Das ist es, was ich will. Das ist es, was ich brauche.

Doch ich muss mich noch etwas kontrollieren.

Marie scheint mich genauso dringend zu brauchen wie ich sie. Trotzdem kann ich mir nicht vorstellen, dass sie besonders glücklich darüber wäre, wenn ich ihr die Hose vom Leib reißen und mich innerhalb der nächsten Sekunden mit einem harten Stoß in sie rammen würde.

Was Marie heute erlebt hat, war hart. Meine Braut braucht Schutz und Geborgenheit, und keine raue Brutalität.

Gierig fordere ich ihren Mund für mich, ernenne ihn zu meinem Hoheitsgebiet und trinke ihren süßen Atem.

Meine Hände wandern über ihren zitternden Körper, ertasten jedes Fleckchen ihrer zarten Haut, ehe sie sich besitzergreifend um ihre vollen Titten legen.

Erregt pressen sich ihre Nippel gegen meine Handflächen und ich spüre, wie mein Schwanz vor Lust noch etwas härter wird.

Fuck!

Da ist er wieder, dieser Frieden, den nur Marie mir schenken kann.

Anstatt scheu oder verängstigt zu sein, erwidert sie meinen Kuss mit der gleichen Wildheit, die auch in mir tobt. Wimmernd presst sie sich mir entgegen und überlässt sich so meiner Führung. Fordernd umfasse ich ihren Arsch, hebe sie hoch und pinne sie an die Wand. Sofort schlingt sie ihre Beine um meine Mitte und gibt ein leises, kaum hörbares Stöhnen von sich. Fieberhaft streifen ihre Finger über meinen Rücken, ehe sie sich an meiner Kutte festkrallt. Marie muss wahnsinnig sein, anders kann ich mir nicht erklären, warum sie meine eh schon blank liegenden Nerven noch mehr reizt, indem sie mir heiser ins Ohr flüstert, dass sie mich braucht und dass ich sie hart ficken soll.

Bei Gott! Bei allen Dämonen!

Wie soll ich mich da noch zurückhalten?

Holy Shit!

Das Letzte, was ich will, ist, ihr wehzutun, doch wenn sie so weitermacht, wenn sie weiter mit dem Monster in mir spielt, werde ich wie eine Bestie über sie herfallen und sie besinnungslos ficken!

Fauchend und nach Atem ringend beende ich abrupt unseren Kuss, fange ihre Hände ein und presse sie über unseren Köpfen an die Mauer.

„Verdammt, Marie. Wenn du nicht langsamer machst, verliere ich die Kontrolle!“

Statt Furcht blitzt Lust in ihren moosgrünen Augen auf.

Ihre feuchten und von meinen Küssen geschwollenen Lippen reizen mich wie das Blut den Hai.

Nicht fähig mich zurückhalten zu können, reibe ich meinen harten Schwanz durch den Stoff unserer Hosen an ihrer Pussy.

Marie sieht mich direkt an, beißt sich auf die Unterlippe und presst sich meinen harten Bewegungen entgegen.

Mein. Fucking. Untergang.

21. Kapitel

Die wilde Braut

Welle für Welle rast pure, ekstatische Lust durch meinen Körper und erschwert mir das Denken.

Die letzten Stunden waren hart – sie waren die Hölle. Es gab einen Zeitpunkt, an dem ich mir sicher war, diesen Tag nicht zu überleben.

Die Wahrscheinlichkeit, dass ich jemals wieder in Walkers starken Armen liege, ihn küsse und von ihm geküsst werde, war auf null gesunken.

Dass wir jetzt also hier stehen, dass ich ihm sagen kann, dass ich ihn liebe und dass ich seinen herben, maskulinen Geruch einatmen kann, ist ein verdammtes Wunder.

Und ganz ehrlich, eigentlich glaube ich nicht an Wunder.

Mein Herz schwillt an, es wird heiß und gerät aus dem Takt.

Liam ist tot, so viele andere Männer sind heute gestorben. Aber Walker und mein Bruder leben, und dafür danke ich dem Schicksal.

Laut Porter, der einen Kontakt bei der Polizei hat, wurde Bo ins Harborview Medical Center gebracht. Die Klinik befindet sich nicht weit vom *Golden Skulls Motorcycle Club* entfernt und ich hoffe, dass ich ihn morgen besuchen kann.

Mein Rocker hat es geschafft, er hat mich gerettet und dafür werde ich ihm ewig dankbar sein.

Seine große Hand hält die meinen mühelos über meinem Kopf gefangen, während er mich mit seinem Gewicht gegen die Wand presst. Seine Erektion gleitet rhythmisch über meine Mitte und ich weiß, dass ich für immer zu diesem Mann gehören möchte.

Erschaudernd schließe ich die Augen, seine spitzen Zähne finden mein Ohrläppchen, er beißt sachte zu, eine Gänsehaut überzieht mein Schlüsselbein. Ich kann es kaum erwarten, endlich von ihm ausgefüllt zu werden.

Erschrocken schnappe ich nach Luft, als er meine Hände abrupt loslässt, mich abstellt und einen Schritt zurückweicht. So plötzlich seiner Körperwärme beraubt, beginne ich sofort zu frieren.

Ein selbstgefälliges Lächeln zupft an seinen Mundwinkeln.

„Morgen wirst du meine Frau!“

Irritiert sehe ich ihn an.

„Was?“

„Du wirst morgen mit mir vor den Altar treten.“

Ich blinzle ein paar Mal und versuche, die Tragweite des eben Gehörten zu verstehen.

„In einer Kirche?"

Die Frage mag blöd klingen, aber das alles ist gerade zu viel für mich.

„Natürlich in einer Kirche. Mit einem Priester und dann wirst du vor Gott, dem Teufel und alldem, was es sonst noch so geben mag, meine Frau!"

Wow. Ich höre an dem scharfen Unterton, der in seiner Stimme mitschwingt, dass es ihm absolut ernst ist und dass er keine Widerworte dulden wird.

„Geht das nicht ein wenig schnell?"

Ich kann ihm ansehen, dass ihn meine Frage wütend macht.

„Was soll das Marie?" An seinem Kiefer beginnt ein Muskel zu zucken, ich beobachte verunsichert, wie er die Hände zu Fäusten ballt.

Die Jeans, die er trägt, ist noch immer blutgetränkt. Er wurde angeschossen, hat sich aber geweigert, die Wunde versorgen zu lassen.

„Hast du Zweifel? Trauerst du diesem Phantom nach? Wolltest du eigentlich ihn und nicht mich?"

Was? Scheiße! Wie bitte?

Wut kocht in mir hoch.

„Dir ist hoffentlich klar, dass du da totalen Bullshit redest, Rockerpräsident."

Seine silbernen Iriden verdunkeln sich, ich kann ihm ansehen, dass er kurz davor ist auszuflippen.

Aber weshalb?

Vor weniger als einer Minute war noch alles gut zwischen uns. Wir haben uns geküsst, sein Schwanz war meiner Mitte so nah und seine Hände haben mich beschützend gehalten. Was hat diesen Stimmungsumschwung ausgelöst?

Auf Walkers Stirn haben sich Furchen gebildet, tiefe Atemzüge dehnen seinen massiven Brustkorb.

„Ach tue ich das, ja?"

„Ja tust du." Ich stemme mich von der Wand ab und gehe einen Schritt auf Walker zu.

„Ich habe Liam gehasst. Alles an ihm. Wenn ich gekonnt hätte, hätte ich ihn schon viel früher verlassen! Aber das war nicht so leicht. Bei meiner Flucht stand mir die Welt offen, doch jetzt, im Nachhinein, wird mir klar, warum ich an nichts anderes denken konnte, als daran, zurück nach Hause zu gehen. Zurück nach Clyde Hill und damit auch zurück zu dir. Tief in meinem Inneren wusste ich immer, dass du der

Einzige für mich bist. Das wusste ich selbst, als ich dich damals verlassen habe."

Ich versuche meinen Zorn zu kontrollieren, es gelingt mir nicht. Plötzlich wütend auf mich, auf Liam, auf Walker und auf einfach alles, boxe ich ihm mit voller Wucht auf die Brust, auf genau die Stelle, an der sein Herz schlägt, und fahre erschrocken zusammen, als ein fieser Stich durch mein Handgelenk zuckt.

Klasse! Marie. Anstatt ihm, hast du nur dir selbst wehgetan.

Ich blende mein Unterbewusstsein aus und konzentriere mich ganz auf die Wut, die meine Adern füllt und sich wie Säure in meinem Magen ausbreitet.

„Ich habe dich geliebt. Immer. Jeden Tag, an dem ich von dir getrennt war. In jeder Nacht, die du nicht bei mir warst. Also wage es ja nicht, zu behaupten, dass ich Liam mehr wollte als dich. Denn das stimmt nicht. Wärest du heute gestorben und nicht er, würde ich von der höchsten Brücke springen und dir mit Freuden in den Tod folgen."

Atemlos, schluchzend und verwirrt, beginne ich auf und ab zu gehen. Boxe Walker erneut und fluche, als es sich so anfühlt, als würde ich mir dabei die Hand brechen, während ihm mein Schlag ganz offensichtlich überhaupt nichts ausmacht.

Seine zusammengekniffenen Augen verfolgen mich, er wirkt wie ein Löwe auf der Lauer, der nur auf den passenden Moment wartet, um anzugreifen.

Ein trauriges Lachen ausstoßend, streife ich mir die Haare aus dem Gesicht, wirble zu ihm herum und sehe ihn anklagend an.

„Du hast nie nach mir gesucht." Ich ramme ihm meinen ausgestreckten Zeigefinger gegen die Brust. „Du hast nie versucht, mich aufzuspüren." Ein weiteres Mal trifft mein Finger anklagend das Leder seiner Kutte. „Du bist nie gekommen, um mich zu retten, wie es all die Prinzen in den Märchen immer tun."

Ich fange an zu weinen, sehe Walker direkt an und wende dann den Blick ab, weil mir einfach die Kraft fehlt, dem seinen standzuhalten.

„Alles, was ich jemals wollte, warst du."

Mein Rocker steht groß und stark vor mir. Auf den ersten Blick mag er unerschütterlich wirken, doch ich erkenne den Schmerz in seinen Augen und weiß, dass er die letzten Jahre genauso gelitten hat wie ich.

Es mag falsch sein, aber das beruhigt mich.

Mir geht die Kraft aus. Ich fühle mich wie eine Flamme, die nach und nach erstickt wird.

Schluchzend schüttle ich den Kopf, schlage Walker erneut und sinke dann Schutz suchend gegen ihn.

Er reagiert sofort und schlingt mir instinktiv seine Arme um die Schultern.
„Oh Marie. Meine wunderschöne, faszinierend wilde Braut."
Seine Lippen finden meine Stirn, er küsst mich, hebt mich dann mühelos hoch und trägt mich mit großen Schritten in sein Schlafzimmer.
Dort angekommen, legt er mich sachte in sein Bett, mustert mich eingehend und schließt dann die Augen. Den Kopf in den Nacken fallen lassend, brüllt er all die Anspannung, die sich seit meinem Verschwinden heute Nachmittag in ihm angesammelt haben muss, an die Wand und sieht erst wieder zu mir, als er sich einigermaßen sicher ist, dass er sich wieder kontrollieren kann.
„Wir haben so viel kostbare Zeit verloren, ab jetzt zählt jede Sekunde, die ich mit dir haben kann."
Er streift sich die Kutte ab, legt sie beiseite und entledigt sich dann seiner Waffen. Als Nächstes landet sein Dolch auf der Kommode und sein Hemd auf dem Boden. Mit langsamen Bewegungen und ohne den Blick von mir zu lösen, öffnet er seinen Gürtel, zieht die Jeans aus und streift sich zeitgleich die Boots von den Füßen.
Dank dem kleinen Licht, das in der Ecke brennt, erkenne ich das Blut an seinem Bein und stoße zischend den angehaltenen Atem aus.
„Du brauchst einen Arzt."
Er schüttelt entschieden den Kopf.
„Alles, was ich brauche, bist du!"
Wie ein Raubtier umrundet er das Bett, schnappt sich die halb volle Glenfiddich-Flasche, die auf seinen Nachttisch steht, und reinigt damit den Streifschuss an seinem Bein. Dann gönnt er sich noch ein paar große Schlucke und kommt zu mir ins Bett.
Mit seinem Gewicht drückt er mich tief in die Matratze und mit seinen Lippen versiegelt er meinen Mund.
Lust, Hoffnung und Liebe rauschen durch meine Adern und setzen mein Herz in Brand.
Walker hat recht, wir haben zu viel Zeit verloren, als das wir jetzt auch nur eine weitere Sekunde verschwenden könnten.
Seine langen Finger wandern zu meiner Hose und ziehen sie nach unten, mein Slip folgt und meine Bluse ist ebenfalls einen Atemzug später verschwunden.
Er kniet sich zwischen meine gespreizten Schenkel und lässt seinen hungrigen Blick gierig über meine entblößten Kurven gleiten.
„Du bist so wunderschön, Marie. Zu schön für ein Monster wie mich."

Nicht sicher, was ich darauf antworten soll, beschließe ich zu schweigen.

Ja, Walker ist ein Monster. Aber er ist das Monster, das mich gerettet hat und das mich beschützt, das mich liebt und die Schatten der Vergangenheit, die ich mir aufgeladen habe, vertrieben hat.

Erstaunlich zärtlich lässt er seine schwieligen Finger über meine Schenkel tanzen, bis sie die Innenseite meiner Beine erreichen und dort kleine, unsichtbare Kreise zeichnen. Bebend schließe ich die Augen, und versuche verzweifelt, etwas Sauerstoff in meine streikenden Lungenflügel zu bekommen.

In dem Moment, in dem seine Fingerspitzen meine empfindlichen Falten teilen, bin ich endgültig und hoffnungslos verloren.

Meine Synapsen sprühen Funken, salzige Schweißtropfen bilden sich in meinem Nacken, während er langsam, jedoch tief in mich eindringt.

Ein leises Wimmern entweicht meinen Lippen, ich genieße das Gefühl, das er in mir auslöst, und sehne mich nach mehr.

Mein Rocker beugt sich über mich, seine raue Zunge umrundet träge kreisend meine empfindlichen Brustwarzen, ehe er die linke hungrig in seinen Mund saugt. Seine scharfen Zähne beißen leicht zu, schicken eine Welle bittersüßen Lustschmerz durch mein Nervensystem.

Ungeduldig vergrabe ich meine Finger in seinem Rücken, kralle mich an ihm fest und sauge seine Wärme in mich auf. Ich will ihn endlich in mir spüren – ich will seine Härte in mir aufnehmen. Sofort. Wenn Walker nicht bald das Gefühl der Leere in mir vertreibt, sterbe ich.

„Bitte. Walker, bitte."

Ich verstumme, als er mit einem zweiten seiner Finger in mich gleitet.

Meine Hände rutschen an ihm herab, entlocken dem *Golden Skull* eine Art Fauchen, das mich an Dracula höchstpersönlich erinnert.

„Öffne deine Augen, Marie. Ich will, dass du siehst, wer dein Mann ist."

Als ob ich das jemals vergessen könnte. Dafür ist Walkers Präsenz viel zu intensiv und zu dominant.

Ich habe immer ihm gehört – Walker war immer mein Mann. Selbst zu dem Zeitpunkt, an dem ich mit Liam zusammen gewesen bin. Selbst da habe ich Walker gehört.

Blinzelnd komme ich seinem Befehl nach, während er mich rhythmisch mit seinen Fingern fickt. Ich spüre, wie sich mein empfindliches Inneres bebend zusammenzieht. Der Druck, der sich in mir aufbaut, ist stark und gewinnt an Kraft, flehend sehe ich den Rockerpräsidenten auf mir an und dann passiert es.

Meine Zehenspitzen rollen sich ein, meine Beine zucken. Ich kann kaum noch atmen, während mich unzählige heiße Schauer erbeben lassen. Rau erfüllt mein erlösender Schrei die Stille seines Schlafzimmers, während ein unglaublich intensiver Höhepunkt dafür sorgt, dass vor meinen Augen bunte Blitze zucken. Walkers Knurren hört sich an wie ein Donnergrollen, süchtig nach seiner Nähe komme ich ihm entgegen und halte mich an ihm fest. Aufwühlende Emotionen wallen in mir auf, durch meine Adern rauscht flüssige Lava direkt zu meinem Herzen.

Himmel und Halleluja!

Langsam zieht er seine Finger aus mir heraus, ich beobachte jede seiner kraftvollen Bewegungen und kann nicht umhin festzustellen, wie sehr mich seine körperliche Überlegenheit anturnt.

Ich brauche einen großen, starken Mann.

Ich brauche einen Beschützer an meiner Seite, einen, bei dem ich mich sicher und geborgen fühlen kann. Ich brauch das einfach.

Es stört mich nicht, dass er ein Monster ist, ganz im Gegenteil.

Solange ich nicht zu seinem nächsten Opfer werde, liebe ich das Böse in ihm genau wie das Gute.

Meinen Blick einfangend, beugt er langsam seinen Kopf nach unten, haucht mir tausend sanfte Küsse auf den Hals, das Schlüsselbein, meine Brüste bis hinab zu meinem Bauch.

Mit den Fingern teilt er meine Falten, seine raue Zunge trifft auf meine, von dem eben erlebten Orgasmus überempfindliche Klitoris.

Saugend, neckend und knabbernd schickt er mich erneut über die Klippe der Lust, und entlockt mir so einen wilden Schrei.

Ich taumle, in der einen Sekunde fühlt es sich so an, als würde ich fallen, in der nächsten als würde ich hoch zu den Sternen fliegen.

Mit seinem Namen auf den Lippen vergrabe ich meine Hände in seinen langen Haaren, drücke seinen Mund noch ein bisschen fester gegen meinen Kitzler und genieße die Leidenschaft, die er in mir weckt.

22. Kapitel

Der Rockerpräsident

Marie.

Meine Erlösung und mein Untergang.

Ihre Lippen schenken mir die Absolution, während ihr Körper den Teufel in mir weckt.

Diese Frau bedeutet alles für mich. Sie ist der Sinn meines Lebens, der Grund, aus dem es sich zu atmen lohnt.

Ihr abwesender Blick und der süße, moschusartige Geruch ihrer Pussy lassen mich beinahe durchdrehen.

Wie soll ich nicht wie eine blutrünstige Bestie über sie herfallen, wenn sie mich mit solchen Blicken regelrecht verschlingt?

Weich, nachgiebig und ganz und gar meins.

Ihr Körper verschwindet regelrecht unter dem meinen und mir wird schmerzhaft bewusst, dass ich mich kontrollieren muss, wenn ich sie nicht verletzen will.

Die letzten Stunden haben mir gezeigt, wie schnell ich sie verlieren kann.

Dass sie hier und jetzt bei mir ist, und nicht bei diesem Killer, den alle nur als das Phantom gekannt haben, ist ein Wunder.

Es hätte auch anders ausgehen können.

Einzig der Laune des Schicksals verdanke ich es, dass ich der glückliche Wichser bin, der noch lebt, und nicht das traurige Arschloch, das tot ist.

Langsam lege ich mich auf Marie, lasse sie mein Gewicht spüren und presse sie fester in die Matratze.

Die Botschaft ist klar: Für sie gibt es kein Entkommen.

Bis jetzt habe ich sie noch nicht gefragt, mit welchem Trick es ihr gelungen ist, sich vom Clubgelände zu schleichen. Doch ich werde diese Frage noch stellen und eine ehrliche Antwort verlangen. Das Schlupfloch, durch das sie mir heute entkommen ist, muss beseitigt werden. Maries Fluchtinstinkt ist stark. Selbst wenn sie mir hoch und heilig verspricht, mich nie mehr zu verlassen, und sie das in dem Moment, in dem sie die Worte ausspricht, auch absolut ernst meint, traue ich ihr nicht. Dafür kenne ich sie viel zu gut. Und wie heißt es so schön? Sicher ist sicher!

Die Hände neben ihrem wunderschönen Gesicht abstützend, drücke ich ihre Knie mit meiner Hüfte noch etwas weiter auseinander, jetzt liegt mein harter Schwanz pochend auf ihrer Scham.

Holy Fuck!

Bloody holy Fuck!

Wann immer ich in Maries Nähe bin, bin ich kurz davor, den Verstand zu verlieren.

Mit dem Daumen massiere ich das geschwollene Nervenbündel, fordere ihre Lust und beobachte voller Stolz, wie sie leise wimmernd ihre Schenkel noch ein bisschen weiter für mich spreizt.

Aus glasigen Augen sieht sie mich an. „Ich will dich, Walker."

Wenn sie wüsste, was ihr Flüstern in mir auslöst.

Ein Sturm, bestehend aus Verderben und Hoffnung. Gewürzt mit einer Sintflut an Gefühlen, mit denen ich nur schwer umzugehen weiß.

Für die Dauer von ein paar Herzschlägen genieße ich den Anblick, den mir ihr kleiner, verletzlicher Körper bietet, dann bringe ich mich vor ihrer Öffnung in Position und dringe langsam, jedoch stetig in sie ein. Ich spüre, wie sich ihr weiches Fleisch für mich dehnt, wie es sich meinen Ausmaßen anpasst und mich wie ein schützender Kokon umschließt.

Das ist es, das verdammte Paradies, das ich zum Überleben brauche wie die Luft zum Atmen.

Bei allen Dämonen.

Bei allen Golden Skulls!

Die Zähne so fest aufeinanderbeißend, dass es knackt, stoße ich mich bis zum letzten Millimeter in meine Braut, fülle sie aus und werde mit einem heiseren Schrei belohnt.

Wämmmm.

Marie presst sich mir entgegen, fordert mich mit sehnsuchtsvoller Stimme auf, endlich die Kontrolle zu verlieren, und sieht mich dabei, unter halb gesenkten Lidern, an.

„Du weiß nicht, was du forderst, Baby."

Ich erschrecke, erkenne meine Stimme kaum wieder. Das Monster in meinem Inneren hat sich von den Ketten befreit und ist kurz davor, an die Oberfläche zu kommen.

Mein Schädel ist wie leer gefegt und dennoch ist mir mehr als bewusst, dass das niemals passieren darf. Nicht mit ihr, nicht mit meiner Braut – nicht mit Marie.

Um mich herauszufordern, presst sie sich mir immer fester entgegen, ich kann nicht widerstehen und falle in einen kraftvollen, schnellen Rhythmus. Sie stöhnt, ich verändere gekonnt den Winkel, mit dem ich in sie eindringe, und fülle meine Lunge mit dem süßen Duft, den sie ausströmt.

Gnadenlos nehme ich jeden Millimeter ihres Körpers, fülle ihn aus und mache ihn wieder und wieder zu meinem Besitz.

Dieser Fick ist so unfassbar intensiv, so echt und intim, dass ich nicht will, dass er jemals wieder endet.

Meine Hoden klatschen bei jedem erneuten Eindringen gegen ihren süßen Po und ich spüre, dass ich nicht mehr lange brauche, bis ich sie mit meinem Samen fülle.

Maries Wimmern wird leiser, ihr Becken spannt sich an und ich fühle, wie sich die Muskeln in ihrer Muschi für den nächsten Orgasmus bereitmachen.

Entschlossen ramme ich mich tief in ihr Inneres und lasse Marie dabei spüren, wie schutzlos sie in genau diesem Augenblick ist.

Anstatt sich zu fürchten, sieht sie mir vertrauensvoll in die Augen, ehe sich ihre Pupillen weiten und sie sich zuckend in ihrer Lust verliert.

Von einer unstillbaren Besitzgier getrieben, pumpe ich mich immer schneller in sie hinein, Schweißtropfen rinnen mir über den Rücken und ich spüre, wie meine Braut ihre Finger erneut in meine Schulter jagt. Der Schmerz gibt mir den Rest, ich spüre, wie mir das Blut über die Haut rinnt, mein Sperma bahnt sich seinen Weg durch meine Eier, ehe es aus meiner Eichel direkt in meine Braut spritzt. Schub für Schub fülle ich Marie mit meinem Samen und hoffe bei Gott, dass sie endlich schwanger wird.

Atemlos hole ich Luft, keuche schwer und schließe die Augen.

Das ist es. So fühlt es sich an zu leben!

Marie gehört mir.

Ich habe heute für sie getötet und ich bin bereit, es wieder zu tun. Wenn es sein muss noch unzählige Male.

Fuck!

Für mein Mädchen würde ich sterben. Für Marie würde ich durch die schlimmsten Höllenfeuer gehen, wenn ich dadurch dafür sorgen kann, dass sie in Sicherheit ist und dass es ihr gut geht.

Was ich für sie empfinde, ist grenzenlos und gefährlich, und könnte im schlimmsten Fall unser beider Untergang bedeuten.

23. Kapitel

Die wilde Braut

Seit Liams Tod sind vier Tage vergangen, vier Tage, in denen ich Walker nur wenig gesehen habe. Tagsüber ist er damit beschäftigt, die Clyde-Hill-Sache zu klären, nachts kümmert er sich um die liegen gebliebenen Clubangelegenheiten.

Aber dann, wenn er endlich Zeit für mich hat, steht die Zeit still und ich fühle mich wie im Paradies.

Bo geht es gut, er war nur eine Nacht in der Klinik und ist dann in ein Hotel gezogen. Der Bungalow wurde von den Cops als Tatort abgeriegelt und mein Bruder kann erst wieder dahin zurück, wenn die Ermittlungen abgeschlossen sind.

Was ziemlich schnell gehen dürfte, denn soweit ich weiß, hat kein Staatsanwalt der Welt Lust, in Mc Alisters Fußstapfen zu treten und spurlos zu verschwinden.

Kein Wunder. Wer will das schon?

Wenn ich Walker nach Informationen frage, bekomme ich immer die gleichen Antworten. Entweder: *„Zerbrich dir nicht den Kopf, Zuckerpuppe.“*

Oder: *„Lass das mal meine Sorge sein, ich kümmere mich um alles.“*

Beide sind nicht sonderlich zufriedenstellend und zu meinem Pech ist Damon auch nicht arg gesprächiger. Was mit Sicherheit daran liegt, dass er von seinem Präsidenten die Anweisung bekommen hat, die Klappe zu halten.

Das mag jetzt hart klingen, aber im Grunde genommen ist mir egal, was mit Liam und seinen Männern passiert. Das Einzige, was mir Kopfzerbrechen bereitet hat, ist die Tatsache, dass ich auf Liam geschossen habe und das mit der Glock, die Damon mir geschenkt hat. Ich weiß, dass es für die Cops möglich ist, eine Waffe anhand eines abgefeuerten Projektils zu erkennen und mit anderen Straftaten in Verbindung zu bringen. Das bereitet mir echte Bauchschmerzen. Ich will nicht, dass Damon, nur weil er mir helfen wollte, in Schwierigkeiten gerät.

Verflucht!

Warum muss auf dieser Welt immer alles so fürchterlich kompliziert sein?

Gedankenverloren winkle ich die Knie an, ziehe Walkers Hemd über meine Beine und schnuppere an dem weichen Stoff, der seinen maskulinen Geruch gespeichert hat, während ich dabei zusehe, wie sich mein Rocker anzieht, die Jeans hochzieht und den Gürtel schließt.

Dabei dreht er sich um und wendet mir den Rücken zu, was mich nach Luft schnappen lässt. Heilige Scheiße! Rote Kratzer überziehen seine breiten Schultern, es sieht fast so aus, als hätte der Präsident mit einem Löwen gekämpft. Einem wilden Löwen.

Um ein Schmunzeln zu unterdrücken, presse ich die Lippen zusammen.

Vielleicht ist es falsch, aber ich spüre nicht den Hauch eines schlechten Gewissens, sondern nichts als süße Genugtuung.

Für gewöhnlich ist immer Walker derjenige, der seine Spuren auf meinem Körper hinterlässt, es gefällt mir also mehr als gut, dass es dieses Mal andersherum ist.

„Interessant."

Neugierig worauf ich anspiele, sieht er mich über den Spiegel, der an der Wand hängt, an.

„Was ist interessant, Baby?"

„Dein Rücken."

Irritiert runzelt er die Stirn, dreht sich so, dass er seinen Rücken in besagtem Spiegel betrachten kann, und zieht eine Augenbraue nach oben.

Das Zischen, das er von sich gibt, als er die Striemen entdeckt, hilft mir nicht gerade dabei, meine Erheiterung zu verbergen.

„Du bist wild geworden, meine Süße. Das gefällt mir. Du bist meine wilde Braut."

„Noch bin ich nur deine Verlobte."

Ich tippe auf den Ring an meinem Finger und ärgere ihn ein bisschen. Zu meinem Glück hat Walker in der Nacht nach der Clyde-Hill-Angelegenheit auf mich gehört und mich nicht am nächsten Tag in eine Kirche geschleppt.

So gerne ich auch seine Frau werden will, aber nach all dem Blut, der Gewalt und den vielen Toten, wäre ich nicht bereit dafür gewesen.

„Du machst mich fertig, Marie."

Ich steige aus dem Bett, schlinge von hinten meine Arme um ihn und hauche ihm einen Kuss in den Nacken.

Zufrieden beobachte ich im Spiegelbild, wie er dabei die Augen schließt und meine Zärtlichkeit genießt. Es ist immer wieder unglaublich, wie sehr mich dieser mächtige und sonst so gnadenlose Outlaw zu brauchen scheint.

„Du hältst mein Herz in deiner kleinen Hand." Er greift sich meine linke, zieht sie nach vorne, führt sie zu seinen Lippen. „Du magst dir dessen vielleicht nicht bewusst sein, doch du hast die Macht, mich zu zerstören."

Walkers Stimme klingt rau und belegt, ein warmes Prickeln breitet sich in meinem Bauch aus.

„Ich will dich nicht zerstören, ich will dich glücklich machen."

Das ist die pure Wahrheit.

„Dann werde endlich meine Frau!"

Mein Blick huscht zu dem Ladyleder, das auf dem Bett liegt und das ich seit zwei Tagen trage.

„Ich bin deine Frau."

Seine Nasenflügel blähen sich, ein Ruck geht durch seinen Körper, während sich die Muskeln in seinen Armen anspannen.

„Noch nicht vor Gott. Noch nicht vor dem Teufel!"

„Warum ist dir das so wichtig?"

Ich verstehe es nicht. Wie kann ein Killer wie er so viel Wert auf die Kirche und auf das Wort eines Priesters legen?

Walker wirbelt mich herum, pinnt mich an die Wand und sieht mir tief in die Augen.

„Weil ich dich auf jede nur erdenkliche Art und Weise an mich binden will, Marie. Ich will, dass du mir gehörst. Ganz. Zu 100 Prozent und unwiderruflich!"

Die Art, wie er mich ansieht, macht mir weiche Knie.

„Wenn ich jetzt Ja sage, was dann?"

„Dann stehst du morgen vor dem Altar."

Wieder spüre ich dieses Flattern in meinem Bauch und weiß instinktiv, dass ich schwanger bin, dass sein Samen gefruchtet hat und neues Leben in mir heranwächst.

„Aber ich habe kein Kleid."

Auf seiner Stirn bilden sich zwei tiefe Falten, während seine Iriden regelrecht zu glühen beginnen.

„Was ist, wenn ich längst vorgesorgt habe?"

Nicht sicher, ob ich ihn richtig verstehe, lege ich den Kopf schief.

„Was meinst du?"

„Ich habe dein Brautkleid längst."

Ich höre zwar, was er sagt, kann es aber nicht wirklich verstehen.

„Was meinst du damit, wenn du sagst, dass du mein Kleid schon hast?"

Meine Fantasie scheitert bei dem Versuch, sich vorzustellen, wie sich der mächtige und zumeist mit dem Blut seiner Opfer bespritzte Präsident des *Golden Skulls Motorcycle Clubs* in einem dieser kitschigen Boutiquen nach einem schneeweißen, mit Rüschen besetzten Brautkleid umsieht.

Dieses Bild will, ganz egal wie sehr ich es auch versuche, einfach nicht in meinen Kopf.

Der Glanz in seinen Augen verstärkt sich.

Er bewegt sich, nimmt mich mit sich, setzt sich auf die Bettkante und platziert mich dabei wie selbstverständlich auf seinem Schoß.

Bevor er zu reden anfängt, räuspert er sich, sein Blick fällt auf den Diamanten an meinem Finger. Dann beginnt er leise und langsam zu erzählen.

„In der Nacht, in der ich dir das Ultimatum gestellt habe, bin ich einen Umweg zurück zum Club gefahren. Der Fahrtwind sollte mir dabei helfen mein Hirn frei zu blasen, es hat nicht geholfen."

Der Hauch eines Lächelns huscht über sein Gesicht. „Ich bin lang durch die Nacht gefahren. Sehr lang. Irgendwann musste ich an einer Kreuzung stoppen und da sah ich es. In einem Laden direkt am Straßenrand. Fuck!" Gedankenverloren reibt er sich über das stoppelige Kinn. „Ich habe das Kleid gesehen und wusste, dass es nur für dich geschaffen wurde. Es ist elfenbeinfarben, besteht aus Spitze und Perlen und …"

Er stockt. Fast so, als könnte er nicht beschreiben, was genau ihm an besagtem Kleid so gut gefällt.

„Am nächsten Tag bin ich zu dem Geschäft und habe es gekauft."

Schweigend beobachte ich den Mann, der meine Welt bedeutet, und verliebe mich erneut in ihn. Jetzt, in diesem Augenblick, zeigt er mir eine Seite seines Ichs, von der ich bis jetzt nicht einmal wusste, dass diese überhaupt existiert.

Der Zeitpunkt, von dem er gerade spricht, ist erst wenige Wochen her und dennoch kommt es mir vor, als wäre seitdem eine Ewigkeit vergangen.

Das zwischen uns fühlt sich richtig an. Gut und perfekt.

Was Walker angeht, habe ich nicht die geringsten Zweifel, dass er der richtige Mann für mich ist.

„Du hast also mein Hochzeitskleid gekauft, obwohl du mir Handschellen verpasst und mir die Möglichkeit gelassen hast, deine Sklavin zu werden?"

Er nickt und haucht mir danach einen Kuss auf die Stirn.

„Ganz egal, wie du dich entschieden hättest, schlussendlich wärst du so oder so meine Braut geworden."

Hätte er das nicht so ernst und entschlossen gesagt, als würde es dabei um Leben und Tod gehen, wäre es beinahe schon romantisch gewesen. Rockerromantisch eben.

Sanft umfasse ich sein Gesicht, streiche mit meinen Lippen sachte über die seinen und genieße den Moment.

„Darf ich es sehen?"

Er steht mit mir in seinen Armen auf, setzt mich dann allein auf dem Bett ab und geht zu dem Schrank, in dem er mir die rechte Seite für meine Sachen frei gemacht hat.

Er öffnet die linke Schiebetüre und holt einen schwarzen Kleidersack hervor. Er ist bodenlang und an der Vorderseite befindet sich ein Reißverschluss.

Langsam legt er den Kleidersack vor mir ab, tritt dann einen Schritt zurück und zündet sich eine Zigarette an.

Wenn ich es nicht besser wüsste, könnte ich fast meinen, dass der sonst so selbstsichere Biker mit der Waffe unter dem Leder und dem Dolch am Bein nervös ist.

Die Marlboro in den Mundwinkel klemmend, verschränkt er seine mächtigen Arme vor der Brust, sodass sich seine beeindruckenden Bizepse anspannen, und sieht mich abwartend an.

Mit wild schlagendem Puls stehe ich auf, lecke mir über die plötzlich trockenen Lippen und ziehe den Reißverschluss nach unten. Der Kleidersack öffnet sich Zentimeter für Zentimeter und zum Vorschein kommt elfenbeinfarbener Stoff, eine zarte Spitze und kleine, perlmuttfarbene Perlen. Je mehr ich sehe, umso atemloser bin ich. Vorsichtig hole ich das Kleid raus, breite es vor mir aus und kann nicht glauben, dass es tatsächlich Walker ausgesucht hat. Es ist fantastisch, mit langen, aus Spitze bestehenden Ärmeln, obenrum eher geschlossen, aber dafür mit einem tiefen Einschnitt am Bein, an dem zarte Perlenstränge befestigt wurden.

Und verdammt! Es muss ein Vermögen gekostet haben.

„Ich danke dir, Walker. Es ist wunderschön. Einfach atemberaubend schön."

Mein Rocker nähert sich mir von hinten, schlingt seine Arme um meine Taille und zieht mich an sich.

„Du bist wunderschön."

Tränen des Glücks steigen mir in die Augen und mir wird auf einen Schlag klar, dass ich mir nichts sehnlicher wünsche, als morgen mit diesem Mann vor den Altar zu treten und vor Gott und dem Teufel, *wie er es genannt hat*, seine Frau zu werden.

Ein Ruck geht durch seine angespannten Muskeln.

Ich werde herumgewirbelt und an die Wand gedrückt. Walker packt mich grob, ein Zittern lässt ihn erbeben.

„Versprich nichts, was du nicht halten kannst, Mädchen."

Anstatt vor seiner aufwallenden Grobheit zurückzuweichen, schmiege ich mich Schutz suchend an ihn.

„Bring mich in eine Kirche und ich werde dir gehören."

Die Zigarette verschwindet aus seinem Mund, landet neben uns in dem Aschenbecher. Dann erobert er meinen Mund, stiehlt mir den Atem und nimmt mir die Fähigkeit zu denken. Er und ich – unsere Seelen verschmelzen und ich spüre bis in die Zehenspitzen, dass ich die richtige Entscheidung getroffen habe.

24. Kapitel

Der Rockerpräsident

Fuck!

Sie hat nachgegeben.

Sie hat zugestimmt, mit mir vor den Altar zu treten.

Marie. Oh meine Marie.

Sie wird meine Frau werden, meine Kutte tragen, meinen Ring und meinen Nachnamen.

Soll mich der Teufel holen, aber zum ersten Mal in meinem Leben fühle ich mich wahrhaft glücklich.

Zum ersten Mal in meinem Leben weiß ich, wie es sich anfühlt, zu lieben und geliebt zu werden.

25. Kapitel

Die wilde Braut

Die Nacht war zu kurz, sie ist viel zu schnell vergangen.

Erst haben wir uns endlos geliebt, und dann konnte ich ewig nicht einschlafen.

Wie auch?

Ich meine, verdammt!

Ich habe zugestimmt, ihn zu heiraten. In einer Kirche. Vor einem Priester.

Allein bei der Vorstellung breitet sich ein nervöses Kribbeln in mir aus und mein Fluchtinstinkt meldet sich flüsternd zu Wort.

Es ist nicht so, dass ich Zweifel verspüre oder Walker nicht ausreichend liebe, um diesen Schritt zu tun. Es ist nur so, dass ich ein Angsthase bin.

Sobald es ernst, gefährlich oder, wie in diesem Fall, sogar endgültig wird, laufe ich davon.

Für gewöhnlich bringt mich dieses *davonlaufen* jedoch nur in eine noch verzwicktere Situation als die, vor der ich davongerannt bin.

Am nächsten Morgen, als endlich die goldene Sonne ihre Reise im Osten beginnt, stoße ich ein erleichtertes Seufzen aus und springe regelrecht aus dem Bett.

Meine Füße sind eiskalt, sie schreien nach bequemen Turnschuhen und einem Gaspedal, das sie bis zum Anschlag durchdrücken können.

Pech gehabt.

Ich werde nicht flüchten, ich werde bleiben und diese Hochzeit durchziehen.

Walker, der zu spüren scheint, was mit mir los ist, stemmt sich mit einem Ellenbogen auf und sieht mich prüfend an.

„Guten Morgen, Baby."

Seine noch vom Schlaf raue Stimme streicht wie Schleifpapier über meine blank liegenden Nerven.

„Morgen."

Mehr bringe ich nicht heraus. Ich brauche Kaffee. Ganz viel Kaffee, am besten schwarz und intravenös.

Mein Rocker furcht die Stirn und setzt sich aufrecht hin.

„Was ist los, Marie?"

Hmmm.

Was soll ich darauf antworten?

Die Wahrheit? Wohl besser nicht. Mein *Golden Skull* würde ausflippen, wenn er wüsste, dass ich am liebsten einen Rückzieher machen würde.

Als Walker auch nach einer knappen Minute keine Antwort von mir erhalten hat, steigt er mit kontrollierten Bewegungen aus dem Bett und kommt auf mich zu. Nackt. Groß. Stark. Mein Gaumen wird trocken und mein Hirn geht offline.

Seine Muskeln spannen sich beim Laufen an, sein Sixpack zuckt und mein Blick fällt wie von selbst auf das sexy V, zu dem sich sein Oberkörper verjüngt, ehe es in einer schmalen Taille endet.

Sein Schwanz ist lang und schön, und saugt sich nach und nach mit Blut voll, sodass ich an der wachsenden Erektion erkennen kann, dass Walker mich will. Jetzt.

„Soll ich die Handschellen rausholen? Oder kannst du mir versprechen, dass du nicht davonrennst, ehe ich dich in die Kirche schleifen konnte?"

Er bleibt so nah vor mir stehen, dass sich unsere Füße beinahe berühren, und sieht mich streng an. Sein herber Geruch steigt mir in die Nase und betört meine Sinne.

Ich kann nicht mehr denken. Gar nicht mehr. Was äußerst schlecht in dieser Situation ist. Sehr schlecht, um genau zu sein.

„Marie?"

Meine Kehle fühlt sich an wie zugeschnürt. Ich schlucke und suche seinen Blick.

„Keine Handschellen. Versprochen."

Walker nickt nach kurzem Zögern, wickelt sich meine Locken um seine Faust und zieht meinen Kopf grob nach hinten.

„Wenn du jetzt, so kurz bevor du mir dein Ja-Wort schenkst, erneut vor mir davonläufst, wird das mein Untergang sein."

Er sagt das so ruhig und gelassen, als würden hinter dieser Aussage kaum Emotionen stecken. Aber ich erkenne in seinen Augen, dass der Eindruck täuscht. Ich sehe die Furcht in seinem Blick und weiß, dass er die Wahrheit spricht.

Bumm. Bumm. Bumm. Bummmm.

Mein Herz beginnt zu rasen. Um Walker zu beruhigen, stelle ich mich auf die Zehenspitzen und hauche ihm einen sanften Kuss auf den Mund.

Er reagiert blitzschnell, packt mich besitzergreifend und presst mich so fest an seine Brust, dass ich kaum noch atmen kann.

„Du bist mein Leben, Marie."

Seine Nase in meinen Haaren vergrabend, inhaliert er meinen Duft und erschauert.

So stehen wir eine Weile da. Bewegen uns nicht. Reden nicht. Genießen die Nähe des anderen und reichen uns vollkommen aus.

Etwas später sehe ich dabei zu, wie er sich anzieht, die Waffe in das Holster unter seiner Kutte steckt und den Dolch an seinem Oberschenkel befestigt.

„Ich muss heute einiges erledigen und werde dich so gegen zwei Uhr abholen.“

Ich nicke. Er mustert mich eingehend.

„Irgendwelche Wünsche unsere Hochzeit betreffend?“

Darüber denke ich kurz nach.

„Ja. Halte sie klein. Ich will nicht Dutzende *Skulls* aus anderen Chaptern dabeihaben. Nur du und ich und der Priester.“

„Porter, Damon und Kane werden sich nicht davon abhalten lassen zu kommen.“

Ja, das dachte ich mir schon.

„Die drei gehören zur Familie. Das ist okay. Aber nicht Rocco.“

Walker schmunzelt.

Er weiß genau, dass der Prospect und ich nicht miteinander klarkommen.

Ich muss an Bo denken und daran, dass er tatsächlich meine Familie ist. Er sollte dabei sein, wenn ich vor den Altar trete.

Ich fürchte mich ein wenig, Walker zu fragen, knete nervös meine Hände und tue es dann trotzdem.

„Was ist mit meinem Bruder?“

Walkers Kieferpartie verhärtet sich.

„Was soll mit ihm sein?“

Echt jetzt?

„Ich will ihn dabeihaben.“

Ein Knurren von sich gebend, streift sich mein Präsident mit den Fingern durch seine schulterlangen Haare, ehe er sie im Nacken mit einem einfachen Lederband zusammenbindet.

„Du weißt, wie ich zu Bo stehe. Für mich ist er tot.“

Mir ist klar, dass ich diese Diskussion gewinnen muss. Hier geht es nicht nur um meinen Bruder, sondern auch darum, dass ich lernen muss, mich gegen Walker durchzusetzen. Er muss kapieren, dass ich keiner seiner Männer bin, die er befehligen kann. Ich bin seine Frau – ich bin ihm ebenbürtig und ihm nicht untergeben.

„Aber für mich ist er das nicht. Mir ist egal, was zwischen ihm und den *Golden Skulls* vorgefallen ist. Er ist mein Bruder, mein einziges noch lebendes Familienmitglied und ich will, dass er bei der Trauung dabei ist!“

Walker wirkt wütend, seine rechte Hand ballt sich zur Faust. Tapfer erwidere ich seinen finsteren Blick und recke das Kinn in die Höhe.

Die Sekunden verstreichen, ziehen sich in die Länge und sind zäh wie Kaugummi.

Dann, nach einer gefühlten Ewigkeit, gibt Walker ein zorniges Zischen von sich und gibt nach.

„Gut. Er kann kommen.“

Natürlich kann er das.

„Prima, ich sage ihm Bescheid.“

Ich lasse mir meine Freude darüber, diesen kleinen Kampf gewonnen zu haben, nicht verderben, weder von den Blitzen in seinen Augen noch von seinem gemurrten „Fuck!“ Der Präsident wird sich daran gewöhnen müssen, dass ich meinen eigenen Willen habe und durchaus bereit bin, diesen auch durchzusetzen!

Hätte er ein willenloses Püppchen gewollt, das zu allem Ja und Amen sagt, hätte er sich eine andere Frau suchen müssen.

Aber das wusste er vorher und er hat es nicht getan, sondern sich für mich entschieden. Es gibt also keinen Grund, sich zu beschweren.

„Ich muss los, Baby. Mach keinen Unfug und lauf nicht davon. Um zwei hole ich dich ab und dann wirst du endlich meine Frau.“

Die Entschlossenheit, die in seiner dunklen Stimme mitschwingt, verschlägt mir die Sprache. Ich nicke also nur, er küsst mich hart und tief, dann verschwindet Walker aus seiner Wohnung und lässt die Türe hinter sich ins Schloss fallen.

Ich bleibe reglos stehen, sein Geschmack bedeckt noch immer meine Lippen und in meinem Bauch kribbelt es wie verrückt.

Dann überkommt mich plötzlich eine heftige Übelkeit, die mich ins Bad rennen lässt. Ich schaffe es gerade noch so zur Toilette, ehe ich mich lautstark übergebe.

Mein Magen stülpt sich um, bittere Säure steigt mir in die Kehle und meine Augen tränen– *Oh Scheiße!*

Es dauert, bis ich mich so viel besser fühle, um mich aufzurichten und ans Waschbecken zu stellen. Schnell wasche ich mir den Mund aus, putze mir die Zähne und sehe meinem Spiegelbild dabei fest in die Augen.

Ist es das, was ich denke?

Ist diese Morgenübelkeit eine Bestätigung dessen, was ich längst geahnt habe, oder einfach nur auf die Nervosität bezüglich der bevorstehenden Hochzeit zurückzuführen?

Natürlich. Es ist beides möglich.

Doch ich weiß es besser.

Himmel! Ich wusste es seit der ersten Nacht, seit der Nacht, in der Liam den Club angegriffen und Walker mich ausgeknockt hat.

Ich bin schwanger.

Schwanger von dem Präsidenten des *Golden Skulls Motorcycle Clubs*.

Schwanger von dem einzigen Mann, den ich je wirklich geliebt habe.

26. Kapitel

Der Rockerpräsident

Die Waffen sind gezählt und verpackt, das Koks ist ausgeliefert und die Munition genau wie die Handgranaten, die wir den *Reapers* abgenommen haben, sind verkauft und haben uns ein hübsches Sümmchen eingebracht.

Die Übergabe hat reibungslos stattgefunden.

Alles lief genau wie geplant. Wenn das heute Nachmittag in der Kirche mit Marie genauso gut läuft, war das ein verflucht guter Tag.

Dann war das der fucking beste Tag meines Lebens.

Aber ich kenne Marie, ich weiß, wie sie tickt, und darum bin ich wachsam.

Die Wachen am Tor habe ich längst verdoppelt und Blue hat von mir die Anweisung erhalten, mein Mädchen nicht aus den Augen zu lassen.

Bis jetzt hat Marie mir, trotz erneuter Nachfrage, nicht verraten, wie sie das letzte Mal entkommen konnte. Eine Tatsache, die mich fast in den Wahnsinn treibt.

Ich hatte zwei meiner Männer losgeschickt, sich der Sache anzunehmen. Bis auf ein kleines Loch im Zaun haben sie nichts gefunden. Den Zaun haben wir repariert und die Rückseite des Clubs mit zwei weiteren Kameras ausgestattet.

Das sollte reichen, um meine Lady am Abhauen zu hindern.

Bei jeder anderen Frau würde es das auch sicherlich. Doch bei Marie habe ich da so meine Zweifel.

Sie ist stur, wild und intelligent – was eine gefährliche Kombination ergibt, die für mich seit jeher unwiderstehlich ist.

Ich brauche dieses Mädchen, ich liebe dieses Mädchen. Für immer.

Die Kirche ist bereits organisiert und der Priester bestellt.

Damon, Kane, Porter und Blue wissen längst Bescheid, sie freuen sich für mich, doch ich weiß, dass sie auch einige Wetten am Laufen haben und nicht alle sprechen für mich. Mindestens einer von ihnen zweifelt daran, dass es mir gelingen wird, Marie für immer an mich zu binden.

Aber Fuck! Bloody Holy Fuck!

Marie kann mir nicht mehr entkommen. In drei Stunden wird sie mir gehören und dann gibt es kein Zurück mehr!

Das Einzige, was ich dafür noch brauche, ist ein Ring. Der, den sie bis jetzt am Finger trägt, war für die Verlobung, in der Kirche werde ich ihr einen weiteren anstecken. Am liebsten würde ich meine Braut mit Gold und Diamanten überhäufen, um ihr so zu zeigen, wie viel sie mir bedeutet.

Ich bin nicht gut mit Worten, das war ich noch nie.

Also versuche ich Marie auf diese Art klarzumachen, dass sie meine Welt ist!

Während sie es schon ein paar Mal gesagt hat, fällt es mir schwer, auszusprechen, dass ich sie liebe. Nicht weil ich Zweifel hege, sondern weil ich es, im Gegensatz zu den meisten Menschen, nicht leichtfertig sage. Ich bin kein Mann, der seine Gefühle laut kundtut. Ich lasse lieber Taten sprechen.

Ich sitze auf meinem Bike, balanciere mit den Beinen das Gewicht der Maschine aus und fülle meine Lunge mit dem nikotinhaltigen Rauch der Marlboro, die zwischen meinen Fingern klemmt. Der schwarze Clubvan mit dem goldenen Skull auf der Motorhaube steht neben mir, Rocco sitzt am Steuer und wartet auf neue Anweisungen.

Bullshit!

In meinem Schädel herrscht das reinste Chaos und das, obwohl ich voll konzentriert sein sollte.

Rocco starrt mich an, dann steigt er, wegen seines noch nicht ganz verheilten Beines, aus und verpasst der Schiebetüre des Vans einen Schlag.

Verwundert ziehe ich die Augenbrauen nach oben.

„Was ist los, Bro? Schlechte Laune?“

Er nickt. Ich hake nach.

„Weshalb. Lief doch alles perfekt.“

„Zu perfekt.“

Fuck!

Er ist wirklich genau, wie ich es in seinem Alter war. Aufbrausend, nur schwer zu kontrollieren und immer auf der Suche nach dem nächsten Ärger, in den er sich voll reinstürzen kann.

„Kann ich ehrlich zu dir sein, Präs?“

„Versuche es einfach.“

Gespannt was jetzt kommt, klappe ich den Ständer meiner Harley aus, schnippe die gerauchte Kippe durch die Luft, steige ab und lasse meine Schultern kreisen.

„Ich weiß, du willst es nicht hören. Aber ich muss es sagen. Ich muss.“

Er reibt sich mehrmals über die Stirn, ich ahne, dass mir nicht gefallen wird, was gleich kommt.

Rocco sieht mich zerknirscht an, bleckt die Zähne und lehnt sich an den Van.

„Diese Frau. Diese Marie tut dir nicht gut. Du kannst ihr nicht trauen. Sie ist falsch und verlogen. Ihr Bruder hat mit den *Reapers* gemeinsame Sache gemacht und ich glaube echt, dass sie ebenfalls mit dem Feind in Kontakt stehen könnte. Wenn du sie heiratest, Walker, dann begehst du damit automatisch einen Verrat an den *Golden Skulls*!"

Wämmmmmmm!

In der einen Sekunde stehe ich noch ruhig da, in der nächsten befinde ich mich vornübergebeugt über Rocco und meine Faust landet wieder und wieder mit voller Wucht in seinem Gesicht. Es geht so schnell, dass ich mich nicht mal daran erinnere, die bewusste Entscheidung getroffen zu haben, den Anwärter zu töten! Blut spritzt, seine Lippe ist Matsch, er spuckt Zähne und sein Atem kommt rasselnd. Doch das alles hält mich nicht davon ab, immer wieder zuzuschlagen.

Das Knacken seiner Nase ist Musik in meinen Ohren. Erst als seine Gegenwehr endgültig erlischt, erst als seine Hände kraftlos zu Boden fallen und seine Pupillen unnatürlich geweitet sind, lasse ich von ihm ab, spucke ihm ins zerschundene Gesicht und stolpere rückwärts, in Richtung meines Bikes.

Fuck! Holy Fuck!

Ich muss mich zusammenreißen, ich muss mich beherrschen, um den Bastard nicht endgültig fertigzumachen.

Marie ist unantastbar. Sie ist mein. M.E.I.N. Niemand darf ihr unterstellen, dass sie mit den *Reapers* gemeinsame Sache macht, und niemand nennt mich einen Verräter.

Die *Golden Skulls* sind mein Leben.

Für den Club habe ich Marie damals gehen lassen, obwohl ich wusste, dass es mich zerstören könnte. Für meine Brüder habe ich mein Glück mit den Füßen getreten, um den MC an die Spitze zu bringen. Das habe ich geschafft und nun bin ich dran.

Wenn es sein muss, sterbe ich für die Skulls.

Es gibt kein Opfer, das ich nicht bereit bin zu bringen, keines außer Marie.

Sie ist heilig. Sie ist meine Seele – mein Sonnenschein – sie ist die Luft, die ich atme.

Rocco ist jung und dumm. Er hat keine Ahnung von Opfern, er hat keine Ahnung von der Liebe. Das Einzige, was er für den Club einstecken musste, war die Kugel im Oberschenkel. Das ist lächerlich. Das ist nichts im Vergleich zu dem, was ich erleiden musste. Dass ich ihm nicht den Rest gebe, sondern verletzt liegen lasse, ist ein Zeichen meiner Güte. Ich hoffe, der Wichser weiß es zu schätzen.

Noch immer vor Wut regelrecht vibrierend, ziehe ich mein Handy aus der Tasche, informiere Kane, das Rocco raus ist, und teile ihm mit, wo er den Van abholen soll. Dann lege ich ohne ein Wort des Abschieds auf, ziehe dem ehemaligen Prospect die Kutte aus und steige wieder auf meine Maschine.

Ich bin hier fertig. Das wars.

Einen letzten Blick auf Rocco werfend, nehme ich mir eine Minute Zeit, um eine Warnung auszusprechen.

„Verpiss dich aus meinem Revier. Wenn du jemals wieder das Territorium der *Skulls* betrittst, bringe ich dich eigenhändig um!“

Keine Ahnung, ob er mich gehört hat, keine Ahnung, ob sein zu Matsch geprügeltes Hirn überhaupt noch richtig arbeitet. Es ist mir egal.

Für mich ist diese Scheiße erledigt!

Es ist spät. Es wird Zeit zurück zum Club zu fahren und mich für die Hochzeit fertig zu machen. Meine Hochzeit. Meine Hochzeit mit Marie.

Holy Shit!

Es ist unglaublich. Aber manchmal werden Träume eben wahr.

27. Kapitel

Die wilde Braut

Es ist kurz vor zwei, ich trage das Kleid, dazu passende weiße Absatzschuhe und keine Unterwäsche.

Ich will nur den Stoff am Körper tragen, den Walker für mich ausgesucht hat.

Klingt kitschig, ich weiß, aber so stelle ich es mir eben vor. Meine Haare trage ich lang und offen, sodass mir meine Locken über die Schultern fallen. Ich habe mich für ein dezentes Make-up entschieden, sodass mein Kleid seine volle Wirkung entfalten kann.

Bo habe ich Bescheid gesagt, er war nicht sonderlich überrascht, als er von der Hochzeit erfahren hat und mir versichert, dass er direkt zur Kirche kommen wird.

Sein genauer Wortlaut war folgender: „Du warst schon immer die Seine, Schwesterherz."

Mein Bruder hat recht.

Je länger ich zurück in Seattle bin, umso mehr fühle ich mich wieder wie ich selbst. Mir wird mit jedem Tag, der vergeht, deutlicher bewusst, dass es der größte Fehler meines Lebens war, Walker zu verlassen.

Dank dem Schwangerschaftstest, den mir Miriam, eine der Clubnutten, mit der ich mich in den letzten Wochen angefreundet habe, gebracht hat, habe ich nun endlich Sicherheit.

In mir wächst ein Kind. Ich bin schwanger. Eine Tatsache, die mich mit grenzenloser Freude, Glück und einem Hauch Furcht erfüllt. Mir ist durchaus bewusst, dass ein Outlaw Motorcycle Club nicht unbedingt der geeignetste Ort für ein Baby ist.

Aber ich schaffe das. Ich kann alles schaffen, wenn ich es nur will!

Und ich will dieses Baby so sehr, dass es wehtut.

Die Sehnsucht, die sich in dem Moment in mir ausgebreitet hat, als plötzlich zwei rote Striche auf dem Kontrollfenster des Tests zu sehen waren, wird mit jedem Atemzug immer und immer stärker.

Walker weiß natürlich noch nichts. Seit er heute Morgen aus dem Bett gestiegen ist, habe ich ihn nicht mehr gesehen, und so eine Neuigkeit will ich ihm nicht am Telefon verraten. Doch sobald der geeignete Augenblick gekommen ist, verrate ich ihm das süße Geheimnis. Das Bild, das meine Fantasie in meinem Kopf entstehen lässt, während ich beide Hände auf meinen noch flachen Bauch lege, lässt mein Herz vor Liebe beinahe platzen. Walker, wie er dasteht, groß und stark, mit der Waffe im Hosenbund und dem Leder auf den Schultern, hält liebevoll unseren kleinen Sohn in den Armen, der ganz genau die gleichen silbernen Augen hat wie sein Vater.

In neun Monaten wird dieses Bild Wirklichkeit, ich kann es kaum erwarten.

Ich höre, wie die Türe geöffnet wird, schwere Schritte werden laut. Dann taucht Walker hinter mir auf. *Bum. Bum. Bum. Bum.* Mein Herz macht einen Salto, ich hoffe so sehr, dass ihm das Kleid, das er für mich ausgesucht hat, an mir gefällt.

Ich finde es himmlisch, geradezu märchenhaft. Einfach absolut perfekt.

Er bleibt im Türrahmen stehen, entdeckt mich und sein Kiefer klappt auf.

Sein gezischtes „So fucking, wunderschön!" treibt mir die Röte in die Wangen.

„Du bist die schönste Braut auf diesem gottverdammten Planeten." Er kommt auf mich zu, behält jedoch einen kleinen Abstand zu mir bei. „Und du gehörst nur mir, Marie!"

Während er redet, fällt mein Blick auf die Blutspritzer, die sein Hemd, seine Kutte und die Jeans, die er trägt, bedecken. Ich betrachte seine Hände und keuche entsetzt auf, als ich das viele Blut und die aufgeplatzten Fingerknöchel bemerke.

„Was ist passiert?"

Sein Blick findet den meinen.

„Ich habe nur etwas klargestellt."

Was? Ich runzle die Stirn.

„Mit wem?"

„Ist nicht wichtig. Vergiss es einfach, Baby. Ich gehe schnell duschen und dann schaffe ich dich endlich vor den verfluchten Priester!"

Mit diesen Worten wendet er sich von mir ab und verschwindet im Badezimmer. Reglos bleibe ich stehen, sehe ihm nach und kann nichts gegen das eigentlich unpassende Grinsen tun, zu dem sich meine Lippen verziehen.

Das ist einfach so passend. So verdammt typisch, dass ich nicht mal wütend oder aufgebracht sein kann.

Mein Rockerpräsident erscheint, um mich für unsere Hochzeit abzuholen, und ist dabei voller Blut. Das muss so sein. So ist die Realität im *Golden Skulls Motorcycle Club*.

Das habe ich früher, vor all den Jahren, als ich Walker verlassen habe, nicht verstanden. Mittlerweile tue ich es. Ich habe diese Welt und ihre raue Art akzeptiert und fühle mich inzwischen als Teil von ihr.

Das Blut, die Waffen, die Leichen und die Brutalität machen mir keine Angst mehr, denn ich weiß, dass ich sicher bin. Walkers Schutz hüllt mich ein, er bewahrt mich vor Unheil und sorgt dafür, dass ich einfach nur glücklich sein kann.

Keine fünfzehn Minuten später ist mein Rocker bereit. Er steht in einer sauberen Jeans, frisch polierten Boots und einem weißen Hemd vor mir, das unfassbar gut zu dem schwarzen Leder seiner Kutte passt.

Seine tätowierten Hände sind sauber, von dem Blut fehlt jede Spur. Seine noch feuchten Haare hat er streng nach hinten gebunden und in seinen Augen lodert ein wildes Feuer.

Walker sieht so sexy aus, dass ich mir über die Lippen lecke und mich davon abhalten muss, sofort vor ihm auf die Knie zu sinken, um ihm einen zu blasen.

„Bist du bereit, Marie?"

Zu meiner eigenen Überraschung bin ich das tatsächlich.

Mein Fluchtinstinkt hat gänzlich nachgelassen und ist einem tiefen, inneren Frieden gewichen. Ich bin hier richtig. Am richtigen Ort, zu der richtigen Zeit, bei dem richtigen Mann.

„Ich bin bereit."

Er nickt zufrieden, kommt auf mich zu und lässt seine warmen Hände über meine, mit zarter Spitze bekleideten Arme streichen.

„Gott muss einen Fehler gemacht haben, als er dich mir geschenkt hat."

Seine an meine Lippen gemurmelten Worte werden von einem so intimen und liebevollen Kuss besiegelt, dass mir die Knie weich werden.

Unsere Zungen umschlingen sich, sie verschmelzen und leisten sich einen stummen Schwur, den wir schon bald laut in der Kirche wiederholen werden.

Als er sich langsam wieder von mir löst, schnappe ich nach Luft und vor meinen Augen dreht sich alles. Noch bevor sich mein Blick schärft, werde ich von den Füßen gerissen und an seine massive Brust gedrückt.

„Was machst du?"

„Ich trage meine Braut."

Von meiner derzeitigen Position kann ich die dunklen Bartstoppeln an seinem markanten Kiefer betrachten.

„Aber das passiert doch erst nach der Trauung. Oder?"

Er sieht auf mich herab.

„Ab jetzt werde ich dich immer auf Händen tragen, Marie."

In seinen quecksilbernen Iriden erkenne ich nichts als Ernsthaftigkeit und mir wird bewusst, dass jetzt der Augenblick gekommen ist, in dem er erfahren sollte, dass er Vater wird.

„Du meinst, du wirst *uns* auf Händen tragen."

Walker geht noch ein paar Schritte, es dauert ein paar Herzschläge lang, bis er versteht, was ich ihm gerade gestanden habe.

Dann stoppt er und sieht mir so tief in die Augen, dass meine Atmung stockt.

„Du meinst ... Du bist … Du bist schwanger?"

Täusche ich mich, oder war da ein leichtes Zittern in seiner Stimme.

„Ja genau das meine ich. Wir bekommen ein Baby."

Seine Nasenlöcher blähen sich, an seiner Wange zuckt ein Muskel, sein Blick richtet sich auf meinen Bauch. Für eine Minute wirkt er ernst, geradezu streng, doch dann erhellt pures Glück seine Mimik.

Sein lauter Freudenschrei erfüllt die Wohnung, er wirbelt mich im Kreis und küsst mich dabei wieder und wieder.

„Es wird Zeit, dich zu Marie James zu machen."

Marie James. Statt Marie Smith. Das gefällt mir. Es gefällt mir sogar sehr.

Walker trägt mich durch den Club raus auf den Hof. Jubelschreie werden laut, alle Anwesenden teilen unsere Freude. Vor seiner Harley bleiben wir stehen und noch bevor er mich runterlässt, stößt er einen leisen Fluch aus.

Irritiert sehe ich Walker an.

„Was ist los?"

„Ich habe nicht bedacht, dass es mit dem Kleid schwer für dich werden wird, auf meinem Bike zu sitzen."

Typisch Mann.

„Lass mich runter und ich zeige dir, wie es geht."

Skeptisch stellt er mich auf meine Füße, ich raffe vorsichtig das Kleid und steige, ganz die Rockerbraut problemlos auf den breiten Sattel.

Dabei spreize ich meine Beine und erlaube ihm so einen Blick auf meine entblößte Mitte, was ihn scharf den Atem einziehen lässt.

Sein geraunte „Eines Tages wirst du mein Untergang sein, Weib" bringt mich zum Lachen.

„Was ist? Willst du nur rumstehen, Rockerpräsident, oder bringst du mich zu dem verdammten Priester?"

Ein Ruck geht durch seine angespannten Muskeln, dann schwingt er sich vor mir auf das Motorrad, ich schlinge ihm meine Arme um die Mitte und kuschle mich eng an ihn ran.

Dann startet er mit einem kraftvollen Kick den Motor und wartet kurz, bevor er Gas gibt. Ich sehe mich verwundert um und kapiere, dass sich Porter, Damon, Kane und Blue hinter uns einreihen. Unsere Eskorte.

Das Klatschen und die Rufe unserer Freunde folgen uns bis raus auf die Straße, dann erfüllt das dunkle Dröhnen der Harleys mein Denken und ich kuschle mich noch fester an Walker heran.

Seine Hand landet besitzergreifend auf meinem Schenkel, während wir unserer Zukunft entgegenfahren.

28. Kapitel

Der Rockerpräsident

Der unverkennbare Geruch von Weihrauch, poliertem Holz und kaltem Marmor steigt mir in die Nase.

Ich stehe vor dem Altar, die Hände vor der Brust verschränkt und lasse meine angespannte Nackenmuskulatur knacken. Der Priester vor mir wirkt nervös. Er scheint nicht glücklich darüber zu sein, eine Handvoll Killer in seinem Gotteshaus zu empfangen. Porter ist mein Trauzeuge, er deckt mir den Rücken, so wie er es schon Hunderte Male zuvor getan hat. Mein Puls rast. Das Blut in meinen Adern fühlt sich an wie flüssige Blitze, die sich in meine Eingeweide fressen.

Ich kann kaum atmen. Kann kaum denken, während ich reglos vor dem Altar stehe und auf meine Braut warte.

Meine wunderschöne, keine Unterwäsche tragende, schwangere Braut.

Marie ist innerhalb kürzester Zeit zum Grund meiner Existenz geworden. Sollte sie es sich anders überlegen und doch vor mir flüchten, werde ich ihr folgen, ich werde die ganze Welt nach ihr absuchen und ihren Arsch zurück in mein Bett verfrachten.

Damon, Kane und Blue sitzen in der ersten Reihe, bis auf unseren Enforcer wirken alle entspannt. Damon hingegen sieht aus, als würde er jede Sekunde damit rechnen, durch eine unsichtbare Pforte in die Hölle verbannt zu werden.

Er sitzt kerzengerade auf der abgewetzten Holzbank, seine rechte Hand ruht auf seinem Oberschenkel – er ist bereit seine Waffe zu ziehen, falls es nötig werden sollte.

Die ersten Töne der Orgel erwachen zum Leben. Ihr tiefer Klang bahnt sich einen Weg in mein Inneres und erfüllt mich mit purer Genugtuung.

Durch die weit geöffneten Kirchentüren dringt goldenes Sonnenlicht herein. Alles ist friedlich, alles ist perfekt. Genauso habe ich mir meine Hochzeit mit Marie immer vorgestellt. Es wird Zeit, dass sie endlich vor Gott und dem Teufel zu der Meinen wird. Das Universum muss wissen, dass es erst an mir vorbeimuss, ehe es auf meine Frau treffen kann.

Tief durchatmend drehe ich mich zu Porter um, meinem engsten Vertrauten.

„Hast du die Ringe?“

Er grinst breit.

„Was denkst du denn, Bruder?“

„Glaube mir, das willst du lieber nicht wissen. Denn wenn du es wüsstest, müsste ich dich auf der Stelle töten.“

Wenn überhaupt möglich, wird sein Grinsen noch einen Ticken breiter. Der Priester, der meine leise gemurmelten Worte gehört hat, wirkt entsetzt. Morddrohungen in einer Kirche scheinen hier nicht gerne gesehen zu sein.

Porter weiß, was in meinem Schädel vorgeht. Kein Wunder. Gedanklich bin ich längst dabei, meine Frau auf jede nur erdenkliche Art zu ficken. Schwanger hin oder her, ich will sie mit meinem Samen vollpumpen. Ich will sie von innen heraus als mein Eigentum zeichnen. Es ist mir ein Bedürfnis, sie mit meinem Saft vollzuspritzen, jedes Fleckchen ihrer samtenen Haut damit einzureiben und sie so noch mehr zu der Meinen zu machen, als sie es längst ist.

Verdammt! Ich will ihr meinen Namen in die Haut ritzen, während ich bis zum Anschlag in ihrem süßen kleinen Po stecke und ihr laute, gepeinigte und zugleich lustvolle Schreie entlocke.

Was ich von meiner Braut will, ist leicht mit einem Wort zu erklären: Alles.

Ich. Will. Alles. Von. Ihr. Und werde mich nicht mit weniger zufriedengeben.

In meinem Kopf herrscht ein wahrer Aufruhr, zumindest bis zu dem Moment, in dem ihre schlanke Silhouette im Türrahmen auftaucht.

Fuck! Sie ist so unbeschreiblich schön.

Meine Knie werden weich. Meine. Ist das zu fassen. Ich kann ohne Probleme 48 Stunden am Stück wach bleiben, ich kann einen Massenmord begehen und meine Feinde bei lebendigem Leib zerstückeln. Aber jetzt und hier, vor dem Altar und neben dem Priester, bekomme ich weiche Knie. Ein weiterer untrüglicher Beweis dafür, wie sehr ich diese Frau liebe.

Bo führt seine Schwester in langsamen Schritten zu mir.

Über dieses Arrangement bin ich nicht sonderlich glücklich. Marie jedoch schon und darum habe ich es zugelassen.

Wenn ich genauer darüber nachdenke, hat diese Übergabe, die gleich stattfinden wird, einen symbolischen Wert.

Bo, die Ratte, übergibt mir Marie. Er überreicht mir ihren Körper, die Verantwortung für ihr Wohlergehen und das Recht, über sie zu bestimmen.

So sehr ich diesen Verräter auch hasse, ich muss zugeben, das gefällt mir.

Sehr sogar.

Marie kommt bei mir an, ein schüchternes Lächeln umspielt ihre Lippen. Mein Schwanz wird hart und mein Herz ganz weich.

Das ist es. Das ist es, was ich schon immer von dieser Frau wollte. Die Ewigkeit.

Langsam lasse ich meinen Blick von ihrem zarten Gesicht hinab zu ihren mit weißer Spitze überzogenen Armen gleiten.

Meine Marie sieht aus wie ein verdammter Engel.

Ein bildschöner, zerbrechlicher und kostbarer Engel, der von nun an nur noch mir gehören wird.

Ich lasse mir Zeit, um sie zu betrachten, sauge jedes Detail in mein Hirn und speichere alles ab.

Diesen Augenblick werde ich niemals vergessen.

Nicht mal dann, wenn ich tot bin, nicht mal dann, wenn mein Körper verwesend auseinanderfällt.

Bos Auge ist noch immer leicht zugeschwollen, er hat dank Liam mehrere Zähne verloren und sieht echt beschissen aus. Mein Mitleid hält sich in Grenzen. Er hat bekommen, was er verdient hat. Tapfer sieht er mich an, und überreicht mir die Hand seiner Schwester.

„Pass gut auf sie auf. Bitte Walker. Pass besser auf sie auf, als ich es getan habe."

Darauf kann er wetten!

Ich nicke und verspreche ihm so wortlos, dass ich genau das tun werde. Für immer. Bis zu meinem letzten Atemzug.

Bo zieht sich in die erste Reihe zurück und setzt sich mit einigem Abstand neben Damon, der ihn keines Blickes würdigt.

Plötzlich bin ich allein mit meiner Braut. Ich sehe sie an und meine Brust fühlt sich an, als würde sie in Flammen aufgehen.

Ich ertrinke in den opalgrünen Tiefen ihrer Augen. Der Priester beginnt mit der Zeremonie, doch ich kann ihn kaum hören. Ich bin so auf meine Frau konzentriert, dass ich so gut wie nichts von dem, was um uns herum geschieht, mitbekomme.

Nach und nach bahnt sich die Stimme des Priesters in mein Unterbewusstsein:

„Gott vertraut euch einander an. Dank den Worten der Heiligen Schrift, die ich euch gerade vorgelesen habe, wisst ihr nun, wie Gott euch in eurer Ehe leiten und segnen wird. Bekennt euch nun vor Gott und dieser Gemeinde zu dem Gelübde, das ihr gleich ablegen werdet."

Er verstummt und sieht nun zu mir.

Das ist mein Zeichen.

Ich räuspere mich leise und sehe meiner Braut in die Augen.

„Marie Smith, vor Gottes Angesicht nehme ich dich zu meiner Frau. Ich verspreche dir die Treue in guten und bösen Tagen. In Gesundheit und Krankheit, bei Krieg und bei Frieden. Ich will dich lieben, achten und ehren, bis zum Ende meines Lebens. Ich werde dich behüten und beschützen, und bis zu meinem letzten Atemzug mit all meiner Kraft vor Unheil bewahren. Du wurdest nur für mich geschaffen. Jetzt bist du mein!"

In ihren Augen schimmert es verdächtig. So unglaublich es auch klingen mag, aber selbst ich habe gerade mit den Tränen zu kämpfen.

Porter versteht, dass nun er an der Reihe ist, er reicht mir die Ringschachtel, in der zwei goldene Kreise liegen. Meiner ist schlicht und einfach, in der Innenseite habe ich Maries Namen eingravieren lassen. Maries Ring ist mit kleinen Mustern verziert, der schimmernde Diamant in Herzform wirft bunte Reflexe an die mit Malereien überzogene Kirchenwand. Ich nehme den Diamantring, schlucke hart und ringe um Fassung.

„Trage diesen Ring als Zeichen unserer Liebe und Verbundenheit."

Sie hält mir ihre Hand entgegen, ich bemerke, dass sie den Verlobungsring längst an der linken Hand trägt, sodass ich ihr den Diamanten auf den rechten Ringfinger schieben kann.

„Jetzt ist es vollbracht. DU. Gehörst. Unwiderruflich. Mir."

Eine winzige Träne löst sich aus ihren Augen, ich beuge mich vor und küsse sie weg.

Ihre Lippen zucken, sie schluchzt leise, dann gelingt es ihr wieder, ruhiger zu werden, einen Atemzug später erfüllt ihre helle Stimme laut und deutlich das heilige Gemäuer.

„Walker James, hiermit nehme ich dich zu meinem Mann. Ich verspreche dir die Treue in guten wie in schlechten Tagen, in Gesundheit und Krankheit, bis dass der Tod uns scheidet. Ich will dich lieben, beschützen und ehren, an allen Tagen meines Lebens."

Ein weiteres Schluchzen entringt sich ihrer Kehle, am liebsten würde ich sie packen, an mich pressen und hier vor all den Anwesenden besinnungslos küssen. Ich will sie auf den Altar heben, das Kleid hochschieben und sie vor Gottes Angesicht ficken. Hart und tief, bis mein Sperma in sie hineinpumpt und unseren eben geleisteten Schwur auf primitivste Art und Weise besiegelt. Es gelingt mir gerade noch, mich zurückzuhalten. Noch. Lange schaffe ich das jedoch nicht mehr!

Marie spricht weiter, ich trinke jedes Wort von ihren Lippen.

„Trage diesen Ring als Zeichen unserer Liebe, unserer Verbundenheit und Treue."

Porter streckt den Arm aus, Marie nimmt den Ring und schiebt ihn auf meinen, mit einem schwarzen Skull tätowierten Finger. Das Gold fühlt sich zuerst kalt und fremd an, doch dann beginnt es sich zu erhitzen und brennt sich regelrecht in meine Haut.

Ich weiß schon jetzt, dass ich diesen Ring nie wieder ablegen werde, genau wie ich nie aufhören werde, meine Frau zu lieben.

Der Priester fährt fort.

„So frage ich Sie nun vor Gottes Angesicht. Wollen Sie, Walker James, die hier anwesende Marie Smith zur Frau nehmen? Ihr die Treue halten, sie lieben und ehren, bis dass der Tod euch scheidet."

„Ja, ich will! Fuck ich will es mehr als alles andere auf dieser Welt."

Der Priester zieht indigniert die Nase hoch, Damon beginnt zu lachen.

„Wollen Sie, Marie Smith, den hier anwesenden Walker James vor Gott zum Mann nehmen, ihn lieben, achten und ehren, bis dass der Tod euch scheidet?"

Mein Blick tackert sich auf Marie fest. Mit einem Mal überkommt mich die irrationale Angst, dass sie es sich anders überlegt haben und Nein sagen könnte. Wenn das passiert, laufe ich Amok, drehe durch und verwandle diese Hochzeit in ein Blutbad, ehe ich sie für immer und ewig mit Handschellen an mich fesseln werde.

Marie scheint zu spüren, was in mir vorgeht, sie lächelt sanft, beinahe schon nachsichtig und haucht, ohne zu zögern ein „Ja ich will" in die kühle Kirchenluft.

„Dann erkläre ich sie hiermit zu Mann und Frau, sie dürfen die Braut jetzt küs…"

Der Priester kommt nicht dazu, den Satz zu beenden, noch bevor seine Worte fertig gesprochen sind, packe ich meine Frau, reiße sie an mich und pinne meinen Mund so fest auf den ihren, dass es uns den Atem verschlägt.

Unsere Zungen treffen sich, rau und intim, sie beginnen ein leidenschaftliches Spiel, das hoffentlich nie wirklich enden wird. Meine Hoden ziehen sich schmerzhaft zusammen, mein Schwanz zuckt und mein Herz ist kurz davor, zu platzen. Noch nie zuvor ... Noch nie in meinem Leben war ich so verflucht glücklich wie in diesem Moment.

Marie gehört mir. Für immer. Vor Gott und dem Teufel – vor der ganzen verdammten Welt.

Ich höre meine Brüder jubeln, sie freuen sich mit mir, sie freuen sich für uns.

Erst als der primitive Drang, meine wunderschöne Braut bei lebendigem Leib zu fressen, etwas nachlässt, schaffe ich es zumindest, etwas zärtlicher zu sein.

Langsam und bedächtig wühle ich mich durch die Höhle ihres samtenen Mundes, schenke ihr meinen Atem und werde mit einem leisen Stöhnen belohnt.

Marie streicht über mein Leder, krallt sich an mir fest und lässt den Kopf in den Nacken fallen, damit ich unseren Kuss noch vertiefen kann.

Die Zeit vergeht, die Minuten verrinnen, doch ich kann einfach nicht genug Kraft aufbringen, sie loszulassen und ihren Mund wieder freizugeben.

Wir haben es nicht eilig, darum halte ich sie weiterhin besitzergreifend fest, denn wir haben uns gerade ein *für immer* versprochen.

29. Kapitel

Die glückliche Braut

Starke Arme liegen auf meiner Taille, Walkers warme Hand bedeckt meinen Bauch, während unser sinnlicher Kuss meine Welt auf den Kopf stellt.

Marie James. Ich habe es geschafft – wir haben es geschafft. Wir gehören ab jetzt zusammen. Für immer.

Unsere Geschichte war vielleicht nicht immer perfekt, sie war nicht immer voller Sonnenschein und Glück, aber sie ist unsere und darum möchte ich nichts an ihr ändern.

Weder die guten Tage noch die schlechten. Ich bin bereit für das, was kommt. Bereit für den Präsidenten des *Golden Skulls Motorcycle Clubs*, bereit für unser Kind und für alles, was das Schicksal auf uns zukommen lassen wird.

Walker beugt mich nach hinten, der spitzenbesetzte Stoff meines Kleides raschelt leise, während die kleinen Perlen über meinen Oberschenkel streifen.

Damons Jubelrufe werden laut, Kane stimmt mit ein, die anderen folgen ihnen.

Alles ist perfekt. Diese Hochzeit ist perfekt.

Klein und ohne sinnlosen Schnickschnack, nur im Kreis unserer engsten Vertrauten.

Es ging um Walker und mich und um das süße Versprechen, das wir uns für alle Zeit gegeben haben. Nun sind wir miteinander verbunden.

Für immer.

Die Blase des Glücks, die sich um uns gebildet hat, gibt mir das Gefühl, als würde ich fliegen, leider zerplatzt sie jedoch viel zu schnell. Und zwar in genau der Sekunde, in der ein lauter Schuss ertönt und scheinbar endlos durch das Gewölbe der kleinen Kirche hallt.

Zuerst denke ich, dass es ein Freudenschuss ist, abgefeuert von Damon oder vielleicht sogar Kane. Aber falsch gedacht. Ganz falsch.

Walker lässt mich so abrupt los, dass ich ins Straucheln gerate. Instinktiv schiebt er mich hinter seinen breiten Rücken und schirmt mich so mit seinem Körper vor den vier Männern, die mit Waffen in der Hand den Mittelgang entlanglaufen, ab.

Mein gezischtes „Oh Scheiße!“, bringt mir einen tadelnden Blick des Pastors ein, den ich einfach missachte.

Vielleicht hat er recht, vielleicht ist es falsch, in einem Hause Gottes zu fluchen, aber was ist dann die angemessene Reaktion für eine Braut, wenn die eigene Hochzeit von vier feindlichen Outlaws unterbrochen wird und einem die Kugeln um die Ohren fliegen?

Ich riskiere einen Blick an meinem frisch angetrauten Ehemann vorbei und betrachte voller Furcht die schwarzen Kutten, die die Angreifer als *Reapers* auszeichnen.

Mir wird sofort schlecht, genauer gesagt kotzübel.

Das darf doch einfach alles nicht wahr sein.

Nicht jetzt! Nicht hier! Nicht heute!

In was für einer Welt leben wir eigentlich, wenn man als Braut nicht mal mehr am helllichten Tag in einer Kirche sicher ist, und das noch dazu in einem verdammten, wunderschönen, weißen mit Perlen besetzten Brautkleid?

Walker zischt mich an. „Bleib hinter mir!“ Ich tue ihm den Gefallen, mein Bedarf an Nahtoderfahrungen ist für den Rest meines Lebens gedeckt.

Damon, Kane und Blue stehen langsam auf, ich sehe, wie sie nach ihren eigenen Waffen greifen und mir wird klar, dass wir hier alle sterben könnten.

Bo verhält sich mal wieder so, wie ich es von ihm erwartet habe. Anstatt mich zu beschützen, sinkt er zwischen den alten Holzbänken auf den Boden und versucht, sich so unsichtbar zu machen.

Mein Bruder war noch nie ein großer Held. Doch das jetzt nehme ich ihm echt übel. Ganz besonders, da er diesen Ärger mit den *Reapers* angefangen hat.

Am liebsten würde ich zu ihm gehen und ihm eine knallen. Und falls ich dieses Drama, das hier gerade seinen Lauf nimmt, überlebe, werde ich das auch ganz sicher tun.

Ich kann vieles entschuldigen. Wirklich vieles. Aber jetzt ist Schluss!

„Na sieh mal einer an. Eine Hochzeit.“

Die Stimme des Anführers hallt laut zu mir herüber.

Er kommt näher, ich erkenne das *Präsidenten-Patch* auf seinem Leder.

„Mir scheint, als wäre unsere Einladung verloren gegangen.“ Er zuckt mit den Schultern. „Aber zum Glück sind wir ja jetzt trotzdem hier.“

Walkers Muskeln beben, ich bemerke, wie seine Bizepse zucken, so als würde er dem Arschloch gedanklich längst das Genick brechen.

Porter, der sich beschützend neben mir aufbaut, hat längst eine Pistole in der Hand, er fasst sich hinten unter die Kutte und zieht eine weitere hervor.

Schweigend entsichert er sie und reicht sie mir dann unauffällig.

„Mein Hochzeitsgeschenk, Darling.“

Er zwinkert mir zu. Täusche ich mich, oder hat er überhaupt keine Angst?

Der Vizepräsident wirkt fast so, als hätte er ein Ass im Ärmel.

Der Präsident der *Reapers* kommt weiter auf uns zu, die Männer, die ihn begleiten, zielen auf Kane, Damon und Walker, sodass diese zur Handlungsunfähigkeit verdammt sind. Die Luft ist angespannt.

Hass sickert den Rockern ganz, egal welcher Colour, aus den Poren.

„Sei so gut, Walker und übergib mir deine Braut."

Mein Herz zieht sich gepeinigt zusammen. Die Furcht, die sich wie tödlicher Frost in mir ausbreitet, lähmt mich regelrecht.

„Nur über meine Leiche, Griffin!"

Besagter Griffin stößt ein bellendes Lachen aus.

„Das gefällt mir. Soll das ein Angebot sein, Walker?"

Mein Mann lässt sich nicht reizen, nach außen hin behält er eine starre Miene bei, doch ich ahne, wie es in seinem Inneren aussieht.

Diese Zeremonie, diese Kirche und der Priester haben meinem Killer so viel bedeutet. Er wollte mich vor Gott zur Frau nehmen und nun wird unsere Trauung von seinen Feinden gestört.

Der *Reaper* zielt direkt auf Walkers Herz, Panik flutet mein Denken.

Noch bevor ich weiß, was ich da eigentlich tue, drücke ich mich an Walker vorbei und baue mich schützend vor meiner großen Liebe auf.

In guten wie in schlechten Zeiten.

Bis das der Tod euch scheidet.

Die Worte des Priesters zucken durch mein Hirn und mir wird klar, dass das schneller passieren könnte, als mir lieb ist.

„Welch eine mutige Braut!"

Das stammt von einem der anderen *Reaper*, genauer gesagt von dem, der seine Pistole auf Damon gerichtet hat.

Griffin grunzt und sieht mich gierig an. Es ist offensichtlich, dass ihm der Gedanke, die Frau seines mächtigsten Feindes zu ficken, mehr als gut gefällt.

„Komm her, Marie."

In einer auffordernden Geste streckt er mir seine Hand entgegen.

Ich sehe aus tränenverschleierten Augen zu Walker und wispere ihm ein leises „Ich liebe dich!" zu, ehe ich, in der Hoffnung, ihn so beschützen zu können, auf Griffin zugehe.

Damon flucht, Kane knurrt und das Geräusch, das Walker von sich gibt, erinnert mich an ein Raubtier, das kurz davor ist, seine Beute zu erlegen.

Im Augenwinkel sehe ich den Priester davonlaufen, Griffin zielt auf ihn und knallt den Mann Gottes ohne zu zögern ab.

Galle steigt in mir auf.

Ich hoffe, dass ich stark genug bin, das durchzustehen.

Kurz bevor ich bei dem Präsidenten der *Reapers* ankomme, werde ich von hinten gepackt und in Porters Arme geschleudert.

Walker hat eingegriffen.

Unzählige Schüsse zerfetzen die Luft, alles geht so schnell, dass ich nicht kapiere, wer zuerst das Feuer eröffnet hat. Porter drückt mich zu Boden, schirmt mich mit seinem Körper ab, so wie es zuvor Walker getan hat, und beginnt dann ebenfalls zu schießen.

Peng. Peng. Peng.

Der Lärm ist ohrenbetäubend, die umherfliegenden Projektile landen in den mit Engeln verzierten Wänden.

Das alles kommt mir vor wie eine Ewigkeit, dauert jedoch nur ein paar Minuten. Dann tritt eine unheimliche Stille ein, eine Stille, die mich fast in den Wahnsinn treibt.

Porter geht zögerlich von mir runter.

Ich stehe auf und erblicke ein Bild der Verwüstung. Blut. Leichen. Tod. So viel Tod.

Hektisch sehe ich mich um und stelle erleichtert fest, dass es meinem Mann und all den anderen *Golden Skulls* gut geht. Sie wurden nicht getroffen. Die einzigen Opfer sind Griffin und seine Männer. Sie liegen verdreht und mit weit aufgerissenen Augen im Mittelgang und hauchen ihre letzten Atemzüge aus.

Maddox, Boomer und ein paar weitere Skulls sehen mich besorgt an und mir wird klar, dass sie Porters Ass waren. Der Vize hat mit einem Anschlag gerechnet und Vorkehrungen getroffen. *Gott sei Dank!*

Ohne Porter wären wir jetzt wahrscheinlich alle tot.

Wut braut sich in meinem Magen zusammen, ich balle die Fäuste, stehe auf und lege den Finger auf den Abzug der Glock, dann gehe ich auf Griffin zu, ziele direkt auf seine Eier und drücke wieder und wieder ab. So lange bis ein hohles Klacken ertönt, das mir verrät, dass ich das komplette Magazin verschossen habe.

Die gepeinigten Schreie des *Reaper*-Präsidenten verstummen, eine rote Pfütze breitet sich zwischen seinen Beinen aus. Sein Blick begegnet dem meinen, dann ist er tot.

Walker, der mich entsetzt beobachtet hat, stürmt auf mich zu, seine Hände fliegen über meine Schultern, meinen Rücken und meinen Bauch. Er tastet mich nach Verletzungen ab und faucht erleichtert, als er keine finden kann.

Ich lasse die Glock fallen, sinke gegen ihn und verberge mein Gesicht an seiner massiven Brust. Atemzug für Atemzug fülle ich meine Lunge mit seinem unverkennbaren Geruch, meine blank liegenden Nerven beruhigen sich erstaunlich schnell.

Ich spüre nicht den Hauch eines schlechten Gewissens.

„Fuck Marie! Fuck! Fuck! Fuck! Bist du irre? Wie konntest du das tun? Wie konntest du dich vor mich stellen und dein Leben gegen das meine tauschen wollen?! Euer Leben. Verdammt!"

Seine Hand bedeckt besitzergreifend meinen Bauch.

Er hat recht. Es war dumm. Aber ich konnte nicht anders.

„Ich musste dich schützen. Ich liebe dich. Verstehst du?"

In der einen Sekunde scheint ein tödliches Feuer in Walkers silbernen Augen zu lodern, in der nächsten erlischt es, der Zorn verschwindet aus seiner Mimik. Er schüttelt fluchend den Kopf und zieht mich noch etwas fester an sich.

„Meine verrückte, wunderschöne Braut!"

Wir küssen uns inmitten der Verwüstung, ich vergesse alles um uns herum und konzentriere mich ganz auf den Mann, mit dessen Leben ich das meine unwiderruflich verbunden habe.

Walker hat recht. Ich bin seine Braut – seine Rockerbraut und ich werde für immer an seiner Seite stehen, ihn beschützen und für unser Glück kämpfen.

Es hat lange gedauert, viele, viele Jahre und ich bin viel zu oft davongerannt, wenn es kompliziert oder gefährlich wurde, doch damit ist jetzt Schluss.

Endgültig! Ich habe endlich erkannt, dass mein Platz an der Seite des Präsidenten des *Golden Skulls Motorcycle Clubs* ist.

Wir verweben unsere Hände, ich betrachte den einfachen, jedoch so bedeutungsvollen Goldring an seinem Finger.

Hier gehöre ich hin. Er ist mein Mann und ich bin seine Frau.

Wir gehören uns. Für immer.

Ende

Buchempfehlung

Kennt Ihr schon alle Rocker Romane von Bärbel Muschiol?

Die Rocker Serie besteht aus:

1. Rocker Dämon – Ace und Amy
2. Rocker Devil – Slide und Ellen
3. Rocker Bastard – Razzor und Nicki
4. Rocker Heart – Spider und Abigail
5. Rocker Ghost – Ghost und Angel

Ihr könnt die Rocker Romane als Taschenbücher und eBooks lesen!

„Rocker Dämon – Ace und Amy“

Klappentext:
Es ist ein Deal, um ihren Vater zu retten. Amy liefert sich Ace, dem dämonischen Präsidenten der Dead Riders aus. Doch schon bald genießt sie diese neue und gefährliche Welt des gefürchteten Rockerclubs. Das vollkommene Ausgeliefertsein, Aces Gier und der harte, bedingungslose Sex führen sie in immer neue Höhen. Aber die Schatten der Vergangenheit drohen das neue Glück zu zerstören. Gewalt bricht über die Familie der Riders herein und führt in ein tödliches Blutbad. Prickelnde Erotik, gnadenlose Härte und Dominanz und wahre Freundschaft zeichnen diese spannende Geschichte aus, die mehr als eine Lovestory ist: furchteinflößend, dabei sexy, verdammt heiß und voller Gefühl!

Taschenbuch ISBN: 978-3-95573-549-4
eBook ISBN: 978-3-95573-550-0

Klarant Verlag

Lernen Sie die Titel des Klarant Verlages kennen und besuchen Sie uns im Internet unter:

www.klarant.de

Sie können dort Näheres über unsere Autoren erfahren, viele weitere interessante Bücher und eBooks finden und Leseproben herunterladen.

Mit dem kostenlosen Newsletter unter

www.liebe-lesen.de

erhalten Sie aktuelle Informationen rund um das Verlagsprogramm, wie beispielsweise spannende Neuerscheinungen und Gewinnspiele.